U0904242

吴姐姐讲历史故事

吴涵碧◎著

北宋

960 年 ~ 1126 年

赵匡胤（927 年 ~ 976 年），选自《乾隆年制历代帝王像真迹》。北宋开国皇帝，河南洛阳人。出身军人家庭，多武艺，好读书，21 岁时，离家游历，初投郭威帐下，后随世宗多方征讨，深得世宗信赖，累功封殿前都点检，掌禁军。960 年，世宗病死，“主少国疑”，赵匡胤在陈桥发动政变，登皇帝位，建立北宋。在位 17 年，期间宽减徭役，与民休养，去武臣兵权，用文人治政。史传赵匡胤曾给嗣君三戒：保全柴氏子孙；不杀士大夫；不加农田之赋。后世以为盛德之主。

——见《宋太祖征南唐》，第 5 页。

* 图注内容皆出自《吴姐姐讲历史故事》——编者注

赵普（922 年 ~ 972 年），选自《历代名臣像解》。字则平，北宋政治家，宋太祖最重要谋臣。蓟州（今北京市西南）人。仕后周、北宋两代。宋太祖时，三次入相，史称“刚毅果断，未有其比”。曾连续三天奏荐一人，太祖不用，且撕碎奏章扔于地。赵普神色不变，捡起奏章，粘补好后，又上奏举荐，太祖有所醒悟，终准其奏请。赵普多谋断，少读书，唯喜《论语》，有“半部《论语》治天下”之说。

——见《赵普任相刚毅果断》，第 28 页。

王安石（1021 年～ 1086 年），字介甫，江西临川人。聪敏超人，过目终身不忘，运笔如飞，顷刻便成佳文，22 岁中进士，拒绝高职，只任外郡官员，勤政爱民，极有政声。王安石一生思虑北宋强盛，生活琐事，一概置之度外，常有惊人之举。1069 年，神宗启用他主持变法，王安石虽倾身投入，但他天性强项，未能得到士人的谅解；变法本身重理想，轻技术，众多方案未能贯彻到实际当中；未能提前培训人才，配合变法；终致变法失败。王安石是历史上伟大的政治家、学者，一生光明磊落，是中国文人的典范。

——见《王安石自甘淡泊》，第 90 页。

司馬光
司馬光字君實陝州
生七歲凜然如成人
講即了其大指自是
兒戲於庭一兒登甕
擊甕破之水迸兒得
寶元初中進士甲科
宋史三百三十六　三百九十四字　宋史列
不戴花同列語之曰
郎時池在杭求簽蘇
艱執喪累年毀瘠如
大理評事補國子直
勘同知禮院中官麥
孔子且猶不可允言
以三公官給一品鹵
謚文正光言此謚之
辟加集賢校理從龐
多良田夏人蠶食其

司马光（1019 年 ~ 1086 年），字君实，陕州夏县人。自幼嗜学，20 岁中进士甲科，踏入仕途，正直敢言，不畏权势。因与王安石政见不合，退居洛阳，编修《资治通鉴》，19 年而成，是与《史记》并肩的史学大著。1085 年任尚书左仆射，主持朝政，日夜劳于公事，病重也不自觉，夜半梦话，都是国家大事。次年溘然长逝，百姓闻听噩耗，都放下手中活计，购置白布祭奠，里巷一片哭声。司马光一生追求良善，近于固执，他的忠君爱民，和对史学的贡献，永远为后世怀念。

——见《司马温公的风范》，第 132 页。

程颢（1193 年～ 1268 年），选自《历代名臣像解》。字仲名，河南洛阳人，与其弟程颐，并称二程子，是宋代理学的实际开创者。程颢少年时从学大理学家周敦颐，领会孔子、颜渊之学。中进士后历任地方官职，注重教育，破除迷信，百姓倚为父母。程颢学问、修养过人，弟子受他教诲时，常感“如坐春风”。程氏兄弟承继孔孟道统，共同支配了中国以后六百年学术思想，是古今中外难得一见的思想家兄弟。

——见《程颢与程颐》，第 153 页。

韩世忠（1089 年～1151 年），选自《历代名臣像解》。字良臣，延安人。少年英伟，目光如电，能骑狂烈野马。北宋末年，宋徽宗迷恋花石纲，东南百姓不胜侵扰，漆园主方腊忍无可忍，挑动民变，东南大震，朝廷以大兵进剿，方腊率十万之众，避于清溪，官军无计可施。韩世忠自请出击，先设计接近方腊巢穴，然后亲率勇士突袭叛军栅寨，生擒方腊而归，长官王渊赞叹“真万人敌”。宋室南渡后，韩世忠成为抗金名将，和岳飞一样，是我国的民族英雄。

——见《韩世忠活捉方腊》，第 281 页。

目录

赵匡胤黄袍加身

在本书前面《后周世宗的雄心壮志》篇中，我们说到，周世宗一马当先，收复了瀛、莫、益三州，正准备进攻幽州（北京），收回石敬瑭割让的燕云十六州时，他忽然身体极为不舒服。

周世宗是一个坚强的英雄，在这个紧要关口，偏偏浑身不对劲，他本想撑熬过去，可是病来如山倒，逼不得已，班师回朝。

回到京师之后，世宗病倒在床，情况一天比一天严重，他只有三十九岁，正值英年，而且素来身强体壮，应该不会如此。但是，世宗自知大限将至，他在床上，忧愁极了，想想自己的儿子柴宗训不过只有七岁，怎么能把国家交给他呢？

尤其叫世宗不放心的是殿前都点检张永德，他既是禁军首领，又是后周太祖的女婿，屡次在阵前立下大功，而五代的后唐明宗李嗣源，后唐废帝李从珂，乃至本朝太祖郭威都是由部下拥立，推翻前皇，焉知张永德不会欺负七岁的柴宗训？

恰巧，周世宗这一回出征契丹，竟在半途中捡到一块三尺长、五寸宽的木牌，上面写着“点检做天子”，世宗看了，一阵恶心，立刻把木牌扔弃，如今想来，一股寒意自背脊往上窜。

于是，临危的周世宗趁着还有最后一口气在，下了一道命令，即日起撤销张永德的一切兵权，改派最可靠的赵匡胤为殿前都点检。

赵匡胤是涿（zhuō）郡（河北省涿县）人，父亲赵宏殷，在五代后晋时，官飞捷指挥使，后来到了后周，又担任检校司徒、岳州防御使，官位不小，官运却不亨通。

赵宏殷本人是个武将，他的儿子赵匡胤也从小喜欢耍刀弄枪；据说，他在小时候，就表现出过人的领袖才能，带领小朋友玩骑马打仗的游戏，大家都听他的。打完仗后，赵匡胤还把大家编成队伍，一个一个送回家。

赵匡胤到了能骑真马的年龄时，和旁人不一样，喜欢骑劣马。有一天，他跨上一匹顽劣不堪的野马，两足一蹬，马儿飞也似的猛冲上前，赵匡胤抓紧了马鬃，任凭马儿狂奔。突然，马儿跑到了城楼斜道，他来不及弯下腰，被城门撞倒滚下马来。

旁观的人都准备收尸了。不料，赵匡胤爬起来，飞奔急跑，赶上了马儿，一跃上身，又飞上马背，这身功夫漂亮极了。

然而，这位容貌雄伟、器度万千的年轻人东奔西走，却找不到适合发展的机会，也没有赏识他的伯乐。有一回，穷途末路走过襄阳，在庙里遇见一位老和尚，老和尚见赵匡胤这般潦倒，不但没有收他的香火钱，反而给了他一笔路费，对他说："小伙子，你往北边碰碰运气吧。"

于是，赵匡胤前往北边，投靠在郭威麾（huī）下，此时，后汉朝中将相不和，隐帝杀了史弘肇（zhào）、杨邠（bīn）等大臣，连对朝中最有功劳的郭威也不放过。

郭威的部下都说："天子年幼，为小人包围，希望你入朝以清君侧。"郭威入朝，隐帝为乱兵所杀，结果，当郭威奉太后命讨伐契丹时，走到半路，将士们不由分说，把黄旗撕裂，盖在郭威身上，郭威就当了皇帝，是为后周太祖。

赵匡胤因为参与这一幕，很得太祖欢心，以后，太祖去世，柴荣即位，是为周世宗，对他更加宠信，特别是在高平之役中，北汉主刘崇勾结辽国，大举入寇，当时情况十分危急，连周世宗都陷入重围，赵匡胤冲入阵中，汉军大溃，他又乘胜攻河东城，左臂中了流矢，还是不挫（cuò）其勇，世宗看在眼中，万分欣赏，归来之后，立刻提擢他为殿前都虞候，领严州刺史。

之后，赵匡胤又屡次跟随世宗出征，连战连捷，官爵扶摇直上。世宗对他深信不疑，因此才换下了张永德，改派赵匡胤为殿前都点检。

世宗去世后，恭帝柴宗训七岁即位，还是个小朋友，国事当然抓在老臣手里，正在此时，镇州、定州传来消息，说是契丹入侵，朝廷便慌慌张张派遣赵匡胤出征。

出师的前夕，京城里大街小巷都在散布流言：“策点检为天子。”也就是要改朝换代啦。

根据《宋史》的记载，当赵匡胤率大军到陈桥驿，安营下寨，他多喝了几杯老酒，昏昏沉沉地睡去，到了黎明时分，麾下的几位部将前来叩寝室的门。

赵匡胤黄袍加身，选自《南宋志传》。

赵匡胤开了

门，将士们擐甲执兵，一字排开站在庭院中，对着在伸懒腰的赵匡胤道："诸将无主，愿册太尉为天子。"然后，不由分说，把黄袍往赵匡胤身上一披，诸将们跪在地上呼万岁，又扶着赵匡胤上马。

赵匡胤骑在马背上，对诸将说："我有号令，你们能听从吗？"一个一个将领都跳下马来道："惟命是从。"

"第一，不得惊犯周太后；第二，不得侵凌周朝的公卿；第三，不得掠夺朝廷的府库；第四，不得抢劫人民。"赵匡胤一口气说了四个条件，诸将们齐声呼"诺"，于是一行人前往京城。

赵匡胤对宰相王质说："我身受世宗厚恩，但为将士所迫，违负天地，今至于此。"王质难过地走下殿来，握紧王溥（pǔ）的手说："仓促遣将，吾辈之罪也。"他的手指甲掐入王溥的肉中，渗出一滴滴的鲜血。

赵匡胤即位，是为宋太祖。陈桥兵变乃千古疑案也，因为不是说契丹入侵，赵匡胤才出征吗？怎么后来契丹没有下文？还有，当年拥立郭威为天子，仅是把黄旗撕裂暂且披一披，赵匡胤怎么事先订做好的黄袍？按黄袍是皇帝才有资格穿的，大臣最多只能穿朱色紫色的袍衣，因此史家怀疑陈桥兵变乃预谋也，是一桩预谋的事变。

宋太祖征南唐

宋太祖当了皇帝之后，首先把周朝不服的将领镇压下去，巩固内部，然后进行全国统一的工作。五代时期有十国分立，宋朝建立之后，全国依旧有荆南、后蜀、南汉、南唐、吴越、北汉等国分裂割据。现在要讲的是平南唐的经过，南唐君主乃大家都耳熟能详的李后主。

南唐是五代初期夺取吴国建立的政权，山明水秀，物产富饶，周世宗时代，大举出征，南唐尽失淮南之地。到了宋朝建立之后，南唐主李璟立刻以绢二万匹、银万两，祝贺宋太祖登帝位。

以后，李璟更是一年四季不断入贡土产珍异，金银器用，丝帛茶叶，以讨太祖的欢喜。

当宋太祖平定扬州时，宋朝水师日夜在建康（南京）附近演习，李璟担心京城建康不安全，迁都豫章，留太子李煜守建康，李璟因病在豫章去世，李煜（yù）即位。

李煜正是中国历史上的帝王之中，最最具有文采的皇帝，他的词光芒万丈，照耀古今，然而他却也是一位不负责任又差劲的君主。

李后主，名煜，字重光，本名从嘉，从小聪明伶俐，工书画、知音律。他即位之初，立刻仿效老皇，向宋朝进贡大批的金器、银器、纱罗缯彩，并且写了一篇十分卑屈的表上给宋太祖。

以后，宋朝凡是出师告捷，或者有任何大大小小的喜事，李后主逮着名目，马上遣使祝贺，献上厚礼，举凡金银绸缎、古玩珍品，只要江南有名的好东西，李后主都精心挑选，孝敬太祖。

开宝四年（971 年），宋太祖灭南汉，当宋朝攻打南汉时，李后主曾经写信给南汉王，劝他向宋称臣。如今南汉已灭，他忐忑不安，上表太祖，自动要求把唐国主改为江南国主，唐国印改为江南国印，改中书门下省为左右内史府，翰林为文馆，降封诸王为国公，总之，李后主用自贬身价的方式，希望宋太祖能放他一马。

南唐的南都留守林仁肇是一位猛将，他知道南唐与宋朝之间终究不免一战，建议李后主，趁着宋朝刚灭岭南，元气未复，先发制人。李后主哪儿敢呢？

宋朝也知道有林仁肇这么一个大将，想了一条妙计对付：

宋朝偷偷派了一个人去画林仁肇，画好之后，把这幅像悬在别室之中，然后，太祖故意指着画像，问江南来的使者："这是什么人啊？"

"南都留守林仁肇也。"使者恭恭敬敬地回答。

宋太祖说："他如果来降，我就用这幅画为信物。"

然后，宋太祖又指着一所空大的房舍说："这也是要赐给林仁肇的。"

使者回去之后，一五一十禀告李后主，李后主也不多加考虑，立刻把林仁肇毒死了，等于是自断胳臂。

开宝七年（974 年），宋太祖下诏要李后主入京，后主前两年派弟弟李从善入朝，被太祖扣了下来，一直不肯放人，后主哪有胆量自己去闯？只托病不入朝。太祖就用这个为理由，积极准备南侵。

李后主手足无措，最后想到一个办法，派遣学士徐铉（xuàn）入宋朝，希望徐铉能用三寸不烂之舌，说服宋朝打消这个南征的念头。

宋朝的大臣们，警告宋太祖："徐铉博学有辩才，陛下应该先有准备才是。"

太祖微微一笑："你们去吧，这件事不是你们所能知道的。"

一会儿工夫，徐铉入朝晋见，他一入殿堂，仰首大笑，先声夺人："李煜无罪，陛下师出无名。"

宋太祖召他上殿，徐铉一口气说了半天，滔滔不停，大意是说："李煜侍奉陛下，有如儿子侍奉父亲，他没有做错任何事，你为何要去讨伐？"

宋太祖赵匡胤，选自《乾隆年制历代帝王像真迹》。

"父子可以不同姓吗？"宋太祖淡淡地回了一句，徐铉回答不出，只得垂头丧气返回江南。

过了一个月，徐铉又受后主之托，再次前来说情，徐铉低声下气地说："李煜因为生病，不能前来朝谒（yè），绝对不是有意拒诏，乞求陛下缓兵，以保全邦国之命。"如此反复再三，说了又说。

宋太祖搭着眼皮，爱理不理，徐铉也动气了，声调不自觉地提高，太祖最后动了肝火，他按着剑说："不需要你再多言，你说的没有错，江南没有罪，但是天下一家，我皇帝卧榻之侧，岂容他人酣睡？"

说的也是，天下一家，宋朝皇帝姓赵，怎可留一个姓李的在称王？

小楼昨夜又东风

南唐李后主对宋太祖俯首称臣，卑躬屈膝，然而，宋太祖仍然不放弃统一全国之心愿。

此时，樊若水建议宋太祖，在长江建浮桥运军队，宋太祖接受了。于是，按照樊若水的图表，不过三天的工夫，已把浮桥搭建完成，可见中国古代科技颇为发达，宋朝的大军，纷纷自这座大桥渡到江南。

李后主听说宋兵在长江搭造浮桥，顺口问臣子张洎（jì），张洎摇摇脑袋，不屑地说："自古以来，也没听说长江可以造浮桥之事。"

"我也认为这是儿戏。"李后主放心地下了结论。

直到开宝八年（975 年），宋兵都到了城下，李后主还茫然不知，前方告急的军书，也到不了他手上，后主仍旧过着风花雪月的日子。

有一天，他登上城楼赏玩风景，忽然看见宋朝大军列栅于外，旌旗遍野，吓得慌了手脚，这才知道被左右蒙骗，把近臣杀了，派兵去切断浮桥，却为时晚矣，京城不久就被宋朝军队所破。

当初，宋太祖派曹彬南征时，曾经告诫他："江南之事，完全委任于你，切勿暴掠生民，俾（bǐ）自归顺，不必急攻。城陷之日，勿滥杀无辜。"

因此，在这宋兵将要入城之际，怎么样使士兵不乱杀乱抢，真是伤透脑筋，于是，曹彬只得装病了，不问兵事，将领们都很着急，不约而同前来请安，曹彬躺在床上，吸了一口气，对着将领们说：“我这个病不是药石可以医治的，假如各位愿意发誓，破城日不妄杀一人，那么，我这个病才医得好。”

原来曹彬是不放心此事，诸将们各自点了一枝香，向上天发誓，保证不伤百姓，曹彬立刻自床上坐了起来。

由于诸将焚香盟誓在先，倒也个个遵守诺言，曹彬率军入城，军律十分整齐。

曹彬装病禁杀，选自《马骀画宝》。

李后主已听说了这个消息，脱去上衣，与文武百官跪在军门，奉表纳降。曹彬倒是颇为客气，欠欠身道：“介胄（zhòu）在身，不能回拜。”

开始时，李后主准备了大批木柴堆在宫中，准备焚火自尽，曹彬安慰他说：“你归顺宋朝之后，俸禄有限，恐怕不够你花费，你能带就多带一点儿走吧。”

眼看着曹彬打发李后主回去多装

珠宝，梁迥（jiǒng）等将领十分担心埋怨："万一他回宫后反悔，后果谁来负责？"

曹彬只是笑笑。

梁迥又说："你难道不知道他连木柴都堆好了，只等放火自尽。"

曹彬这才开了口："李煜素来优柔寡断，他既然已经投降，必不可能再自杀，你们用不着担心。"

果然，李后主还是出来了。

此时，正是十一月，天寒地冻，李后主在濛濛细雨之中，带着心爱的小周后，在宋军的"保护"下，伤心地离开故国，前往宋朝。

第二年正月，李后主到达宋朝国都汴梁，宋太祖在明德楼中接见他，封他为违命侯，表示他违抗朝廷的命令。

从此，李后主开始了他被软禁的生活，据他自己形容："此中日夕，只以眼泪洗面。"

有一回，宋太祖宴请大臣，也给他排了位置，李后主尽管满心不想去，身为俘虏，又哪儿能拒绝。

在席上，宋太祖有意消遣他："听说你好作诗词，念一联你最得意的，给大家听一听。"

李后主沉思半天，方才缓缓地说："揖让月在手，动摇风满怀。"

这两句实在很美，宋太祖偏要出他丑："满怀的风到底有多少？"

这该如何回答？李后主默默不语。

"好一个翰林学士！"宋太祖嘲讽地冷笑着。

第二年，宋太祖去世，宋太宗即位，削去他违命侯的封号，改封他为陇西郡公，月俸很薄，李后主只有厚着脸皮请求增加，太宗不准。

有一天，宋太宗在崇文院观书，把李后主也找了去，乜（miē）

着眼睛对后主说："听说你在江南好读书，这些都是你在江南的旧物，你归朝之后，还有没有再读书啊？"

李后主在此时此地目睹旧物，难过得快要哭出来了，也只有低下头，强忍住泪水。

太平兴国三年（978年），太宗有一天问徐铉："你有没有见过李煜？"（徐铉的故事见上篇）

"没有啊，我哪敢私见？"

于是，太宗命徐铉去见李后主，君臣相见，抱头痛哭。太宗听说，十分厌恶，恰巧那天是七夕，后主的生日，后主命歌伎作乐，也让太宗恼怒，再加上太宗看到后主的新词："春花秋月何时了，往事知多少？小楼昨夜又东风，故国不堪回首月明中；雕栏玉砌应犹在，只是朱颜改，问君能有几多愁，恰似一江春水向东流。"

太宗见后主不忘故国，赐他牵机药。牵机药乃一种毒药，吃后手足抽筋，头足相就，卷成一团痛苦而死，后主死时不过四十二岁，真惨！

要一个艺术家谈忧患意识，好像很杀风景，苟且偷安不顾现实，就不免要步李后主的后尘。介绍他的政治生涯后，对他的文学生命才能有更深一层的体会，下篇我们再谈李后主其人其词。

别是一番滋味在心头

作为一个君主，李后主是彻彻底底地失败了，然而，他却是中国历史上光芒万丈的不朽词人。

李后主李煜（yù），天资敏慧，容貌出众，据说他与舜一般，一只眼睛中有两个瞳孔，古人认为重瞳乃为帝王之相。

后主的父亲李璟（jǐng），也是一位有名的词人，而且多才多艺，李后主从小沐浴在文艺气息浓厚的环境之中，会写会画，妙解音律，加上天生心慈情厚，多愁善感，很快成为贾宝玉般的翩翩美公子。

十八岁那年，李后主娶了昭惠后，昭惠小名娥皇，人称大周后，不但人美，既通书史，又善歌舞，尤工琵琶，这一对金童玉女携手共度无数浪漫时光。

据说，他俩的后宫未尝点烛，每夜悬一颗大宝珠，光照全宫，后宫布置得富丽堂皇，挥金如土。李后主在《一斛珠》这阕词中形容大周后唱起歌来是“一曲清歌，暂引樱桃破”。

“破”这个字，本来颇为不雅，但是李后主这个“破”字用得多美，一颗细圆娇艳的樱桃，开一个小口，描写大周后歌唱的神情，不但李后主陶醉，后人也为之神往不已。

但是，李后主是位天性风流的君主，当大周后生病时，他又爱上了大周后的妹妹，人们称之为小周后。

小周后风姿佳妙，当时只有十五岁，在大周后生病期间，时常偷偷与姊夫幽会，两人“慢脸笑盈盈，相看无限情”，李后主曾用小周后的口气，叙述这一段风光：“花明月黯飞轻雾，今宵好向郎边去，刬（chǎn）袜步香阶，手提金缕鞋，画堂南畔见，一向偎人颤，奴为出来难，教郎恣（zì）意怜。”

（在这个月色朦胧晨雾弥漫的时候，小周后袜子没系好，手上提着金缕鞋，蹑手蹑脚像小猫一般去幽会，到了画堂边，见到后主还不断心跳，偎在他身旁发抖，出来一趟这么难，当然后主要多多疼小周后一些了。）

大周后八成也知道这件事，因此《南唐书》记载，小周后在大周后旁侍奉汤药，大周后不知道，有一天，忽然发现小周后立在帐前，大吃一惊：“妹妹在这里？”然后一生气，立刻反卧，再也不肯把脸转过来。

除了大小周后，李后主后宫佳丽无数，其中他特别宠爱一个叫窅（yǎo）娘的宫女，窅娘身材窈窕，舞姿曼妙，她用布帛把脚缠了起来，与新月一般弯曲有致，然后穿上素色袜子在六尺高的金制莲花上跳舞，飘飘然有凌波之态，相传中国妇女缠足，三寸金莲自此开始。

李后主沉溺于声色之中，快乐极了，有臣子潘佑上书劝谏，后主颇为不悦，把潘佑杀了。

过了没多久，大周后香消玉殒。李后主非常伤心，虽然小周后的继立，带给他一些安慰，然而国事日非，李后主尽管曲意巴结宋朝，宋太祖却以卧榻之侧，岂容他人酣睡为理由，非把南唐灭了不可。

最后，曹彬渡江，金陵沦陷，李后主肉袒（tǎn）出降，全家北迁，他在一日之间，由一国之君被降为俘虏，而且被封了一个难听的——违命侯。

李后主在忏悔无奈之余，写下了《破阵子》：

四十年来家国，三千里地山河。
凤阁龙楼连霄汉，玉树琼枝作烟萝。
几曾识干戈？

（南唐自李昪（biàn）开国至今已四十年，拥有三千里大好河山，雄伟的楼阁，高耸入云；茂密的花草，烟聚萝缠，我在这个无忧无虑的环境之中，几时晓得战争这回事呢？）

一旦归为臣虏，沈腰潘鬓销磨。
最是仓皇辞庙日，教坊犹奏别离歌。
垂泪对宫娥！

（一旦做了俘虏，腰也弯了，发也白了。最让我难堪的是当年金陵沦陷，仓皇拜别祖先，宫廷乐队还在为我演奏离别歌，对着宫

南唐宫妃，明杜堇绘，上海博物馆藏。

女，我只有暗自垂泪。）

从此之后，李后主自天堂坠入了地狱，求生不得求死不能。在早期，李后主的作品，美则美矣，但也不过是青春的享乐，纵情的欢笑与活跃的生命；到了后期，遭受人世间痛苦的折磨、嘲弄、侮辱，对过去充满了悔恨与怀念，他的每一阕词都是血，都是泪，不再是无病呻吟，而是深刻又绝望的感情，产生出来的作品，真可说是永垂不朽。

譬如这首大家所熟悉的《浪淘沙》的上半段：

帘外雨潺潺，
春意阑珊；
罗衾不耐五更寒。
梦里不知身是客，一晌贪欢。

（窗外绵绵细雨，春意将残，丝绸的被子，挡不住午夜的寒气，想起刚刚在梦里，我又回到了江南，享受过去的生活，在美梦里不知道这只是虚浮的客境，是那么贪图欢乐啊！）

最后，宋太宗认为李后主念念不忘故国，赐他牵机药，让他痉挛而死，那时正是七月七日的晚上，他不过四十二岁。

王国维说："词至后主，眼界始大，感慨遂深。"李后主的词是中华文化的瑰宝，我们今天读了都会感动得下泪，正如同他在《相见欢》中的："无言独上西楼，月如钩，寂寞梧桐深院锁清秋。剪不断，理还乱，是离愁，别是一番滋味在心头。"细细咀嚼，相信大家都别有一番滋味在心头。

花蕊夫人

花蕊夫人，这是何其美丽的名字！在中国古代，一共有两位花蕊夫人，一位是前蜀主王建的妃子，亦称小徐妃，还有一位是我们要介绍的后蜀主孟昶（chǎng）的夫人。

后蜀是十国之一，由龙冈人孟知祥所建。孟知祥死后，太子孟仁赞继位为皇帝，改名为孟昶。花蕊夫人本姓费，青州人，貌美善文，孟昶对她十二万分的宠爱，因此赐名为花蕊夫人。

孟昶是个糊涂皇帝，而且性好奢侈，连便壶都用七种宝石镶刻而成，蜀国乃天府之国，孟昶尽情搜括，也放任臣下效法。

当时的宰相张业为着欺负百姓，竟然在家中自设牢狱，甚且挖人家的祖坟，盗取陪葬的宝物，搜括财物竟然到了地下，地上更是无所不为了。

宋太祖平定荆南之后，把目标指向后蜀。刚好此时蜀国山南节度判官张廷伟对枢密院事王昭远说："你素来没有勋业，又做到枢密这样的高官，如果不建立大功，如何能让天下人心服，塞悠悠之口，还不如与北汉通好，劝他们发兵南下，我们左右夹攻，让中原（宋）腹背受敌。"

王昭远认为这个主意很不错，派人携带蜡丸，其中包着书信，送往北汉。谁知道送信的人把蜡书交到宋太祖手上。

宋太祖一看蜡书，大为高兴："朕如今师出有名。"

孟昶听说宋朝出兵，心中有些害怕，他对王昭远说："今天这场祸事是你找出来的，你要为朕立功！”

王昭远手中拿着铁如意，大模大样地指挥军队，自比为诸葛亮，他喝得醉醺醺时，挥动着手臂说：“我这次出征何止是克敌，就是取中原也是易如反掌。”

这位赛诸葛亮话说得挺漂亮，与宋军一接触，三战三败。孟昶慌了手脚，派儿子孟元哲为元帅，孟元哲与其父一般是个绣花枕头，而且爱漂亮到了极点，红旗的木棍也包上了锦缎，正要出发，下雨了，孟元哲赶快把军旗收拾起来，免得给淋湿了。而且还带着姬妾、乐器、伶工一块出征，看到这光景的人都吃吃暗笑。

打仗又不是上戏台，这种队伍还没开到前线，听说剑门失守，吓得转头就跑。孟昶只有投降，他叹了一口气说：“我父子用丰衣美食养了四十年军队，一旦遇到敌人，不能为我向东发一矢，我如果想抵抗到底，又有谁肯效死？”

花蕊夫人就是这位昏君最为宠爱的佳丽。在宋朝军队没有前来之际，他二人风晨月夕，倒是过了一段恩恩爱爱的日子。

宋朝的大文学家苏东坡曾经说过，当他七岁的时候，遇到峨嵋山上一位姓朱的老尼姑，老尼姑已有九十高龄，她告诉苏东坡，自己年轻时随着师父入过孟昶宫中，有一天非常炎热，见到孟昶与花蕊夫人在摩诃（hē）池上纳凉，夫人作了一阕词：

冰肌玉骨清无汗，水殿风来暗香满；
帘间明月独窥人，倚枕钗横云鬓乱。
起来庭户悄无声，时见疏星渡河汉；
屈指西风几时回，不道流年暗中换。

这阕词的意思是——冰做的肌肤，玉做的骨骼，自是一片清凉，没有汗珠。清风自水阁送来，一阵又一阵的幽香。打开窗帘，可以看见一轮明月照在佳人身上，只见枕头斜侧，金钗歪插在蓬松的秀发之中。

——于是起身到了庭院，四周寂静无声，一颗颗的小星星渡过银河，用手指算算看，西风什么时候会来到？不知不觉之中，光阴就悄悄在暗中飞逝了。

后来，苏东坡就利用这阕词，写下了脍炙人口的《洞仙歌》：“玉肌冰骨，自清凉无汗，水殿风来暗香满。绣帘开，一点明月窥人，人未寝，攲枕钗横鬓乱。起来携素手，庭户无声，时见疏星渡河汉；试问夜如何？夜已三更，金波淡，玉绳低转（玉绳为星名），但屈指西风几时来，又不道流年暗中偷换。”

孟昶与花蕊夫人的好景不常，宋太祖南下，攻陷蜀京，孟昶和花蕊夫人被俘北上，花蕊夫人感伤之余写下：

花蕊夫人，选自《吴友如画宝》。

初离蜀道心将碎，此恨绵绵。春日如年，马上时时闻杜鹃。

据说，写到这儿，宋朝大军频频催行，没有写完，后人帮她完成后半段：

后宫佳丽如花貌，妾最婵娟。此去朝天，哪得君王再见怜。

此处的君王指的自是孟昶，宋太祖早在伐蜀之前，已为孟昶在汴水之滨准备好住的房子，有五百多间大大小小的屋子，布置豪华，然而孟昶十分郁郁不乐，不久即死。

花蕊夫人不得不再嫁宋太祖，当太祖问她，蜀国何以败亡，她气愤地以一首诗回答：

君王城上竖降旗，妾在深宫哪得知；
十四万人齐解甲，更无一个是男儿。

的确，十四万大军毫无斗志，令人生气，但也是五代的风气，何况，后蜀败亡最大责任仍在孟昶。

花蕊夫人因为思念孟昶，自己画了他的像，悬在房中，日夜膜拜，惹得太祖相当不悦。据说她曾屡次下毒要杀太祖，太祖怜香惜玉不忍杀害。后来宋太宗在打猎时，一箭射死了这位美人儿，也算是红颜薄命吧。

杯酒释兵权

在中国古代，从夏朝到清朝为止，一共有三十二个朝代，其中国祚（zuò）最长者为周代，有八五六年，最短的是五代时期的后汉，一共只有四年。国祚的长短因素很多，但是凡是国祚比较长的，一定是它的开国君主会为后代多想一想，对国家一切制度有详尽规划，譬如说唐高祖、唐太宗，譬如说我们这回要讲的宋太祖。

宋太祖刚刚即位不久，有一天他与宰相赵普谈论天下大事，他长叹了一口气道："自唐朝以后，几十年间，换了八个姓氏的十二个皇帝，你争我夺，兵争不息，生灵涂炭，这是为什么呢？我想天下一劳永逸，长治久安，你看有什么好办法？"

"陛下能想到这个，实天下之福也。"赵普接着说："唐季以来，战争不息，最主要的原因是节度使的权力太大，君弱臣强而已，如果能把节度使的权限减弱，天下自然太平了。"

话还没说完，宋太祖摇摇手道："你不必再说，我知道了。"

当时石守信、王审琦这些人都是宋太祖未当皇帝以前的老朋友，都在掌管禁兵。赵普曾经向宋太祖说了好几次，请求改派他们其他职务，免得对朝廷不利。

宋太祖有些不耐烦地回答："这些人一定不会背叛我，你担心什么？"

赵普又苦口婆心地劝道："臣不是忧虑他等会叛乱，可是据臣的观察，他等都没有统御部下的才能，万一军队作孽，胁迫行事，他们可能会身不由己。”

想当初，宋太祖也是被拥有兵权的大将黄袍加身，轻易地把周朝的政权抢夺过来，因此想一想，实在颇为担心人家依样画葫芦。

宋太祖雪夜探赵普，刘俊绘。图中堂上赵普拱手而坐，正在向太祖赵匡胤侃侃而谈。

建隆二年（961年）二月，宋太祖邀请石守信、王审琦等人喝老酒，不拘形式地说说笑笑，喝到耳根子都发红之际，宋太祖把伺候的太监、宫女都撤了下去，然后端起一杯酒，若有所思道：“哎，想当年，若不是卿等拥戴，我怎能当上皇帝？但是当了天子实在太痛苦了，还不如做节度使来得快乐，当皇帝之后，我从来没有高枕安眠。”

“喔，为什么？”众将一致投以怀疑的眼光。

“何必多此一问？”宋太祖冷冰冰地说，“皇帝的宝座，谁不想要？”

这下子把石守信等人吓慌了，赶紧下位，跪地顿首，酒也惊醒了：“陛下何出此言？今天下已定，谁敢再有异心？”

宋太祖笑笑道：“你们固然如此，但是万一有一天，你们的部下有欲富贵的将领，把黄袍加在你们身上，你就是不想要造反，到了那时候，还由得着你们吗？”

石守信、王审琦等人你看我，我看你，个个背脊冒冷汗，急得眼泪都流出来了：“臣等愚昧无知，没有想到这些，请陛下可怜可怜我们，指示一条生路。”

“生路当然有，”宋太祖顿了一顿又道，“人生如白驹（太阳）过隙，之所以要求富贵，也不过是想多积金钱，使自己一生一世享受不尽，并且给子孙留下富贵产业。你们为何不释去兵权，广置良田美宅，为子孙立永远之业。家中多置歌伶舞伎，日夜饮酒相欢以度终年。然后朕与卿等，结成儿女亲家，通婚示好，君臣之间，两无猜疑，上下相安，你们说，这样不是挺好的吗？”

宋太祖的暗示已经这般明显了，石守信等要是还听不懂，就只有与韩信等功臣一般，等着被汉高祖杀掉了。

石守信等人等太祖话一讲完，赶紧再叩首曰：“陛下对臣等实在设想得太周到了，所谓生死而肉骨也。”

到了第二天一大早，石守信等人都各自称病，乞求解除兵权。宋太祖当然立刻答应了，以石守信为天平节度使、高怀德为归德节度使、王审琦为忠正节度使……这些节度使并没有实权，人在京师，领高薪，过着豪华的生活。

宋太祖杯酒释兵权，尽力推行中央集权制度之外，若想革除五代君弱臣强之弊，首先需要自心理着手。

在唐朝，君臣之间是相当平等的，大臣见君则列坐殿上，然后讨论国家大事，像唐太宗与臣子还颇为亲热。

宋太祖当了皇帝之后，群臣依旧坐着与皇帝论事，有一天，宰相范质等坐着与宋太祖议论，太祖忽然间说：“我眼睛花了，看不清楚，你把文书拿过来我看看。”

君主有令，范质马上起立把文书呈给宋太祖过目，宋太祖看完之后，范质想要回座位，却发现宦官已悄悄把座椅给移走了。范质当然不好意思问：“咦，我的座位呢？”只好站着。从此之后，坐论之礼遂废。满朝文武大臣都站着，宋太祖的用意是提高帝王的威仪，我坐着，你站着，你就比我矮上一截，使臣下对帝王由于地位之悬殊产生一种尊敬心理。

宋朝的臣子还好，还算是站着，明朝多半是跪着，当然有时也有赐坐。到了清朝不但是跪，而且趴在地上，有所谓三跪九叩，帝王专制一天甚于一天。

除了收回军权，由于五代以来，地方武力强大，地方官常凭借武力来反抗中央，宋太祖设法削弱地方武力，使精锐的军队都隶属中央，地方只有老弱残兵，同时，各地方收入财赋，除保留一小部分地方需要的经费之外，余下的都得呈交中央。

杯酒释兵权，使宋朝的武力收归皇帝直接掌管，免除藩镇之祸，使宋代没有地方割据，但也带来若干坏处。最大的坏处是地方武力的空虚，一旦遇到外患入侵，地方没有抵抗的能力。

宋太祖奖励气节

在《杯酒释兵权》之中，我们说到，由于五代军队将帅十分跋扈，常常发动兵变，推翻政府，宋太祖惟恐重蹈覆辙，邀请功臣石守信、高怀德喝酒，劝他们辞去军职，放弃兵权，皇帝可以赏赐他们大笔财产，养老享福。

石守信等人既然交出了中央禁军大权，出守外藩，宋太祖还需要有一个专人统率禁兵，乾德元年（963年）二月，天雄节度使符彦卿来朝，宋太祖想用他来典兵。

宰相赵普以为符彦卿名位已盛，不能够再把兵权交给他，屡次上谏，宋太祖不理。

命令颁下之后，赵普又前来晋见："希望陛下深思其中利害，不要做了让自己后悔之事。"

"奇怪了，"宋太祖满怀狐疑地问，"你为什么不相信彦卿，朕待彦卿至厚，彦卿岂能负朕？"

"陛下何以能负周世宗？"赵普一句话顶了过去，宋太祖当场哑口无言，想周世宗待宋太祖恩重如山，他却欺人孤儿寡妇，夺走江山，谁知彦卿又如何？

于是，符彦卿这件事暂时搁置。

不过，宋太祖也并非那么没有度量之人，如果臣下没有篡国之险，一般而言，他倒是颇体恤下人。

《国老谈苑》这本书中记载：宋太祖曾经宴请翰林学士王著，

酒席散去之后，王著乘着酒醉，高声喧哗，宋太祖念他是前朝（后周）学士，很客气地请人把他扶出去。

谁知王著不肯走，靠着屏风，卷起衣袖，抽抽搭搭哭了起来，而且愈哭愈伤心，左右看着不像话，硬把王著拽了出去。

第二天有臣子上奏："王著逼门大哭，思念周世宗。"满以为宋太祖难堪之余，一定会严惩王著，岂料宋太祖只淡淡说了一句："这个人是个酒徒，以前在周世宗幕府之中朕与他很熟，况且他乃一书生，虽哭世宗，又能怎么办？"

酒徒未必不能成大事，汉高祖刘邦就是一个不折不扣的酒徒，主要是因为王著乃一文人书生，秀才造反，三年不成，怕他什么。

因此，宋太祖一概用文人为州刺史，他曾对赵普说："五代方镇残虐，民受其祸，朕今用儒臣干事者百余人，分治大藩，纵使文臣贪污，也不及武臣十分之一为害。"宋朝一直采用重文轻武政策，政府中重要的职位都由文人担任，武人受到歧视，这固然使得宋朝没有武将跋扈，却也过于文弱，不堪一击。

宋太祖除了收回中央军权、财赋，还有意壮大中央军力，削弱地方的力量。

宋代的中央军叫禁军，从全国各地军队中挑选身强力壮者组成，据说规定要琵琶腿（大腿胖，小腿瘦，大腿远远粗过小腿）及车轴身（身材是腰细臂宽），如此才合禁兵标准，他还选了一批琵琶腿、车轴身的"兵样"送到各地当样本儿，逐一挑选。

挑剩下的老弱残兵，留在地方称为厢军，厢军到后来都成为泥水匠、挑夫，根本没法打仗。

此外，宋太祖更积极培养忠君爱国观念，在中国古代君主政治之下，帝王是政治的中心，王朝的象征，忠君即忠于朝廷。

五代是自秦朝到清朝之间，国祚最短的朝代，五代的创业帝王不能培养忠君观念是重要原因之一。五代的人脑中根本没有忠君观

北宋禁军武官，宋《大驾卤簿图》局部。

念，像冯道，历任四朝，居相位二十多年，自号为长乐老，这种没有气节的老不修，竟然受人赞颂，难怪是短命朝廷。

五代君主不但不重用忠臣，反而喜欢任用贰臣，国焉不亡？宋太祖老早看清楚这一点，当陈桥兵变一发生，宋太祖的部下把黄袍朝他身上一披，正式兵变，宋太祖急急还京之际，副都指挥使韩通不满宋太祖的作为，正准备发兵攻击宋太祖，而为王彦昇所杀。

宋太祖一即位，马上追赠韩通为中书令，而且下令用厚礼葬之，表示奖励韩通忠于后周。

至于那位王彦昇，则以“擅杀韩通，虽预佐命，终身不与节钺”，他明明对宋太祖有功，却以擅自杀掉韩通，让他一辈子不领节钺。所谓节钺（yuè），指的是符节与斧钺，古时任命大将时授之，以重其权。

宋太祖征南唐时，南唐大臣杜著、薛良来奔，宋太祖不但不收留，反而责怪他二人不忠，在下蜀市问斩杜著，薛良则发配到庐州。

另外，宋太祖执获北汉宰相卫融时，询问他道："听说你教刘钧（北汉主）反抗大宋？"

"犬吠非其主，臣诚不忍负刘氏。"卫融一点也不隐瞒地回答，他以忠狗自喻，狗儿对着生人总是要叫的，不是吗？

卫融接着把头一昂："陛下纵使不杀臣，臣必不为陛下用！"脸上呈现出傲然不屈的神色。

宋太祖发怒了，命左右用铁擿敲他的脑袋，鲜血如注，卫融大呼："臣死得其所！"

宋太祖立刻喝止："忠臣也，把他放了。"宋太祖虽然很厌恶卫融，但是觉得他这种忠心的表现，正是宋朝人民应该效法的，所以故意将他释放。

宋太祖种种作为都在奖励名节，其结果造成忠君观念的流行，宋朝虽然长久积弱不振，但是不断有忠臣的出现，传国三百二十年，宋太祖功不可没，可见得风气对一个国家的盛衰兴亡是如何重要。

赵普任相刚毅果断

在《孟子·梁惠王篇》之中有一段，梁襄王问孟子："天下要怎样才能安定?"孟子说："不嗜杀人者能一之。"——不喜欢杀人的人才能安定天下。

宋太祖就是一个不嗜杀的君主，当他在赵普家商议定江南之策时曾说："王全斌平西蜀时多杀人，吾今思之，犹耿耿于怀，不可用也。"于是改用曹彬为大将，曹彬为执行宋太祖的命令，还装了一场病，要求军士们不可乱杀无辜。

对一个创业帝王而言，除了要收拾人心，更要笼络社会上具有力量的优秀分子，唐太宗提倡科举，他看到一个一个新考取的进士连袂（mèi）进入端门，心中暗喜道："天下英雄，尽入吾彀中矣。"（彀 gòu，牢笼之意。）

宋朝的科举制度是以唐朝为蓝本，宋太祖喜欢自己担任主考官，他对近臣说："昔日科名多为有钱有势人家所取，朕今临试，尽革其弊也。"皇帝亲临考试，称之为殿试，殿试及第的进士，那可就是"天子门生"，神气极了。

在提倡科举的同时，宋太祖又大兴儒学，敬重读书人，他即位后不久，就在东京修了国子监，准许京官七品以上的子弟入学。国子监两旁的墙壁上，绘制了许多先哲先儒的肖像，宋太祖常常一个人背着手，来来回回瞻仰孔子、颜回的遗容。

国子监开讲的第一天，宋太祖必定亲自赐宴员生，勉励大家好好读书，他又对太子赵德芳的老师说：“帝王之子，应多读经书，使知治乱兴亡。”

乾德年初，当宋太祖决定“乾德”这个年号之后，有一天在一个宫人身上，找到一面旧镜子，背面有“乾德五年”四个字，太祖看了大吃一惊，拿去给宰相看，宰相也是一头雾水。

后来，有位叫窦仪的学士对宋太祖说：“这必定是蜀国旧物，以前蜀主王衍有此年号。”宋太祖长叹一声道：“宰相须用读书人。”从此更加敬重儒臣，宰相赵普本以精通吏道，会耍权术著名，宋太祖屡次劝他多读书，后来赵普也手不释卷。淳化三年（992 年），赵普去世，其家人搜其书箧（qiè），则《论语》二十篇也。这正是所谓“半部《论语》治天下”的由来。

宋太祖对纳谏的唐太宗十分尊敬，但是他又说：“要是能束身自好，使臣下无闲言，岂不更好？”因此，他比唐太宗更加洁身律己。

但是，人总是人，难免会做出一些不理智的事情来，尤其是身为一国之君。

建隆元年（960 年）某日，宋太祖在后苑挟弓弹鸟，忽然下面报告，有位大臣有急事请奏，宋太祖觉得十分扫兴，也只有先放下弹弓听大臣说，结果讲了半天，唠唠叨叨，都是一些寻常小事，宋太祖不悦道：“这算得上什么急事?”

“臣以为总比陛下弹鸟的事急一些。”

一听此言，宋太祖大怒，拿着斧柄，对准这个臣子的门牙敲过去，“哐，哐”两声，掉下两颗牙齿。

这位臣子不作声，弯下腰来，小心地把两颗牙齿捡起来，揣入怀中。

宋太祖说：“你这是干什么？准备作为证物控告我啊！”

“不，不，陛下位居人君，臣往哪儿告去？但有史官在，历史总

赵普，选自《历代名臣像解》。

会记上这一笔的。”

宋太祖立刻换成一副笑脸，厚赐金帛，可见他虽一时冲动，却能即刻醒悟过来。

开宝六年（973年）八月中，宋太祖正在大宴群臣，忽然之间，风云变色，大雨倾盆，下了半天都不停止，宋太祖烦透了，正准备发脾气，左右都异常惊恐，不知如何是好，又不能下令老天爷停止下雨。

宰相赵普上奏宋太祖：“外间百姓正在祈求下雨，各自欢喜作乐，下一场雨，于大宴何损？不如命令乐官在雨中奏放，普天同庆。”

宋太祖马上开心起来，结果，这场宴会比平常都成功，此固然是赵普应付得当，也表示宋太祖确实注意民间疾苦。

赵普任相十年，刚毅果断，以天下事为己任，他曾经上奏要某人为某官，宋太祖不肯。

第二天，赵普再奏，宋太祖依旧不肯。到了第三天，赵普又把奏章呈了上去，宋太祖不觉动了肝火，当场把奏折撕成两半，摔在地上。

赵普神色自若，徐徐把撕破的奏章拾了起来，回家之后，再仔仔细细补好，第四天，又呈了上去。

宋太祖心里想，赵普一再碰钉子，还是坚持己见，看来这人果然不错，便准了赵普所请，后来此人以称职闻名。

又有一回，某位官吏因功应当升官，宋太祖向来嫌恶此人，不肯让他升官，赵普一再要求，宋太祖怒曰：“朕不与迁官，将奈何？”

赵普不以为然道：“刑罚用以惩恶，奖赏用以酬（chóu）功，刑赏者天下人之刑赏，怎可因陛下喜怒而定？”

宋太祖气得不要听赵普说话，站起来，走了出去。赵普一路跟着，太祖入宫，赵普就站在宫门旁边，久久不去，两人僵持了半天，宋太祖最后依了赵普所奏请。

所以说起来，宋太祖是个器度颇大的君主，我们可以再举一个小例子：太祖建隆二年（961 年），太祖在宴会上见到以前对他恶声恶气的凤翔节度使临清王彦超说：“卿过去在复州，朕前往依靠卿，卿为何不接纳我？”

王彦超吓得连连叩首说：“当时臣不过一刺史耳，勺水岂可容纳神龙，而且要是臣纳陛下，陛下安有今日？”

面对王彦超的强词夺理，宋太祖只是哈哈一笑，现在既然有报仇的本领，又何必眦（zì）牙必报？

宋太祖拜访赵普

历来的史家总爱以秦皇、汉武并称，唐太宗、宋太祖合誉。然而宋太祖是欺人孤儿寡妇得来的天下，颇受人诟（gòu）病，感觉上差了一些。无论如何，宋太祖总是一代明君，尤其是他律已甚严，相当节俭。

据说，当太祖随同周世宗征伐淮南之时，有人在世宗面前打小报告，说太祖从寿州偷偷运了好几车的金银财宝。

周世宗派人打开太祖的车辆检查，哪有什么金子，全是一捆一捆的书籍。周世宗问他："为将帅者当求坚甲利兵，要书何用？"

"因无奇谋赞助陛下，只有从书中增广见闻。"这是宋太祖的回答，难怪他不但会打仗，而且懂得如何当一个好君主。

乾德四年（966 年），宋太祖攻下后蜀以后，发现战利品中有一个夜壶，竟然用七种罕有的宝石镶成的，大家看了都啧啧称奇，满以为宋太祖一定视之若宝。

岂料宋太祖立刻下了一个命令："敲碎！"左右都惊愕得说不出话来，又不敢违抗皇上，只好忍痛把溺器打碎。

宋太祖叹了一口气道："孟昶用七宝装饰一个尿壶，可想而知他用什么来盛放食物，像这个样子，国家怎能不亡？"

也许由于宋太祖年少时，曾经度过一段艰苦的岁月，因此格外节俭，连他的御衣皇袍，只有登殿用的才用绫锦制成，其余都是采用普通质料，而且穿了再洗，洗了再穿，后宫之中寝殿的帏帘用青布裁成，宫闱帘幕，也都没有文采之绣。

宋太祖还常常找出以前的麻缕布裳赐给左右：“这是我过去用过的。”别人也不敢说，赏赐怎么用旧的。宋太祖的意思是，希望大家能学他的样，懂得爱惜物品。有一天，太祖的弟弟赵光义在宴会之中，从容地劝他，当皇帝要有一个皇帝样儿，不可过分寒酸，有失体面。宋太祖两眼一瞪：“你不记得我们在灰马营中的日子了吗？”赵光义挨了训，只有默默地低下头。

开宝五年（972年）夏天，永庆公主穿了一件贴绣铺翠短襦入宫，宋太祖看见了，把女儿叫过来说：“你把这件袄给我，以后再不许穿了。”

永庆公主知道父皇节俭，忍不住埋怨道：“这不过用了一点翠羽，花得了多少钱嘛！”

宋太祖见永庆公主嘟着嘴，和颜悦色地劝道：“不然。你是公主，一穿上翠羽短袄，宫闱戚里必然效法，一件袄子要多少翠鸟的毛才能制成，你生长在富贵之家，应当惜福，岂可造此恶业之端？赶快脱下来。”

永庆公主万般舍不得，却也只好听话。历来做皇帝的，多半宠着儿孙浪费，反正天下都是一人所有，像宋太祖这般注重家教者，倒还少见。

又有一次，宋太祖的皇后说：“官家（皇后对皇帝的称呼）做天子日久，为何不用黄金装饰一下轿子，如此，乘以出入，比较神气。”

宋太祖笑道：“我以四海之富，别说用金子装饰轿子，就是宫殿用金银打造，我的力量也办得到。但是，念在我为全国人民保管财产，岂可妄用？古称一人治天下，不以天下养奉一人。”

宋太祖自己十分节俭，对他人却十分慷慨，譬如在《杯酒释兵权》篇中我们说过，他劝武臣们：“多积金银，厚自娱乐，使子孙无贫乏耳。”

他为了要大臣们忠于宋朝，出手相当大方，譬如范质有病，赐金器两百两、钱两百万，数目都很吓人。

廉洁自守本来就是一件不易之事，连刚毅果断的赵普尚且不免。在宋太祖征南唐之中，我们说过南唐李后主日夜担心宋太祖南征，也就不断孝敬宋朝上上下下。

开宝四年（971 年）十一月，李后主拿了五万两银子送给宰相赵普，这数字太大，赵普不敢要，面呈太祖，太祖居然说："这个不可不接受，你写封信答谢，再拿点钱给使者。"

过了几天的一个夜晚，宋太祖外出，忽然到了赵普家，皇帝驾到，非同小可。可是宋太祖来得真不是时候，吴越王钱俶（chù）正打发人送来十瓶礼物摆在长廊，赵普来不及拿个东西遮掩，急急忙忙迎了出来。

宋太祖一走进来，马上发现长廊下面整整齐齐排了十个瓶子，回首问赵普："这是什么？"

"海味，海味，这是吴越送来的海味。"

"海味必佳！"说着，宋太祖打开了一瓶，一看，哪儿是干贝、鱿鱼之类的海味，全是黄澄澄、亮闪闪的金子。

赵普急得不断叩头："臣实以为海味。"

宋太祖也没追究，不过后来赵普贪污过了分，假公济私，秽迹昭彰，太祖忍痛罢其相位。

宋太祖之所以如此节俭，还有一个重要原因，他希望存够了钱，把石敬瑭割让给契丹的燕云十六州换回来，虽然这个心愿最后未了，但宋太祖克勤克俭的务实作风，值得我们学习。其实，我们现在某些人装潢房舍，动辄上百上千万，倒与孟昶用七宝饰溺器一般，过分奢华浪费，不是好事。

斧声烛影

我国从秦朝、汉朝以来，按照传统的习惯，皇帝的宝座，一向是父子相传。可是，宋太祖赵匡胤逝世之后，他明明有两个儿子，却传位给他的弟弟赵光义，这是怎么一回事呢？

宋太祖灭后周之后，尊母亲杜氏为皇太后，然而皇太后却不怎么开心，一天到晚闷闷不乐，大家都觉得很奇怪。

甚且，当宋太祖拜太后于朝廷之上，文武百官齐声道贺，杜太后仍旧皱着眉头，一副愀（qiǎo）然不乐的样子，好像大难临头似的。宋太祖满脸尴尬，不知如何是好。

左右臣子纷纷对杜太后进言道："臣听说母以子贵，今天你的儿子贵为天子，还有什么好不快乐的呢？"

杜太后不以为然地摇摇头道："我听说做一个君主是很困难的，若是做得好，当然十分尊贵。假使做得不好，再想当一个普通的老百姓，都不可能。所以，我非常的忧虑。"

原来，杜太后亲眼见到五代时期国亡身灭的惨状，短短五十年之中，换了十二位君主。因此，杜太后的忧虑绝不是杞人忧天。

也许正因为杜太后不断地耳提面命，宋太祖目睹前代覆亡的悲剧，他了解帝王权力的可爱，也知道无限制权力背面的可怕。因此宋太祖杯酒释兵权，解除悍将的威胁，同时勇于纳谏，勤劳俭朴，战战兢兢，惟恐有失。

不知道是杜太后没有福气，或者成天担心儿子皇帝当不好，成

杜太后训子，选自明刊本《帝鉴图说》。

天发愁，就在宋太祖即位第二年（建隆二年，961年）六月病倒在床。

病危之际，杜太后把宋太祖和她最信任的宰相赵普叫到身旁，她用微弱的声音询问宋太祖道："你知道你怎么得到天下的吗？"

宋太祖哭得窸窸窣窣，一把眼泪一把鼻涕，呜咽得说不出话来，只不断地用衣袖擦眼泪。

杜太后很不高兴，教训宋太祖道："我正要跟你讨论大事，你不断地哭干什么？"然后杜太后又追问了一句："你仔细想想看，你凭什么能够取得天下？"

宋太祖眼泪汪汪地回答："这都是因为我们祖宗的余德，加上太后的庇（bì）荫。"

"不对，不对，"杜太后正色地说，"这是因为柴家立了一个七岁的小孩为天子，你才有今天。倘若后周新天子是个年纪比较大的，哪儿轮到你来当皇帝。"

接着，杜太后吩咐道："你和光义都是我生的，我要你在你百年之后，传位给你的弟弟光义，如此，则四海至广，能立长君，社稷之福也。"

宋太祖顿首泣曰："敢不受太后教！"

杜太后又命令赵普把她说的话一字不漏地记下来，并且要赵普签名作为见证，把遗嘱藏在金柜里，以为凭据。然后她老人家才放心地闭上眼睛，与世长辞，这就是历史上有名的金柜之盟。

宋太祖和他的弟弟赵光义感情一向很好，远在陈桥兵变之际，赵光义已是策划人之一，兄弟二人推心置腹。根据史书记载：有一次赵光义生病，宋太祖亲自取了艾草为他针灸（jiū），赵光义痛得叫了起来，宋太祖为了表示同甘共苦，亦取艾自灸。

又有一次，赵光义在宴会中喝多了酒，醉得歪歪倒倒，没有办法骑马，宋太祖站了起来，亲自扶着他回去。宋太祖常常对左右近臣说："晋王（指赵光义）龙行虎步，必为太平天子，他的福气不是我赶得上的。"

然而，又有不少史家怀疑金柜之盟的真实性。开宝九年（976年）冬天，宋太祖生了重病，在一个大雪纷飞的晚上，太祖召见赵光义托以后事，左右的人皆不得闻，只见遥远的烛影之下，晋王时而离席，好像是在逃避什么，不久，又听到斧头落地的声音，宋太祖一命归天。

宋太祖新娶的年轻皇后宋太后（二十五岁）见到了晋王，哭哭啼啼地说："吾母子之命，皆托于官家（皇帝之意）。"

晋王也哭泣着说："共保富贵，毋（wú）忧也。"

这就是平剧之中很有名的一出戏——《贺后骂殿》，叙述宋太祖死后，贺后（其实应该是姓宋）斥骂宋太宗篡位，宋太宗尊贺后为皇太后的一段故事。

有些史家认为宋太祖是被宋太宗一记斧头解决了性命，所以才死得这么快，根本也没有什么金柜之盟。而且，宋太宗后来也是把皇位传给儿子，并没有遵照杜太后所指示兄终弟及的原则。

但是，从另外一个角度看，金柜之盟极有可能，因为宋太祖和

贺后骂殿，清杨家埠年画。

唐太宗一样，是历代创业帝王之中，最能体会殷鉴不远的皇帝。尤其，太祖、太宗手足情深，他为了宋代的基业，把皇位传给能干的弟弟，也说得过去。宋太宗若是把宋太祖给杀了，他一定要把宋太祖的儿子斩草除根，免除后患，我们证之史实，却没有发现太宗毒害太祖之子。

总而言之，斧声烛影乃千古疑案，宫闱秘事，外界莫得而知。

戏剧中的杨家将

我国民情忠厚，最喜欢听牺牲奋斗、为国壮烈成仁的故事。提起杨家将三个字，大家就眉毛一挑，开始兴奋，凡是喜欢唱平剧的，都爱哼上两句《四郎探母》中的“我好比笼中鸟，有翅难展”，就是在幼稚园中的小弟弟，也喜欢握着小木棍，把自己当成杨文广。

杨家将的故事，就在一代一代的流传之中，为人们所熟知，佘（shé）太君、萧太后、穆桂英，大概是民间最熟悉的历史中的女子。然而平剧、地方戏剧、歌仔戏、港剧之中所演出的杨家将，确有其人、确有其事吗?

答案是肯定的。在北宋一百六十七年的历史当中，执戈卫国的杨家将，先后五世，经历宋太宗、真宗、仁宗、英宗、神宗五个朝代，可以说占了北宋一半以上的时间。

杨家将的遗迹很多，其中以今天山西、河北省境内长城岭的“杨延昭挂甲树”，居庸关八达岭附近“杨六郎点将台”，山西应县木塔中心莲花座下埋藏的杨业忠骸，衡山北麓（lù）金龙峪“老令公屯兵处”及古北口建立的“杨无敌庙”最为著名。据说抗日期间，这些遗迹都还存在。

杨家将虽然确为一门忠烈，然而一千多年来，民间戏剧流传的故事，却多与史实不符，我们先看一看戏剧中的杨家将，再介绍正史中的其人其事。

杨家将的主角是杨业，武艺高强，骁勇善战，人们称他为“无敌将军”，又尊称为“杨令公”，他一共有七个儿子，两个女儿，个个英勇，加上孙儿、孙媳、曾孙，合称为杨家将。

老令公杨业，他在年轻的时候，从征佘塘关，女将佘赛花，舞枪而前，点点纷纷，如梨花遍洒，杨业落荒而逃，见路旁有一座七星庙，赶紧躲入。佘赛花在门前扬言，将命士卒焚庙，杨业情急之下，与佘赛花相约两人徒手相搏。

佘赛花进入七星庙，杨业将她一把推倒，用绳索绑住。他发现佘赛花貌美赛花，不忍伤害，两人在神前立誓，结为夫妇。佘赛花即为鼎鼎大名的佘太君是也。

宋太宗之时，辽邦与宋朝大臣潘洪串连，诱骗宋帝至幽州，设下双龙会，想要效法鸿门宴，在宴席中杀死宋太宗。

杨业长子杨大郎延平，假扮宋帝前往赴会，结果大郎二郎均战死，三郎踏死马蹄下，四郎被擒，所剩生还者，只有五郎、六郎、七郎而已，宋兵元气大伤。

宋朝对死者一一追封，对生者五郎、六郎、七郎加官晋禄。然而五郎受此打击，不受官禄，决意在五台山出家，当和尚去了。

后来，宋辽再度失和，杨令公兵困两狼山，他派遣七郎向元帅潘洪求救，不料潘洪非但不发一兵，而且把七郎给杀了，以报私仇。杨令公久久等不到救兵，晚上梦到七郎的冤魂，醒而大疑，他一面命六郎突围而出，自己则单身杀到苏武庙。

在月光之下，杨令公看到树旁的一块大石碑，上面刻着“李陵碑”三字。这李陵原是汉朝名将，讨伐匈奴失败，屈节投降，司马迁因为帮李陵说情，惨遭腐刑。杨令公一心报国，不料同袍相残，他不愿意被番军捉去当俘虏，摘下金盔，双眼一闭，向石碑猛撞而死。

六郎杨延昭，在五台山巧遇五郎，兄弟意外相逢，悲喜交加，六郎央求五郎下山助战，五郎表示，非要取得穆柯寨的降龙木，作为斧柄，方能取胜，非有此木不肯下山。六郎之子杨宗保，奉命前往穆柯寨盗木；遇到定天王穆羽的女儿穆桂英，她天生两臂神力，惯使三口飞刀，百发百中。

杨延昭阵前斩子，选自《戏剧图册》，清人绘。

杨宗保与穆桂英，两马相会，枪来刀挡，刀去枪迎，不分胜负。穆桂英使了一招，拨马便走，杨宗保不知是计，飞马追去；忽然一支箭飞来，正好射中马背，杨宗保翻倒在地，穆桂英笑盈盈地活捉杨宗保。

穆桂英这才发现此位青年英雄帅极了，心生爱慕，逼他成亲之后，予以放回。杨宗保回营之后，他的父亲杨延昭大怒，痛骂儿子临阵招亲，违反军法，立刻喝令推出斩首，佘太君闻讯赶来，为孙儿说情，杨延昭不听。

正在千钧一发之际，穆桂英前来，呈献降龙木，忽然见到夫婿被绑在辕门外面，气得不得了，便请杨延昭赦免。杨延昭起初不肯，可是见她厉害，不得已只好答应，众人都为杨宗保娶了这么一个年轻貌美、英姿焕发的女将而高兴。

再说，杨四郎延辉在幽州为辽所败被虏，改姓名为木易，辽国太后将他配以铁镜公主，一晃就是十五年。

萧天佐寇宋，杨延昭率领一批人马，浩浩荡荡，向飞虎谷进军。佘太君宝刀未老，押粮抵营。

杨四郎延辉，听到母亲和六郎前来，一时思母心切，独自坐在那儿唉声叹气，双泪涟涟。铁镜公主看到了，大为惊奇，一再追问。最后，四郎把实情一五一十坦诚以告，并且恳求公主到萧太后那儿，偷取一支令箭，出关见母。一家团聚，悲喜交集，到了四更天，四郎不得不挥泪而返。后来，杨四郎掌握兵权，与杨延昭里应外合，大破幽州，洗刷了宋朝的耻辱。

在平剧之中，杨家将是最常出现的，例如：《佘塘关》、《双龙会》、《五台山》、《李陵碑》、《雁门关》、《穆柯寨》、《清官册》、《白虎堂》、《四郎探母》、《八盘山》、《破洪州》、《八郎探母》、《太君辞朝》、《洪羊洞》、《瓦桥关》、《演火棍》、《五台会兄》等都是。

戏剧中的杨家将，大家都很熟悉，正史中的杨家将到底是如何的呢？

正史中的杨家将

我们叙说了戏剧中的杨家将，现在我们一起来看看《宋史》之中的记载：杨业的父亲叫杨信（一名弘信），在戏剧中称为火山王杨滚，可能因为杨信做过麟州刺史，麟州附近有火山之故。

杨业本名叫杨继业，小时候不喜欢读书，只爱骑马射箭，性尚侠义，特别爱好打猎；每次打猎，所获得的鸟兽，总比别人多好几倍。他曾经自豪地夸道："你们看，将来要是我当了大将军，用兵列阵，也就好像指挥鹰犬追逐雉（zhì）兔一般。"

当他二十岁的时候，在北汉主刘崇手下担任保卫指挥使，以骁勇闻名。刘崇死后，刘钧即位，收他为义子，赐姓为刘，改名为刘继业。后来，又升他为建雄军节度使，立下了不少战功，北汉人都称他为无敌将军。

宋太宗讨伐太原的时候，就已经听说过他的威名，北汉孤垒甚危，根本不是宋朝的对手，杨继业劝北汉主投降。因此，北汉降宋之后，太宗大为高兴，授杨继业为大将军，他在北汉为将，共历四帝，为时二十余年。当杨继业降宋之时，已经五十多岁，因此人称之为老令公。

杨继业拜受诏书之后，第二天就调集军马，来到宋太宗的御营。宋太宗见到这位英勇大将，大为高兴，立刻任命他为右领军卫大将军，而且亲自把跪在地上的老令公扶起，慰勉有加，要他复姓杨氏，单名一个业字。

宋太宗看上杨业对边疆事务熟悉，派他担任代州兼三交驻泊兵马都部署，刚好契丹入侵雁门，杨业带领麾下数千骑兵，由小径绕到雁门北边，大败契丹，杨业因功迁为麟州观察使。

从此以后，契丹只要远远望见旌旗上有一个杨字，不由担心他挺枪滚滚杀来，三十六计走为上策。因为杨业威名太盛，戍边主将心怀忌恨，不断地上书，诽谤杨业，宋太宗看过之后，向来不理，把奏章封好之后，寄给杨业，杨业对于君主这一份信任，感动极了。

雍熙三年（986年），大兵北征，朝廷以忠武节度使潘美为云、应路行营都部署，杨业为他的副将，王侁（shēn）为监军。连克云（山西大同）、应（山西应县）、寰（huán）（山西朔县东）、朔（山西朔县）四州，这是自从石敬瑭把燕云十六州割让给契丹以来的第一次光复。可是过了没有多久，契丹国母萧太后，又攻下了寰州。

萧太后，佚名绘。

这个萧太后，是历史上一位精明强干、足智多谋的女中豪杰、巾帼丈夫。大家还记得，耶律阿保机那位厉害的述律皇后吗？述律皇后也是萧氏，辽国的耶律家之子，似乎非萧家女不娶，萧家之女似乎也非耶律家子弟不嫁。

这位在历史上被赞誉为“明达治道、闻善必从”的萧太后，乃辽国魏王萧思温的女儿，小名燕燕。她的姊妹很多，全家就属她最聪明，连扫地都比别人扫得干净，所以她父亲常常夸奖燕燕这个女孩子，将来必能成家立业，有所作为。

由于她的才干与魄力，均超过她的丈夫辽景宗，因此成为名副其实的贤内助。辽景宗二十二岁即位，三十六岁就短命而死；十二岁的辽圣宗即位，国家的重责大任，就由身为太后的萧燕燕一肩挑起。萧太后富有机智，爱才任贤，臣子们都愿意为她效命，尤其是耶律休哥，更是了不起的政治家、军事家。

萧太后文武全才，每次南征，她都亲自披甲上阵，杨业知道这

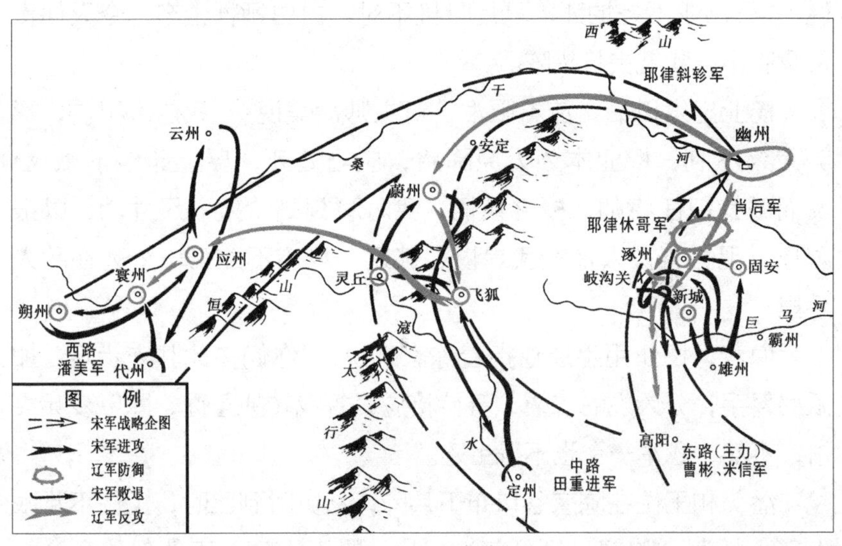

辽宋第二次幽州之战。宋太宗统和四年（986年）正月，宋三路攻辽：东路曹彬、米信主力指涿州、新城；中路田重进自定州北上飞狐口；西路潘美、杨业自雁门指向云州。预备会攻幽州（今北京）。中路连下飞狐口、灵丘、蔚州；西路连下寰、朔、应、云诸州；东路主力：一为米信部自雄州渡巨马河，破辽军于新城；一部曹彬率领，克固安、涿州。面对宋主力，辽耶律休哥取守势，并出兵至宋后方，断其粮道。曹彬至涿州后，粮尽返雄州。补充后，又向北进攻至涿州，忽闻萧后大军南进，遂向西南撤退。辽纵军追击，五月初连败宋军于岐沟关、巨马河，宋残部退回高阳。辽军腾出兵力转攻宋西路，收复诸州，全歼杨业一部。中路田重进部安全返回。

位女将勇猛，不容易对付。杨业对潘美等说："现在辽兵来势凶猛，兵源众多，我们不能出兵迎敌，目前最重要的，是掩护寰州等地的百姓，退入雁门关，使他们不受到屠杀，我军应北上应州，派一千名弓箭手，抵挡追兵，让民众安全往南撤退。"

监军王侁（shēn）听了，嘿嘿冷笑两声："你率领数万精兵，竟然如此胆小懦弱，依我看，你应该领兵出雁门关，向前推进。"

"不可以，不可以，如此只有损兵折将，于事无补。"杨业辩说道。

王侁忽然站了起来，冷冷地对杨业说："杨将军向来号称无敌，这次却吓成这个样子，莫非有他志？"

杨业气得握拳顿足，耳中嗡嗡一片，他也站了起来，气愤地说："我杨业不是怕死，只是时机不对，白白牺牲士卒，今天你责备我胆小，我就去打头阵。"

杨业出发以后，流着眼泪，对主帅潘美说："我这次出击，形势大为不利，杨业本为太原降将，应当处死，皇上非但不杀我，反而派我担任将帅，授之兵柄，我时时刻刻希望立尺寸功，以报国恩。现在，被人怀疑我畏惧、逃避，我还不如第一个死在敌人手里。"

说着，杨业用手遥遥指着陈家谷说："你们在此驻守步兵，加派弓弩手，分为左右二翼，等待接应，等我转战至此，即以步兵夹击，不然，我军一个也不得生还。"

潘美和王侁在陈家谷口布下兵阵，从寅时到巳时，王侁不断派人登上托逻台瞭望，只见黄沙一片，渺无人烟，王侁忽然念头一转，莫不是契丹已被杨业打得落荒而逃。所以，杨业才故意把我困在陈家谷，想要一个人独得全功啊。于是，王侁立刻带兵追了上去，他可不愿让杨业独享战功。

佘太君与穆桂英

在《正史中的杨家将》之中，我们说到老令公杨业，奉命攻打辽国，辽国萧太后来势汹汹，杨业急于撤退百姓。谁知监军王侁责备杨业贪生怕死，杨业迫于无奈，只好勉强出征，临行之前，请求主帅潘美、监军王侁在陈家谷接应。谁知，王侁久不见杨业兵马，为了争功，回马引军离开陈家谷。

潘美想要制止王侁，王侁在马上大声地说："别忘了，我是监军。"说罢，扬长而去。潘美也只好随着王侁北进。他们沿着灰河走了二十多里，接到前哨飞马跑来报告，杨业兵败，辽军紧紧追杀过来。王侁慌乱地下达命令："退军！"

再说，杨业且战且走，一路逃跑南奔，回头一望，辽兵人喊马嘶，像潮水一般冲杀过来。到了傍晚，好不容易逃到陈家谷，满以为步兵强弩会在此接应；谁知，山谷之中，空空如也，他气得痛哭失声，只闻山谷之中传来阵阵的回音。

杨业捂着伤口，杀开一条血路，他还手刃数百辽兵。这时，杨业的兵马，七零八落，只剩下一百多人，杨业长叹一声道："你们各有父母妻子，不必跟我一起死，赶快退走还报天子。"

军士们个个洒泪，舍不得离开老将军，老令公常与士卒同甘共苦，边疆一带，气候寒冷，他却从不生火，表示要冻大家一起冻。

当杨业被辽兵捉住之时，身上大大小小有几十个伤口，杨业仰天长叹道："皇上待我优厚，希望我讨伐贼人，捍卫边疆，谁知，反为奸臣所害，王师大败，我还有什么面目活在世界上呢！”绝食三日而死。

他的部下感激杨业恩义，一起战死，无一生还。

宋太宗听说这件事情，万分痛惜，追赠杨业为太尉（太尉与司徒、司空合称为三公），并且下诏：“执干戈而卫社稷，尽力死敌，立节迈伦，独以孤军，陷于沙漠，有死不回，求之古人，何以加此。”赐其家布帛千匹，粟千石。处罚不和他配合的大将潘美，连降三级。革除监军王侁（shēn）所有的职务，发配金州。

在戏剧中，把杨业之死，完全归罪于潘洪——其实就是潘美，真正的祸首王侁反而不为人们所知。杨业不识字，忠烈武勇，极有智谋，他一共有七个儿子，名字和戏剧中有所不同，依次为延玉、延浦、延训、延瑰、延贵、延昭、延彬。（请参考篇末《杨家将世系简表》）

这七个儿子中，以杨延昭最为著名，他本名延朗，幼时沉默寡言，喜欢玩骑马打仗的游戏。杨业常常说：“这个儿子像我。”每次出征，都带他去。太平兴国中，担任供奉官，后为江淮南都巡检使。

咸平二年（999年）的冬天，契丹骚扰边境，杨延昭当时驻守遂城，城中毫无戒备。契丹攻之甚急，长围数日，大家心里都很害怕。聪明的杨延昭，提了许多水，从城墙上往下灌，由于天气寒冷，到了第二天早晨，冻为一座冰墙，又硬又滑，契丹根本爬不上去，败下阵来，杨延昭因功升为莫州刺史。真宗皇帝指示诸王说道：“延昭父业为前朝名将，延昭治兵护塞，有父风，深可嘉也。”

这年冬天，契丹再度南侵，延昭在半山埋伏，自北掩击，再获大胜。景德元年（1004年），杨延昭上书皇帝：“契丹驻兵澶（chán）渊，离开北境千里，人马俱乏，若是扼其要路，可以一举歼灭。”可惜朝廷没有接受他的建议。

其后延昭再以功绩调任本州防御使，大中祥符七年（1014年）病卒，享年五十七岁。《宋史》之中记载杨延昭智勇善战，他所得到的俸赐，全部用来犒享三军，从来不管家里的事。驻守边防二十多年，契丹闻之丧胆，尊称为杨六郎。当他去世的时候，真宗非常难过，河朔一带的人民，都望着灵柩哀哀哭泣。他一共有三个儿子，其中最著名的是杨文广。（在小说之中，杨延昭之子为杨宗保，杨宗保之子为杨文广，史书中没有杨宗保这个人）

杨延昭注水冰城，选自《马骀画宝》。

杨文广字仲容，以讨贼张海有功，授殿直。大文学家范仲淹很赏识文广，置于麾下。后来文广跟从大将军狄青南征有功，升为广西钤（qián）辖。宋英宗说：“文广为名将之后，而且有战功。”再升为成州团练使、龙神卫西厢都指挥使。

神宗熙宁七年（1074年），辽使来争河东地界，杨文广献上阵图，攻取幽州之策，朝廷却不敢开战。过了没有多久，杨文广就死了。

杨家将不只是杨令公一人忠心耿耿，他的子孙经历太宗、真宗、仁宗、英宗、神宗五朝，执戈卫国，确为一门忠烈。

再说杨家将之中，脍炙人口的巾帼英雄，以杨业之妻佘太君、杨文广之妻穆桂英为最有名。其余杨排风、杨八妹、杨九妹都不可考。

佘太君是折（shé）德扆（yǐ）之女，小说中称为“佘太君”，又讹为“蛇太君”，她性情精敏，曾经辅佐杨业建立战功，后来上书皇帝，说明其夫战死之由。生有七个儿子。至于穆桂英（一作木桂英），在《保德州志·烈女》中记载：“慕容氏，杨业孙文广妻，州南慕塔村人，雄勇善战。”戏剧中，把杨文广的妻子升为他的母亲，倒是一件很有意思的事。

中国古代，重男轻女，因此，正史中对于女子的记载，只有寥寥数语，佘太君与穆桂英的英勇，也许在民间流传甚广，史书中记载太过简略。不过，由此可知宋初女子，仍有唐代女子骑马射箭的遗风，并非弱不禁风，只会躲在闺房中绣花。

杨家将世系简表

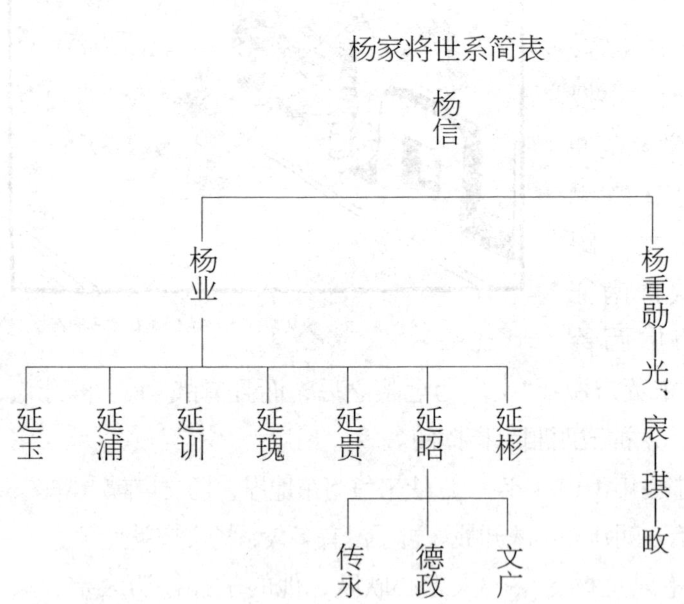

寇准正气凛然

宋朝重文轻武，一直是个积弱不振的朝代，打从建国之初，不断受到北方契丹的威胁，这是因为五代后晋高祖石敬瑭把燕云十六州拱手让给契丹。后周世宗、北宋太宗都曾北伐，却被打得大败。

契丹即为辽，也是前三篇杨家将故事中宋朝之劲（jìng）敌。宋军在太平兴国四年（979 年），趁着灭北汉的余威，与辽军大战于高梁河，宋太宗身中流矢，吓得乘了一辆骡车落荒而逃。到了雍熙三年（986 年），宋太宗鼓起勇气再拼一战，结果又有歧沟关之败。

经过了这二次战役，辽军看透了宋朝之虚，从此，宋朝的北方几乎没有国防线可守，辽军经常长驱直入，骚扰宋朝边境地区。

宋真宗景德元年（1004 年），辽圣宗奉其母萧太后之命大举入寇，来势汹汹，一下就冲到了黄河北岸的澶（chán）渊。宋真宗是一个遇事紧张、胆小懦弱的皇帝，碰到这种十万火急的事，抓耳挠腮，简直不知如何是好。

“臣以为立刻迁都金陵，避开危险的开封城。”王钦若首先提出意见。这位以主编《册府元龟》出名的大臣是江南人，因此建议迁都到江南的金陵，也就是今天的南京城。

“不，臣以为不如迁都到成都较为妥当。”另外一位四川籍的大臣陈尧叟有不同的看法。

接着，宋真宗又请教寇准的意见，寇准假装不晓得王钦若、陈尧叟说些什么，他声色俱厉地说：“此时此刻，若有人建议迁都，

寇准，选自《历代名臣像解》。

他就是国家的罪人，该杀！”

接着，寇准又解释道：“今陛下神武，将臣谐和，若大驾亲征，到澶（chán）州前线去，契丹军队必退……”

朝上的臣子都吓坏了，大家一块转脸去看这口出狂言的集贤殿大学士。

寇准是陕西省渭南县人，年少英迈，精通春秋三传，年十九中进士，分发到地方担任知县，由于表现良好，被调回京中任官。

由于寇准有学问，敢讲话，宋太宗对他十分欣赏，拔擢为枢密院直学士。寇准秉着知识分子的良心，时常犯颜直谏，不考虑皇上之爱恶。

有一回，寇准又顶撞了太宗，太宗实在火了，一言不发，怒气冲天站了起来，直往后宫。

不料，寇准居然一步向前，扯一扯宋太宗的衣袖，好像在说：“你不要这个样子嘛，有话慢慢说。”他把太宗硬请回座位，缓缓地道："陛下，不管你是否生气，事情总要解决才行。"

宋太宗对自己竟然没有龙颜大怒，颇为自得，他告诉左右："朕得寇准，犹唐太宗之得魏徵。"

淳化二年（991 年）春天，大旱灾，宋太宗询问左右因何而起，寇准站起来便说："这是因为天下刑罚不公平。"

宋太宗十分不高兴，按古代帝王拥有无限权威，"伴君如伴虎"，凡是在皇帝身旁做事的，无不小心翼翼，惟恐遭到杀身之祸，哪有像寇准一样的该说就说，全无顾忌。

宋太宗勉强平抑了怒气，把寇准找来问个明白："你说说看，哪儿不公平？"

"祖吉贪污受贿，被判死刑，王淮同样贪污，只被打了一顿，仍然当官，这不是不公平？"寇准理直气壮地回答。

宋太宗认为寇准有理，再升他为左谏议大夫。可是，有一次，寇准在大殿之上与王宾二人争得太厉害，太宗一气之下把他贬到青州。

寇准到了青州之后，宋太宗对他又十分思念，又不好意思说出来，故意问身旁大臣："寇准在青州快乐吗？"

"青州是个好地方，当不苦也。"大臣据实以答。

过了没几天，宋太宗又把原样的话，再问了一遍，左右这下了解皇上的心意了，改口道："听说寇准日夜纵酒，大概是思念皇上。"

宋太宗默默不语，明年又把寇准召回，担任参知政事。当时，太宗在位已久，冯拯等上奏，请皇帝立储君，太宗十分恼火，把冯拯等斥退岭南，然而私心里又晓得这是一件大事，于是，把寇准找来，悄悄问话：

"朕诸子之中，哪一个可以付托国家大事？"

"陛下为天下择君主，不可以与妇人、宦官商量，不可以与近臣讨论，只有陛下自己能选择符合天下之愿者。”

宋太宗不发一语，低着头想了半天，然后屏退左右，低声地问：“襄王怎样？”

“知子莫若父，圣上既然以为可，即可决定。”

就这样，宋太宗以襄王为开封尹，改封寿王，立为皇太子。消息传出之后，京师之人挤在道路之上，彼此道贺：“少年天子。”

宋太宗吃醋了，把寇准再召来说：“人心均属太子，欲置我于何地？”

“此社稷之福也。”寇准叩头道。宋太宗又转怒为喜。

等到宋真宗即位，老早想用寇准为相，又担心他过于刚直，现在，寇准果然又表现了他的耿直，竟然力劝皇上亲征，他说：“契丹大军虽然到达澶州，但是他们是孤军深入，河北州县仍在我方之手，他们不得不担心后援不继，加上，澶州附近我军人数众多，如果陛下亲至澶州，必可鼓舞士气。”

澶渊之盟

宋真宗景德元年（1004 年），契丹萧太后与辽圣宗大举南侵，宋朝大为震动，王钦若等主张迁都，寇准则建议皇上亲征，维系人心。

由于朝廷上下被寇准慑人的气势所笼罩，不待真宗返回后宫，寇准便催皇上起驾。

宋真宗迷迷糊糊来到澶（chán）州，眼看契丹兵威强壮，大家都劝真宗暂且先驻扎下来，以观动静。

寇准十分着急道："陛下倘若不肯过河，则人心益危，也不能压住敌人的气焰，这可不是取威决胜的好办法，况且王超、石保吉等大将早在黄河北岸布置妥当，四方赶来赴援者又多，我军在澶州力量强大，为何还要怀疑不肯前进？"

大臣们依旧嘀嘀咕咕，议论纷纷，因为皇帝渡黄河，他们势必也得跟着上前线，万一中了流矢什么的，那可不是开玩笑的事，因此很想打退堂鼓。

主张迁都的王钦若又在说，此时迁金陵，还来得及。寇准看在眼中，万分着急地抢口："陛下只有进一尺，不可退一寸，河北诸军，日夜企望着皇帝銮驾，皇上到了澶州，士气已百倍，若是不渡黄河，必然万众瓦解，敌人乘势追击，连迁都金陵都不可能。"

正在争执不下之际，寇准遇到了前线回来的高琼，寇准问他："你身受国恩，今日何以报答？"

“琼，武人也，愿为国效死。”

于是寇准领了高琼来见真宗，寇准高声地说：“陛下不以臣的话为然，何妨听听高琼的意见？”

高琼朗声答道：“寇准说的没错，陛下假如渡过黄河，我军士气必然大振。”

寇准立刻在旁接口：“机不可失，请皇上即刻启程。”说着，高琼指挥卫士拉来皇帝的御车，扶着真宗渡过黄河，真宗因为胆小，也不敢反抗，心中十分害怕。

御车过了河，登上澶州的北城门，宋军远远见到了代表皇帝的黄伞盖，兴奋莫名。古代君主权威高于一切，向来不轻言出宫，如今竟然亲上前线，这对宋朝弟兄的鼓励太大了，人人挤来挤去，努力想跳得更高，看得更清楚一些。

“皇上万岁！”“皇上万岁！”“万岁！”宋军踊跃欢呼，声闻数十里，契丹军从来没见过宋军如此威猛，大吃一惊，契丹军的首领气得大叫集合，可是契丹军竟然被吓得军不成列。

宋真宗把军事的指挥权完全交到寇准手上，寇准全权指挥，号令严明，士卒都极为喜悦。

初上战场，宋真宗真是紧张得直冒汗，虽然宋军气势大振，甚且把契丹统军挞（tà）览送上了西天，真宗还是不放心。他偷偷派人去打听，寇准到底在干什么。

打听的使者回来报告：“寇大人在与杨亿饮酒、赌博、唱歌、戏谑（xuè）。”

“寇准如此轻松，大概没有太大的问题吧。”

宋朝这只睡狮被寇准唤醒了，于是契丹派人到宋营谈和，宋军正在大胜，怎可轻言和谈？偏偏真宗胆小，急着罢兵。

寇准禀明真宗：“总该要契丹交出幽州才能谈。”

“有人先前告诉我，你拥兵自重，我还不相信。”宋真宗用不信任的眼光瞅着寇准咕哝着。

欲加之罪，何患无辞，寇准本为一片忠心，皇帝却故意歪曲，又有什么办法，何况宋真宗要撤兵之意甚为坚决，他慷慨表示：“只要每年一百万以内都可以谈。”

宋真宗，选自《乾隆年制历代帝王像真迹》。

真宗虽然有这句狂言在前，寇准一心为国家省钱，他把派出和谈的代表曹利用叫来道：“皇帝虽然开了一百万，你答应契丹的条件，若是超过三十万，我就斩了你的脑袋。”

曹利用来往交涉的结果，与萧太后订立了澶渊之盟。其条件为：（一）宋每年给辽银十万两，绢二十万匹；（二）宋辽约为兄弟之国，辽主尊宋主为兄，宋主尊萧太后为叔母。时为宋真宗景德元年（1004 年）十二月。

澶渊之盟后，宋朝对契丹年年纳币，维持一段长时间之苟安。有人批评澶渊之盟为宋朝国耻之开端。皇帝意志不坚，又有什么办法，假如没有寇准力争，更不知会有何结果。

由于寇准过于刚直，人缘不佳，有一次退朝之后，王钦若对真宗说：“陛下敬重寇准，因为他对社稷有功是不是？”

“对啊！”

“澶渊之役，陛下不以为耻，反而认为他对国家有功，太奇怪了。”

“这有什么不对？”真宗惊愕道。

“城下之盟，《春秋》耻之，况且，皇上有没有听说过赌博，快要赌输的赌徒，往往倾其所有，孤注一掷，称为孤本，寇准就是把皇上当成孤本啊！”

从此之后，真宗渐渐不信任寇准。当然，皇上亲征，本来是有一点儿冒险，皇帝为国担一些风险亦不为过。

好人未必有好报，忠臣往往不善终。有人说，看看忠臣之下场叫人寒心。其实，中外都是一样，耶稣基督救人救世，结果还不是被钉在十字架上。然而人类有一种向上的力量，使得许许多多可爱的傻子，明知不可为而为之，追求真、善、美，中华民族的历史上，就是有寇准之类正直之士，我们才能绵延至今。

富弼的外交

在上篇《澶渊之盟》之中，我们说到，寇准力劝宋真宗亲自出征，讨伐契丹，维系中外人心。结果果然军心大振，可惜真宗畏惧，草草退兵，签订了澶渊之盟。

澶渊之盟之后，寇准成为国之功臣，却引起了全朝大臣之不满，尤其是王钦若，屡次在真宗面前，诋毁寇准，说他以皇帝为赌本，孤注一掷，实在太危险。真宗听了，毛骨悚然，在景德三年（1006年），罢免寇准的相职。

从此，真宗时以澶渊之盟为耻，郁闷不乐。王钦若又献计道："陛下若能发兵收复幽州、燕州，可雪其耻。"

"河朔生灵百姓，方免兵革之苦，朕怎忍如此？"

"不然，"王钦若接口，"只有去泰山行封禅之礼，同时制造种种祥瑞，必可镇服四海，夸耀外国。"

按封禅之礼，乃为古代君主去泰山祭天，古代交通不便，除非国势鼎盛之际，通常臣子都会反对如此劳民伤财。至于祥瑞，则是将天下出现的许多奇异之事，解释为吉祥的征兆。

王钦若自己常说："我小时候经过圃（pǔ）田，半夜起来，仰望天空，忽然看到'紫微'两个字。后来，我到蜀国，在褒城道中，碰到一位贵人，这位贵人告诉我，将来我会做到宰相，等到此位贵人走远之后，才发现他是宰相裴度。"（裴度是唐宪宗时的宰相，本书前面已经说过裴度的故事）

由于这段往事，王钦若对神仙之事深信不疑。同时，帮助真宗制造大量假符瑞，在景德五年（1008 年）正月初一，伪造天书放在皇宫的承天门上，然后，大惊失色般令人取下宣读，又郑重其事藏在金柜之中，集合朝臣道贺，祭告天地宗庙，大赦，改元为大中祥符。

到了六月，又称在泰山得到新的天书。这下不得了，十月间真宗亲往泰山举行封禅之礼，典礼归来之后，群臣莫不争颂功德。

伪造天书，称颂符瑞，老实说，真是一件荒唐的事，可是既然皇帝喜欢这一套玩意儿，上行下效，群相附会，大家一起来玩怪诞的游戏，使得宋真宗一朝，符瑞之事层出不穷，成为最荒谬（miù）的时代。

由于不断有假天书出现，不断可以让臣子大做文章，把真宗捧得半天高，真宗倒是挺乐，然而符瑞的迷信终究只能自欺欺人，朝政日益浑浑噩噩，宋朝的政治更走向败亡之途。

宋真宗去世之后，宋仁宗即位。在辽国方面，辽兴宗即位，正当英年，胸怀大略，他看准宋朝国势不振，又为西夏所困（西夏的故事，我们以后再详细讲），派人向宋朝索取十城之地。

宋仁宗听说这件事，忧心忡忡，不知道该派哪一位臣子前往交涉，问来问去，没有一位敢去，宰相吕夷简建议：“不如找富弼（bì）。”

富弼，字彦国，河南人氏，为人有雍容大度，范仲淹一见之下，惊为奇才，对人说：“此人乃王佐之才也。”并且很热心地把富弼的文书拿给王曾、晏殊传观。晏殊是当时有名的文学家，也是中国史上有名的词人，一见其文，大为赞赏，把富弼收为乘龙快婿，将女儿嫁给了他。

富弼为官极其正直，当时西夏有二人来投降，富弼认为应该用厚赏来吸引降者，不能随随便便安插一个小职位，而宰相吕夷简起初不知道，富弼叹息道：“这个哪儿是小事，宰相怎会不晓得！”吕夷简听到批评颇为不悦。

庆历二年（1042 年），开封城中出现许多假和尚，富弼主张用官吏对付伪僧，把他们关入狱中，吕夷简更不高兴。于是，当仁宗找不到适当出使契丹的人，吕夷简立刻推荐富弼，公报私仇。

不料，富弼很高兴地接下此一艰难的任务，他叩头曰："主上忧烦乃臣子之辱，为臣者岂敢贪生怕死？"

仁宗听了，大为动容。到了二月间，辽使者特默（特默是在《续资治通鉴》中的名字，《宋史》之中称为萧英）果然来了，仁宗遣中使加以慰劳，特默故意蔑视宋朝，上身略弯道："对不起，我足疾，不能拜。"

富弼立刻接口道："我曾经前往北方出使，病卧车中，听到命令，立刻下拜，今天中使到了你却不肯下拜，这算是什么礼？"

特默只好不情愿地起身，让人扶着腋下下拜。经过这一番周折，辽使特默反而敬重富弼，两人开怀畅饮，微醺之际，特默悄悄告诉富弼："辽主所要求的，可以依从的，依他；不能依的，拿一件事搪塞他，也就是了。"

由于有特默这张底牌，最后，宋仁宗准许每年增加岁币，但是仍然不准与宋朝结亲。

富弼办了一场漂亮的外交，宋仁宗大为欣赏，授富弼为礼部员外郎枢密院直学士，哪知富弼竟然拒绝接受，他谦辞道："国家有危急，臣子应该惟命是从，不需要用官爵赐赏。"

过了五个月，宋朝再以富弼为报聘契丹使，前往辽国，正式订约。

到达辽国之后，有辽国官员六符对富弼说："我北朝皇帝坚持一定要割地。"

富弼说："此必败盟，果然如此，南朝只有执戈相待。"

富弼明明晓得宋朝不愿意开战，他将如何迎接更困难的一场外交战呢？

宋辽的关系

宋辽订立澶（chán）渊之盟之后，辽见宋朝与西夏用兵，国势衰弱，向宋朝提出种种要求，宋宰相吕夷简因与富弼不和，建议宋仁宗命富弼办交涉，结果富弼在第一回合之中不辱使命。

宋仁宗庆历二年（1042年）七月，富弼前往契丹谈判，他对辽兴宗道："两朝继好，已四十年，为何忽然要求割地？"

"不是这样的。"辽兴宗摇首道，"此因宋朝违约在前，塞雁门关，疏导溏水，修治城隍，增加民兵，这些都是针对我朝。我朝群臣都赞成大兵南下，朕以为不如先礼后兵，如果你们不答应归还关南故地，朕再用兵，为期不晚。"

富弼一听，心中倒抽一口气，但是仍然不慌不忙应对："北朝（指辽）与我朝通好，则君王专享其利，臣下毫无所获，若是与我朝用兵，利益全归臣下而君王只有灾祸，所以凡是劝陛下用兵者，都是为自己谋利，不是为国家打算。"

"噢？"辽兴宗不料富弼有此一招，满面狐疑地问道，"怎么说？"

"晋高祖（石敬瑭）欺天叛君，求助于北，末帝（李从珂）昏乱，人神共弃，当时中国狭小，上下离叛，所以北朝全师胜利，虏获的金币牛马大都在大臣家中，现在中国精兵数以万计，北朝用兵，有把握一定胜利吗？"

"不能。"说着，辽兴宗低下了头，默默沉思。

富弼眼看辽兴宗心思有些动摇了，赶紧解释："宋朝阻塞雁门关，为的是防备西夏；疏导溏水，早在订盟通好之前；至于城隍倒塌，不能不修；民兵缺额，不得不补，这些都不能算违约。"

辽兴宗被此一驳，哑口无言，过了半晌才道："然而朕所要得的，只是我祖宗故地。"

富弼说："晋高祖把燕云十六州割给契丹，周世宗收复关南之地，这都是前代之事，岂能算旧账？不然，再往前推，燕云十六州该算是我祖宗故地啊。"

辽兴宗又不知如何回答。

第二天，兴宗邀请富弼去打猎，兴宗缓缓骑马靠近富弼道："假如宋朝归还我关南之地，则两国盟好，可万世不移也。"

富弼半点不松口："北朝若以得地为光荣，南朝必以失地为耻辱，既然是兄弟之国，岂可一荣一辱？"

两人又说不拢，最后，兴宗说："但愿两国通婚，永结盟好。"

富弼不愿和亲，他推托道："结婚之后，亲家之间容易起争执，夫妇之间情好难久，人的寿命也不一定，或长或短。"

辽人武骑，像载《番骑图卷》，宋人绘，美国波士顿博物馆藏。

“南朝皇帝必然有女儿。”

“有是有，才四岁，总要再过十多年才能成婚，而且本朝长公主出嫁，嫁妆不过十万缗（mín），远不如每年送岁币。”

最后，辽兴宗要富弼先回国，再带誓书（即盟约）前来，他选择议婚和金帛之一签约。

于是，富弼回到了京师，准备好了国书（即身份证明书，凡外国使者前往他国均需携带，所以外国大使来华第一件事就是呈递到任国书）及誓书再到辽国。誓书中记载，若是议婚就没有金帛；若是辽人能让西夏向宋朝称臣，每年增加岁币二十万，不能称臣的话，每年增加十万。

另外，富弼又上奏，要求在誓书之中增加三件事：第一，两国国界附近不能开发建设，免生事端；第二，双方不可无故增加兵马；第三，不能收留逃亡人民。

富弼走到乐寿，忽然心忖：“我所建议的三件事，都是上次与辽谈好的，万一誓书中没有写，那可怎么办？”

他愈想愈担心，最后，偷偷拆开誓书，果然不出所料，赶快飞报朝廷，所得到的答复是，这三件事口头答应辽国便可。

口头上说说岂能算数，辽国万一看到誓书之中所记载的，与富弼当初答应的不一样，天晓得会出什么事。富弼当机立断，一面派副使先把礼物送到辽国，同时自己马不停蹄飞奔回京师，见到了宋仁宗。

他怒不可遏道：“执政（指吕夷简）如此做，简直欲置臣于死地，臣死不足惜，可是会耽误大事啊！”

仁宗也不知出了什么事，吓得赶快召见吕夷简。

吕夷简不慌不忙，不当一回事地回答：“噢，这是一点小笔误，改过来也就是了。”

富弼见他一派轻松，更是愤怒。在庆历年间吕夷简当道，与范仲淹对抗，是为朋党之争，属于范仲淹这一派的多半是正人君子，如韩琦、富弼、杜衍、欧阳修等，这段故事我们慢慢再说。

富弼拿了改好的国书再去辽，辽国表示不要求婚，还是增加岁币，但是要求誓书之中改为宋朝“献”币或是“纳”币，不能只说“输”币，富弼绝不肯答应这种有辱国家之事。

辽兴宗不悦道：“宋朝既然给我大笔金钱，明明表示怕我，又何必差此一字？”

富弼说：“不对，本朝兼爱南北之民，爱好和平，所以委屈自己，增加岁币，哪里可以称得上畏惧？”

辽兴宗见富弼声色俱厉，也就不再坚持，可惜富弼争了半天，最后，仁宗还是接受晏殊的意见，称为纳，每年宋向辽纳银二十万两、绢三十万匹。（澶渊之盟乃十万两）

《宋史》中记载，在奉使这一段期间，富弼死了一个女儿，又生了一个儿子，他都没过问，看到家书拆都不拆，一把火烧掉，他说：“徒乱人意耳。”

欧母画荻

欧阳修是唐宋八大家之一，许多人尊称他为宋代文学之父。他不仅是照耀古今的诗人、词人，更是出色的史学家，有道德的政治家，是值得详加介绍的历史人物。

欧阳修，字永叔，宋朝庐陵（江西吉安县）人，但他出生于今天四川省绵阳县，时为宋真宗景德四年（1007 年）。欧阳修的父亲欧阳观当时任绵州军事推官。

欧阳修没有兄姊，欧阳观五十六岁才生下这一个男孩，老年得子，兴奋异常，可惜四年之后就因病去世，他的夫人郑氏出身江南名族，此时不过二十六岁。

欧阳观没有留下半点遗产，郑氏夫人孤儿寡母，带着欧阳修及欧阳修的一个妹妹，举目无依。郑氏夫人虽然知书达礼，颇有文才，但古代不作兴女人出外做事，纵有才学有能力也毫无帮助。

欧阳观有一个弟弟欧阳晔（yè）在隋州担任推官，顾念手足之情，把寡嫂及一对侄儿女接来任上，住了短暂一段时间。郑氏夫人是一个有骨气的女子，坚持搬了出去，靠着缝缝补补，非常吃力地带着两个小孩。

当欧阳修到了五六岁大，眼看邻居小孩都夹着书本，三五成群一块去私塾，他也想去。于是睁着一双大眼睛问妈妈："娘，我想去上学。"

一听此话，郑氏夫人心一紧，眼泪再也忍不住地不断往下落。

小小的欧阳修吓呆了，不晓得自己说错什么话，更不明白他一语正中母亲最痛心、最敏感的伤口。

其实这件事在郑氏夫人心中盘算好久了，奈何家用拮（jié）据，能撑住一口气活下去已经不容易了，哪有余钱缴学费呢?

忽然之间，灵光乍现，郑氏夫人一咬牙道：“明天起，娘教你读书。”

第二天，欧阳修满怀兴奋跑到母亲跟前，东望望，西瞧瞧，咦，没有看见书啊！

“一开始，不用书本，先认字。”说着，郑氏夫人拉着欧阳修的小手，拿起一根荻（dí，芦草）茎，在沙地上画了一横，口中念着“一”。

于是，就用这种方式，欧阳修不但认了字，而且会背《诗经》、《左传》，这些都是在沙上制成的书本，由此可见，欧母真是良母，也是一位才女。

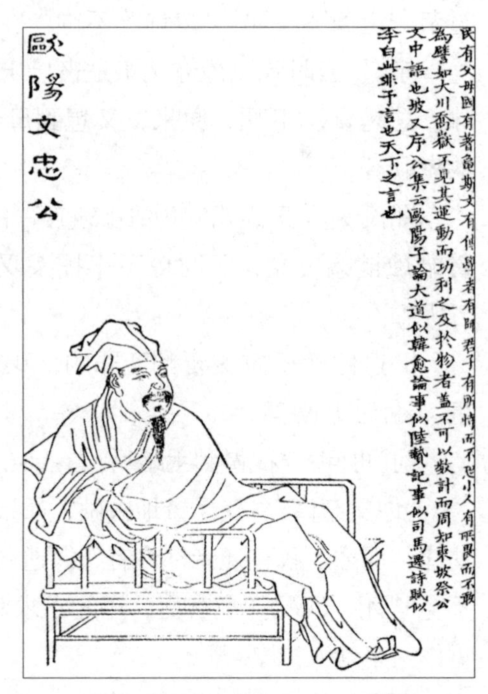

欧阳修，选自《晚笑堂画传》。

一直到十岁，欧阳修没有摸过一本书，但他真是着迷似的喜爱书本。他认识一个小朋友叫李尧辅，是隋州的世家大族，深宅大院之中，装满了书本，欧阳修仰望着书本，注视着笔墨纸砚，真有说不出的羡慕。

李尧辅的功课比较差，时常请教欧阳修，为了感谢欧阳修，他送了一套笔砚给小欧阳修，从此小欧阳修每天忙着抄书，虽然累，他忙得很辛苦，学得更扎实。

有一天，欧阳修在李家丢弃的旧筐中找到《韩昌黎文集》六卷，喜爱极了，李尧辅顺手把这本旧书送给他，欧阳修如获至宝，虽然其中有些文句不甚明了，但是他对韩愈文字中的气格雄壮，不用陈言俗语和硬句奇字极为佩服。从此，欧阳修对古文兴趣大增，这年他不过十岁。

后来，欧阳修在文学、政事上都大放异彩，李尧辅只成为一个秀才，两人长大之后，仍然时有往来。欧阳修是个感恩的人，曾经写过《李秀才东园记》追述少年之事，对李尧辅当年赠送《韩昌黎文集》，不但念念不忘，还为这本书一次又一次校勘。

欧阳修自幼丧父，然而，父亲对他的影响很大，郑氏夫人时常对他说："我嫁到欧阳家时，你父亲刚脱去母亲丧服一年，逢年过节一定痛哭流涕：'以前吃不饱，现在衣食有余，却又来不及奉养母亲。'当时我以为你父亲是丧母未久，后来发现他每次尝到美味，总是食不下咽，原来，又想到母亲了，可见得你父亲是多么的孝顺。"

郑氏夫人又经常对欧阳修道："你父亲做官，总在半夜里点着蜡烛批阅公文，不时停下来摇头叹息，我就问他：'你叹什么气呢？'

"'这件案子应该要判死罪的，我想找个理由，让他不必判死刑。'你父亲回答。

"我再问：'找得到生路吗？'

"你父亲说：'我尽量地去做，如果实在找不到，当然应该依照法律，那么，我和死者都没有怨恨遗憾了。像我这样常求其生，还不免其死，何况许多官吏，还经常求其死罪呢。'由这些小事，可见你父亲为人仁厚。"

郑氏夫人每次说起这些往事，总是眼泪汪汪，摸着欧阳修的头："修儿，你要努力啊！"

欧阳修自小自母亲口中崇拜父亲，他日夜苦读，努力不懈，到了十七岁那年，已在家乡小有名气，人人誉为神童。这一年欧阳修在隋州应试，考试的题目是《左氏失之诬论》，就是要应考者指出《左传》这部书中的缺点。欧阳修熟背《左传》，又有心得，随便摘出几段加以评论，就是一篇文理俱胜的好文章，可是他竟落榜了，这是怎么一回事？

欧阳修嫉恶如仇

在《欧母画荻》之中，我们说到宋朝文学之父欧阳修年幼丧父，家境清贫，母亲郑氏夫人极为贤慧，用荻在沙地上教欧阳修认字读书，当他十六七岁已小有文名。

宋仁宗天圣元年（1023 年），欧阳修在隋州应试科举，他自己很有把握，人们对他也一致看好，可惜在一篇赋之中押错了韵，名落孙山。

这次打击使得欧阳修垂头丧气，他失魂落魄般回家，郑氏夫人虽然相当失望，仍然不断地鼓励欧阳修。这时，欧阳修再把小时候从李尧辅家中破筐里找到的《韩昌黎文集》拿出来研究，爱极了韩愈朴质载道的文章，与当时流行的艳丽堆砌，充满形容词又毫无内容的西崑（kūn）体相比较，风格全然不同，他再三赞赏："韩愈的文章如日月，写文章就要这样。"

经过三年苦读，欧阳修二十岁那年，他再度应试，满心以为一试而中，谁料又落第了。

这怎么可能呢？欧阳修愈想愈伤心，几乎丧失了所有的自信心，郑氏夫人再三地鼓励劝说，他才勉勉强强振作起精神，他冷静下来客观地检讨，检讨了半天，更加地不能服气。

于是，欧阳修带着一批文稿，前往汉阳，去拜谒（yè）名重一时的文人胥（xū）偃，他要求胥偃品评一番。胥偃看过欧阳修的文章，发现他不但饱读经史，而且气格雄伟，简直不像一个二十二岁的青年所能写出来的。

胥偃原是一个爱才的人，见欧阳修文质彬彬，儒雅不俗，落落大方，无论古文、诗词样样来得有见解、有内容，一喜之下，马上就把他留在门下，过了没多久，更把自己的掌上明珠许配给他。

“世伯！世伯……您不是开玩笑吧？”欧阳修以为自己在做梦，就凭他一贫如洗，两次落第，毫无凭借的穷小子，怎有资格娶堂堂胥大学士的千金呢？

胥偃可不是说着玩的，欧阳修回到隋州，把母亲迎到汉阳，正式与胥女慧贞举行文定。

第二年，宋仁宗天圣七年（1029 年），欧阳修第三度应考，皇天不负苦心人，这回他不但中第，而且名列榜首。

天圣九年（1031 年）三月，他被任命为西京（今洛阳）推官，得以跟随尹洙（yǐn zhū）学古文，议论天下大事，又交梅尧臣为友，以诗歌相唱和。他三人联合当时文友，共同提倡古文，由于他们多是卓绝妙文，一时传诵，欧阳修的文名冠于天下。就在此时，欧阳修与恩人胥偃爱女慧贞成婚，最开心的当

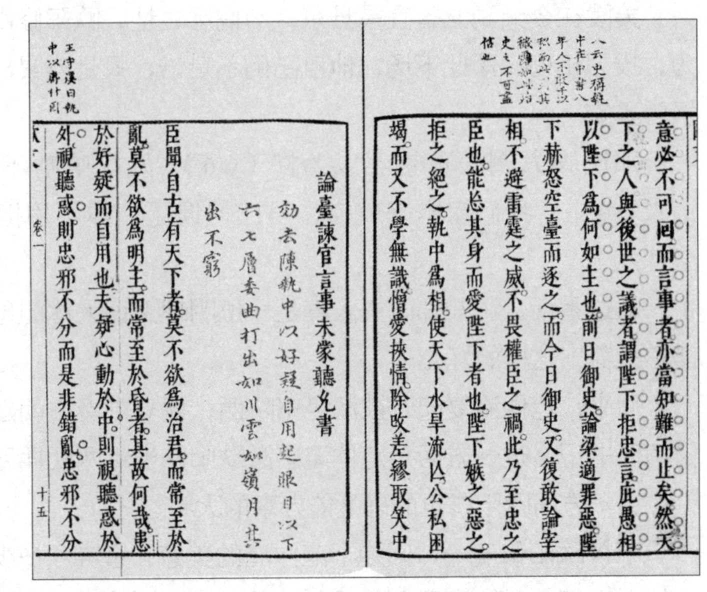

意必不可回而言事者亦當知難而止矣然天下之人與後世之議者謂陛下拒忠言庇愚相以陛下為何如主也前日御史論梁適罪惡陛下赫怒空臺而逐之而今日御史又復敢論宰相不避雷霆之威不畏權臣之禍此乃至忠之臣也能忘其身而愛陛下者也陛下嫉之惡之拒之絕之執中為相使天下水旱流亾公私困竭而又不學無識憎愛挾情除改差繆取笑中

論臺諫官言事未蒙聽允書

劾去陳執中以好疑自用起眼目以下六七層委曲打出如川雲如嶺月其出不窮

臣聞自古有天下者莫不欲為治君而常至於亂莫不欲為明主而常至於昏者其故何哉患於好疑而自用也夫疑心動於中則視聽惑於外視聽惑則忠邪不分而是非錯亂忠邪不分

卷一 十五

《欧阳修文钞》，明代闵凌刻套印本图录。

然是郑氏夫人，可惜慧贞福气不佳，生下一男不久便去世了，后来欧阳修再娶杨氏夫人，婚后不到一年又撒手西去。最后再娶薛氏夫人，总算是一件喜事。幸亏欧阳修是位男士，否则一定被骂为命太硬，扫把星。

景祐三年（1036年），范仲淹因事得罪了宰相吕夷简，被贬饶州，当时高若讷担任谏官，他不但不上言皇帝，反而指出范仲淹种种不是。欧阳修与范仲淹并无深交，但是激于义愤写了一封信给高若讷（nè），大加责备。

他在信中说："足下担任谏官这个职位，又不敢讲话，便当离去，不要妨碍其他可担当此工作的人。你现在还能出入朝中，昂然自得，没有一点羞愧与畏惧，正表示足下不复知人间有羞耻事也。"

高若讷接到欧阳修的信，气得发抖，将欧阳修的信呈给仁宗，派他一个离间君臣的罪名。结果，仁宗还是听了宰相吕夷简的意见，把欧阳修贬为夷陵令。

夷陵在今天湖北省宜昌县东，乃偏远之地，欧阳修由于见义勇为，拔刀相助，落此下场，他自己倒不足惜，只是连累母亲，内心极为不安。

郑氏夫人倒一点也不以为忤（wǔ），她笑嘻嘻不当一回事道："修儿，我们家本来就穷，早已习惯了，你不用担心，也不必愧疚。"

从这番话，可知郑氏夫人真是一位明理又识大体的母亲，难怪能够教养出这样的好儿子。

后来，范仲淹复起，被派经略陕西，他立刻奏准朝廷，请欧阳修担任书记。这一方面是范仲淹感激欧阳修当年两肋插刀，仗义执言，另一方面欧阳修也的确是能办事的大将之才。

不料欧阳修竟一口回绝了范仲淹的美意，舍弃了多少人梦寐以求的大好机会，他对母亲郑氏夫人说："我以前所为，岂是为自己的利益；范公被贬，我也被贬，同退也就罢了，用不着同进，否则人家真把我们当朋党了。”

范仲淹接到欧阳修的信，大为佩服他的光明磊落，至刚无欲，的的确确是标准的正人君子。连宋仁宗这位时而糊涂的皇帝，看到欧阳修的论事切直，嫉恶如仇，也不禁对侍臣说：“像欧阳修这种人，何处得来？”但是好人老是被恶人进谗言，除了被诬为朋党外，欧阳修又遇到了一桩窝囊事。

庭院深深深几许

在上篇《欧阳修嫉恶如仇》之中，我们说到，欧阳修为了范仲淹得罪宰相吕夷简，结果也连带被贬为夷陵县令，后来范仲淹复起，辟欧阳修为书记，欧阳修以“同退不宜同进”为由，婉拒了范仲淹的好意。

庆历五年（1045 年），朝廷之中小人又起朋党的谗言，范仲淹、富弼、杜衍、韩琦等正人君子都被罢去外州职位，欧阳修又激于义愤上书给皇帝：“臣见古来小人想要谗言忠贤，只有两个办法，指责他们为朋党，诬赖他们专权，这是为什么？因为赶走一个善人，其他善人还在，不合小人利益。同时这些善人都是皇上所信任的，不可能以他事动摇，只有专权是皇帝所最痛恨的，所以小人要诬指范仲淹等人专权。”

这封奏疏呈上去以后，皇帝久久没有批示，但是朝廷之中一批小人愈加痛恨欧阳修之鲠（gěng）直，非去之而后快。于是他们想到一条毒计：原来欧阳修有一个妹妹（见《欧母画荻》），嫁给张龟正为续弦，张龟正不久去世了，欧阳修之妹未生子女，就带着张的前妻所生之女（大概七岁左右）回娘家，这个小女孩长大之后行为不检，收押在开封府。

老实说，外甥女张氏犯法，与欧阳修八竿子扯不上关系，况且这名外甥女还不是欧阳修之妹亲生的，但是小人之流暗中支使狱吏硬把欧阳修扯在一块，使得欧阳修被贬滁（dí）州。

滁州山明水秀，民风淳朴，以欧阳修的治事长才将滁州治理得井井有条，深得民众之爱戴。他在治理公事之余最爱游山玩水，寻幽访胜。有一天，他在深山之中发现一座惠觉寺，住持智仙法师，言语不俗，两人相见甚欢，在草亭之中，一坐就是老半天。

此一草亭下临清泉，野花遍布，欧阳修当即命名为醉翁亭，他自称为醉翁，并因此写了一篇《醉翁亭记》，其中有一句“醉翁之意不在酒，在乎山水之间也”，是家喻户晓的名句。

在滁州过了两年，他又被迁往颍（yǐng）州、扬州，在外十二年，宋仁宗方才召他入京，仁宗命他修《新唐书》、《五代史》。后代修前代之史书，乃为中国历史之惯例，通常史书上的作者只列官位最高的一人，当时欧阳修官位最高，可是新书成立之后，他却在上面加了宋祁（qí）的名字，欧阳修说：“宋祁先生早在我之前，对列传一部分的撰（zhuàn）写，花了很大的功夫，我怎能掩其名而夺其功？”

当时的人听到这件事，都赞美欧阳修气度宽宏，为人谦虚。

嘉祐二年（1057年），欧阳修担任主考官，这个时代的青年学生喜欢写一些奇涩怪异的文字，欧阳修一向痛恨这种用形容词堆砌，让人看不下去的矫情文章，决心用考试改正歪风。考试领导教学，中国自古皆是如此，一直到现在。

当时有个人叫刘几，最爱用辞涩言苦之句，却是大家模仿的对象，欧阳修在阅卷时，看到密封的卷子中有一篇特怪，他拿起朱笔写上“试官刷”三个字，然后一路涂抹到底，并且贴出榜示。说明凡是再写这种怪文者一律名落孙山。

这次考试，欧阳修录取苏轼、曾巩、苏辙等贤才，却遭到刘几等写怪文者不满，欧阳修回到家中，竟然收到一封《祭欧阳修文》，诅咒他早死，欧阳修一笑置之。

从此之后，宋代文体又趋于典雅正派，连刘几也改名为刘辉，

《蝶恋花》“庭院深深深几许”词意图，明刻版画。

两年后重新参加考试，也获得录取。

欧阳修是苦读出身的穷学生，他早年受到胥偃等人协助，丝毫不敢稍忘，现在他自己功成名就，更效法胥偃的爱才心理，不论青年才俊、老年才俊，只要是人才他都提拔，并毫不吝啬地赞美、鼓励，苏东坡、苏洵、王安石、曾巩都出自他门下。

由于欧阳修的方正，当他奉使契丹时，契丹主派了四位贵臣陪宴，并且特别声明：“这可不是我们的常规，而是因为你的名重。”

当然，欧阳修之所以被尊为宋代文坛盟主，他自己的文才也是一流的，他不仅是古文大家，诗、词、歌、赋样样精通，无论是赞成他的或反对他的，都佩服他的文学作品，苏东坡赞美欧阳修的文章是：“论大道似韩愈，论事似陆贽（zhì），记事似司马迁，诗赋似李白。”推崇备至。这四个人的故事，我们都介绍过，有兴趣的读者不妨翻翻前面，互相参照。

最后我们以一首欧阳修著名的词《蝶恋花》结束对此一大家之介绍。

庭院深深深几许？杨柳堆烟，帘幕无重数。玉勒雕鞍游冶

（yē）处，楼高不见章台路。雨横风狂三月暮，门掩黄昏，无计留春住。泪眼问花花不语，乱红飞过鞦韆（qiū qiān）去。

（庭院深深，到底有多深？只见丛丛杨柳笼罩在烟霞之中，仿佛隔了许多层纱。我骑着一匹有翠玉马勒、华贵马鞍的骏马到处逛逛，但见楼台矗立，找不到当年的章台路了。三月里，雨暴风狂，就算闭门锁住黄昏，也没法锁住春天。我含着泪水向花儿询问，花儿不开口，只见一片片红色花瓣飞过鞦韆而去。）

狸猫换太子的真相

在《欧阳修嫉恶如仇》之中，我们说到，欧阳修为了替范仲淹抱不平，被贬滁州，现在就来谈谈范仲淹的故事。

范仲淹，字希文，唐朝宰相范履冰的后代，苏州吴县人。他的身世非常凄惨，两岁的时候，父亲去世，母亲改嫁长山朱氏，他也改姓为朱。

年纪稍大之后，范仲淹知其家世，流着眼泪拜别母亲，一个人住到山东长白山醴（lǐ）泉寺读书，后又前往睢（suī）阳应天书院就读。

范仲淹，明人绘。

由于缺乏经济来源，范仲淹的书念得非常辛苦，他没有钱买米，只好每天煮一碗粥，待粥结冻，用刀切为四块，早晚各取两块，折断数茎野草沾着盐巴胡乱果腹。到了冬天，气候严寒，无火取暖，他也照样用冰水洗面，昼夜苦读不息。

皇天不负苦心人，后来范仲淹果然考取进士，做到广德军司理参军，把母亲大人迎回家中奉养。大文学家晏殊在应天府为官时，闻知范仲淹的才名，推荐他担任秘阁校理。

范仲淹博通六经，尤其对易理极有研究。他在《岳阳楼记》这篇文章中述说“先天下之忧而忧，后天下之乐而乐”的抱负，天下人还没有忧愁之时，我先忧国忧民，等到天下人都享乐了，我再享乐也不迟。范仲淹这种精神，感动了宋朝一些有为青年，共同提倡气节，蔚（wèi）为风气。

天圣七年（1029 年），范仲淹上疏请刘太后还政仁宗，没有结果。这刘太后是何许人也？乃是家喻户晓“狸猫换太子”故事之中的老巫婆——刘后。

根据《七侠五义》、《包公案》及平剧等民间故事之中记载：宋朝包拯前往陈州放粮，回经赵州桥，忽起一阵怪风，把轿顶吸去

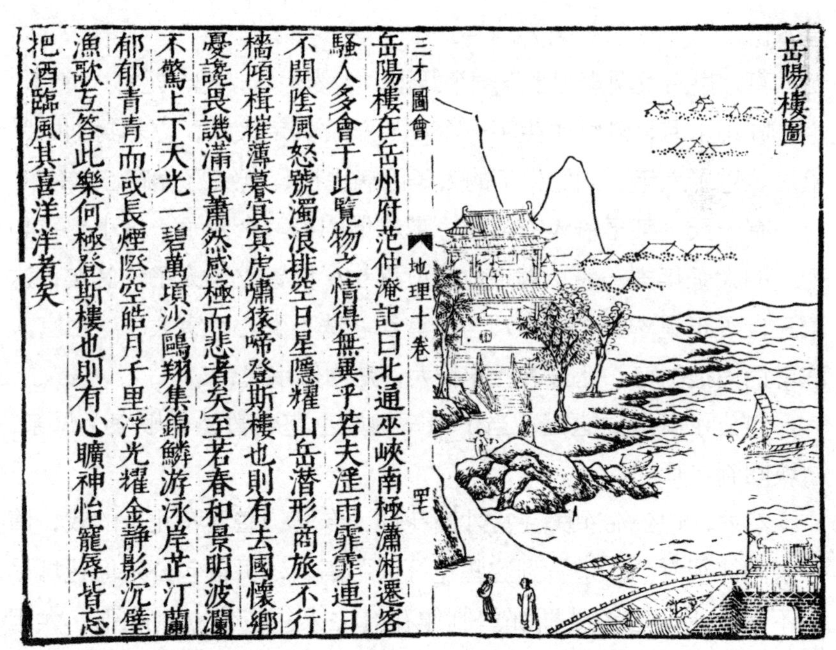
岳陽樓圖

三才圖會　地理十卷

岳陽樓在岳州府范仲淹記曰北通巫峽南極瀟湘遷客騷人多會于此覽物之情得無異乎若夫淫雨霏霏連日不開陰風怒號濁浪排空日星隱耀山岳潜形商旅不行檣傾楫摧薄暮冥冥虎嘯猿啼登斯樓也則有去國懷鄉憂讒畏譏滿目蕭然感極而悲者矣至若春和景明波瀾不驚上下天光一碧萬頃沙鷗翔集錦鱗游泳岸芷汀蘭郁郁青青而或長煙際空皓月千里浮光耀金静影沉璧漁歌互答此樂何極登斯樓也則有心曠神怡寵辱皆忘把酒臨風其喜洋洋者矣

岳阳楼，选自《三才图会》。

了，包公知道是地方上有冤屈，立刻住入天齐庙，通知老百姓，前来申告。

于是有一位瞎眼的老婆婆，一拐一拐前来喊冤，她说自己是当今皇太后李娘娘，因为被刘妃陷害，流落赵州桥，在寒窑之中乞讨为生。

包公原先不信她的话，等到老婆婆拿出一块黄绢，上面有寇准题句，隐隐叙述冤情，乃请老婆婆上座而拜叩之。

老婆婆眼中流泪，滔滔不绝地告诉包公，在二十年前，宋真宗两位贵妃——李妃、刘妃都怀了孕，真宗十分高兴，决定哪一位生了儿子，立为正宫娘娘，孩子也封为太子。

李妃先生了一个男孩，刘妃为了害她，便命总管太监郭槐拿了一只剥了皮毛、光溜溜、血淋淋，看起来叫人起鸡皮疙瘩的死狸猫，换了刚生下的太子。再把太子装在藤篮之中，要宫女寇珠扔到金水桥下。

真宗皇帝发现李妃生下一个妖怪，大为生气，把李妃打入冷宫。

同年十月，刘妃也生下一个小男孩，真宗大喜，立刻封刘妃为皇后。过了六年，刘妃生下的太子因病去世，真宗万分痛心。

有一天，某王爷入宫请安，带着他的第三个儿子，这小男孩与死去的太子年岁一般，真宗愈看愈喜欢，传旨立为太子。其实，这位三世子正是李妃之子，乃当年宫女寇珠不忍心杀害太子，由宫人陈琳悄悄抱出宫，让王爷抚养长大，是为仁宗皇帝。

包公了解原委之后，当下请李娘娘上座，暂认李娘娘为母亲，一块回到京师。

然后，包公命军民在宫外演花灯，专演一些不孝儿子的戏，请仁宗同往观看。仁宗看到这些花灯很不高兴，责备包公为何花灯尽是不孝之人，应该处罚那些制作花灯之人。包公立刻跪下，大胆地对仁宗说："不要处罚那些制作花灯之人，眼前就有一个不孝之子。”仁宗很惊奇地问是谁，包公乘机把李后之事奏明圣上。

仁宗当然不信，含怒转回宫中，召见陈琳询问，陈琳一一道出，此时宫中忽然传出刘后自尽，仁宗这才相信，遂得母子团聚。

以上所讲的是一般传说狸猫换太子的大概，事实上，根据《宋史》记载，仁宗亲生母亲确为李妃，她原本是刘妃的侍女，生下一子之后，刘妃据为己有，李氏也不敢反抗。

真宗去世之后，十三岁的仁宗即位，由刘太后垂帘听政，刘太后性情精敏，通晓文史，号令严明，把国家大事治理得井井有条。

仁宗皇帝一直不知他另有亲娘，也没有人敢在仁宗面前饶舌，一直到了李氏得了重病，才有人提议，应该加封李氏为宸妃。李宸妃死了，刘太后要用普通人之礼葬之，宰相吕夷简力争，刘太后结果还是用水银宝棺，以一品之礼葬了李宸妃。

第二年，刘太后也死了，仁宗亲政，有人告诉他这个事实，仁宗嚎啕痛哭。范仲淹认为此时不宜多指责刘太后之恶，他委婉劝仁宗：“应该掩其小过，全其大德。”

仁宗开棺，发现李宸妃面色如生，冠服亦如皇后，这才知道刘太后似乎也没有大家说的那么坏，遂尊生母李宸妃为庄懿皇太后，刘太后为章献太后。

生育之恩固然伟大，养育之恩也很伟大，正史中的真相虽然比较无趣，是不是比传说中的狸猫换太子多一分人情味？可见中国人是十分厚道的。

波上寒烟翠

在《狸猫换太子的真相》故事里，我们说到，宋仁宗发现生母为李妃，不是刘太后以后，颇为激动，厚道的范仲淹劝皇帝多多思念刘太后养育之恩，不要听信挑拨之词。于是，宋仁宗下诏“毋（wú）谈论太后之事”。

天圣七年（1029 年）冬末，江淮一带起了蝗虫之灾，以忧国忧民为己任的范仲淹请求赈灾，没有结果。他直言地问宋仁宗：“假如宫中半天没有粮食，可不可以呢？”仁宗听了，起了同情之心，遂派范仲淹去开仓赒济灾民。

在仁宗庆历年间，吕夷简是最红的一个大臣，他在中书省任宰相二十年，宋仁宗对他是完全信赖，他所任命的官员都出自其门下，或者与他有特别的交情。

范仲淹看不过去，画了一幅百官图呈了上去，对吕夷简说：“你看，这样升迁是公平的，那样是不公平的，凡为破格任用的官吏，其决定权可不能全操于宰相之手。”

过了两天，他二人又因为建都之事起了争执，吕夷简对仁宗说：“范仲淹所言，全是迂（yū）阔不切实际的理论。”范仲淹则献“四论”给皇帝，隐隐约约指出，若是再对吕夷简深信不疑，他日必有王莽之祸。

吕夷简上书仁宗，指责范仲淹：“离间君臣，引用朋党。”最后，范仲淹被贬饶州。当时朝中正人君子纷纷为他打抱不平，欧阳修由于气愤谏（jiàn）官高若讷身为谏官却不阻止，骂他“不知人间有羞耻事”，也连带被贬斥（请参考《欧阳修嫉恶如仇》篇）。

由于有太多舆论倾向范仲淹，仁宗似有悔悟，其后西夏李元昊（hào）叛变，仁宗再度起用范仲淹、韩琦防御西夏。

西夏拓跋（tuò bá）氏，原为党项族，因为助唐讨平黄巢之乱，赐姓为李，宋真宗时封李继迁为西平王，其子李德明继立，对宋朝也颇恭敬。

李德明之子元昊通晓汉文，他屡次劝父王不要再对宋朝称臣，德明说：“我早已经厌战，何况我族十年来身上穿着锦绣全为宋朝所赐。”

元昊不以为然地反驳：“何必贪图锦绣，称臣于人？”因此当他继立之后，在仁宗宝元元年（1038 年）自立为帝，建国号为大夏，使得宋朝大为头痛。原先派遣范雍（yōng）去对付西夏，由于范雍为人平庸懦弱，被西夏打得落花流水。

现在改用范仲淹，一开始便气象不凡，他一到边境，加强训练，不时检阅州兵，西夏人彼此互相警告：“今天这个小范老子，腹中自有数万甲兵，不容易对付。”

到了来年正月，范仲淹分析：“正月塞外太冷，不如待春天，贼马瘦人饥，大军再出发。”可惜这项策略没有被接受，以致宋军大为失利，方才改用严密的防守政策。

韩琦与范仲淹同心合力开发边区，范仲淹在庆州一带招抚六百多位羌酋（qiāng qiú），誓死不为西夏所用，羌人对范仲淹十分敬爱，因范仲淹为龙图阁学士，都尊他一声龙图老子，边境还流行一首歌谣：“军中有一韩，西贼（指西夏）闻之心胆寒；军中有一范，西贼闻之惊破胆。”用以赞美韩琦、范仲淹。元昊大惧，遂对宋朝称臣。

由于有此功绩，到了庆历三年（1043 年），当时谏官欧阳修，盛赞范仲淹有宰相之才，仁宗任命范仲淹与富弼（bì）同时为相。

那时，宋仁宗表现出锐意求改革之意，范仲淹明明知道中国历史上改革变法不易成功，还是上了《十事疏》，提出十大改革计划。主要的重点为澄清吏治，赒济民生，改革兵制，建立国家威信。

其中第一点“明黜陟（chù zhì）”，就引起既得利益大臣之不满。黜，革除之意；陟，升职之意。范仲淹的意思是要明明白白订出凭功过，决定升级降级。由于当时宋朝规定文官三年一迁，武官五年一迁，也不管你做事做得好不好，反正大家看年资，这种贤与不肖同时并进，当然阻碍了国家发展。

范仲淹拿起簿子一一审查官吏，凡不才者一笔勾去。富弼见了不忍道：“一笔勾去很简单，焉知这一家人哭得多伤心！”

范仲淹回答：“一家哭，何如一路哭。”对啊，赶走一个不合适的官吏，他一家当然难过，可是朝中庸官充塞，不是使全国每个人都一路哭到底？

新法颁行之后，对于一班没有用、贪吃懒做的官员自然是一个大打击，于是又群而攻击范仲淹，又起“朋党之论”，范仲淹无可奈何，变法未成，只有再与富弼去守边境，死在任上。

范仲淹不但在政治上有所作为，他也是一位大词家，譬如人们所熟悉的一首词《苏幕遮》——

> 碧云天，黄叶地，秋色连波，波上寒烟翠；山映斜阳天接水，芳草无情，更在斜阳外。
>
> 黯（àn）乡魂，追旅思，夜夜除非，好梦留人睡；明月楼高休独倚，酒入愁肠，化作相思泪。

（碧蓝的青空，黄叶铺满大地，一片秋色，氤氲（yīn yūn）一江岚（lán）翠，远山映着斜阳水天一色，可叹芳草无情，更在斜阳外。

黯黯乡愁，幽幽旅思，除非每夜都有一个美梦，伴人入睡，否则又只好对着明月，独在高楼低回独倚，或者借酒消愁，更惹来无限血泪相思！）

狄青的刺青

提起“狄青”二字，可说得上是历史上响叮当，大家所熟悉的一号人物。

狄（dí）青，字汉臣，汾州西河人，从小善于骑马射箭，为人谨慎小心，沉默寡言。

宝元初年，西夏李元昊起兵作乱，仁宗下诏选择卫士远守边疆。宋朝重文轻武，士卒胆小畏惧，狄青倒是向来不怕，时常自请为先锋，短短四年之中，参加二十五场重要战役，前后中了八次流矢。有一回，在安远之役中，受伤颇重，一听说贼人前来，跨上骏马又奔向前线。

狄青冲入敌阵时，总是披头散发，脸上戴着青铜面具，猛看像个鬼，武功又高强，所向披靡（mǐ），个个见他都怕。

尹洙（zhū）发现了这个人才，大喜过望，把狄青推荐给韩琦、范仲淹。范仲淹频频微笑道：“此良将也。”并且送了一本《左氏春秋》给狄青，诚恳地对他说：“一个做将领的，若不知古今，充其量仅仅是匹夫之勇而已。”

狄青捧着《左氏春秋》回去，努力研究将帅兵法，对历史有所了解，从此之后，更闻名天下。由于军功彪炳，先后做过西上阁门副使、秦州刺史、惠州团练等高官，渐渐的，连京城里的皇帝都闻知狄青的大名。

皇祐四年（1052 年），狄青被征入京师拜为枢密副使。当他入得宫中，行完大礼，一抬头，仁宗发现狄青脸上有着丑陋明显的刺青——这是宋朝军人共有之标志。

狄青，选自《马骀画宝》。

原来，宋朝有鉴于五代之时，武将跋扈（hù），易君废帝视同儿戏，存心剥削武将之权，压低军人的社会地位，甚且带领大军的统帅也用文人，例如范仲淹便是文人。

在这种情况下，武人普遍受到轻视，谁还愿意当兵？宋朝是采用募兵制，遇到荒年，活不下去的农夫只好心不甘情不愿地上战场。可是当灾荒一过，这些军人又纷纷逃回田中，为了防止逃兵，宋朝政府采取一项很不人道的措施——在脸上刺上番号，让兵士一辈子难逃掌握。

狄青脸上的刺青，一晃已有十多年了。宋仁宗见其为国立下汗马功劳，还画着刺青到处走，便拿出特殊配方的良药，要帮狄青把脸上的字去掉。

不料，狄青指着自己的脸道：“陛下由于臣子有功，不问出身，臣所以有今日。愿留此刺字，用以鼓励军人，知陛下但重功勋，不问门第。”

我们今天国内有些歹徒，在脸上身上刺了许多龙蛇一类的花纹，自以为是英雄人物，江湖气概，却因为没有读过历史，不知道刺青是羞耻的象征，真是可怜。

当然，宋朝在军人脸上刺青，是大大破坏军心士气之举，难得的是狄青不以为忤（wǔ）。皇祐元年（1049 年），南方的蛮族侬知高造反，进攻邕（yōng）州（广西南宁），广州骚动，仁宗非常发愁，狄青上表，自请出征，他说："臣出身行（háng）伍，非战伐无以报效国家，愿擒拿贼首向陛下致敬。"

仁宗乃命狄青为荆湖宣抚使。狄青治军一向严明，他到达之后，当下传令："不得帅部命令，不许擅自出兵交战。"可是广西陈曙竟然自率八千步兵，偷袭昆仑关，被侬知高打败。

狄青火大了，一大早召集诸将，把陈曙等三十多人以"令之不齐，兵所以败"的罪名推出去问斩，吓得其他将领两只腿不断地哆嗦。

然后，狄青休兵十日，故弄玄虚，第十一天，侬知高以为宋军还在放长假，狄青人马却已杀到昆仑关。蛮兵本有一股中原军比不上的蛮力，但是眼见狄青手执白旗，指挥着两旁夹击的骑兵，简直像变戏法，侬知高窜入大理，狄青杀死蛮族数千人，获得金帛数万、牲畜数千，大获全胜。侬知高两年后病死大理，动乱平定。

想当初，侬知高作乱，朝廷束手无策之时，曾有交趾愿出兵助讨，朝廷颇为心动。狄青反对，他上奏仁宗："假外兵，除内寇，万一交趾贪得忘义，因而作乱，又该如何？"狄青是读过唐朝借助回纥（hé）兵，结果无法收场的历史，才有此先见之明。

狄青为人，不喜多言，但其运筹作战，必有事先详密的计划。他对部下治军极严，另一方面又与士卒同甘共苦，而且立了大功，总把功绩推给部下，所以极受士兵敬爱，每逢出入枢密府任所，士卒百姓都举起大拇指，甚且包围欢呼，害得狄青的马匹都动弹不得。

宋朝最怕军人揽权，狄青功在国家，操守又好，简直挑不出毛病，于是，有人谣传狄青家中的小狗头上生了一对角，甚为奇怪，又说京师淹水时，狄青家人逃入相国寺，行止殿上，颇为可疑。过了不久，朝廷召狄青出守陈州，不让狄青掌管兵权。又过了一年，狄青死在任上。

北宋积弱，不论对契丹、对西夏，都是十打九败，而且还要每年赔上银两、绢帛，狄青平南，是何等威风，却又对他疑神疑鬼，牺牲一位可贵的将才，宋朝真是活该对外连连失利了。

王安石自甘淡泊

在《狄青的刺青》之中，我们说到，狄青平侬知高乃北宋一件大事，因为宋朝对西夏、对契丹用兵连连失败，每年要缴巨额的岁币，宋朝是又弱又穷，看在有心人眼中，真是痛心疾首，急思改革。“先天下之忧而忧”的范仲淹是如此，今天我们要介绍的王安石更是如此。

王安石，字介甫，晚年号半山，北宋抚州临川（江西省临川县）人。他天资聪敏，超人一等，过目即终身不忘，写起文章来，动笔如飞，旁人看他仿佛不经意随手写写，等到看过他写的文章，又无不赞美一声：“妙！”

他有一个好朋友名叫曾巩，也是宋朝有名的文学家，曾经把他的文章拿给欧阳修看，最懂得爱才的欧阳修也赞不绝口。

宋仁宗庆历元年（1041 年），王安石入京城礼部参加考试，考上进士第四名，这时他不过二十二岁，历任鄞（yín）县县令、舒州通判、提点江东刑狱等地方官。最奇怪的是他一再拒绝高职，始终只愿意担任外郡的小官，在地方上筑水坝、改革学校、帮助农民贷款。因为政绩出色，使得满朝文武都想一见这位会写文章、会办事的干练人才。

王安石是一个非常淡泊、完全不考究衣食享受的人。据宋朝人文集的记载，有一次几个朋友陪他去庙里的澡堂洗澡，朋友嫌他老是不换外袍，趁他洗澡之时，偷偷把旧袍收起，换了一件新袍，王安石沐浴之后，自然而然穿着新袍步出，完全没有发现朋友的玩笑。

王安石，佚名绘。

又有一天，王安石的朋友对他太太说："我现在发现了，他最喜欢吃兔肉。"

"哪有这回事，我不相信。"王太太笃（dǔ）定地摇头，"他从来不晓得自己吃些什么，怎么会突然开始喜欢吃兔肉呢？太奇怪了。"

"因为一桌的菜他都没动，只一个劲儿吃兔肉。"

王太太想了半天才开口："那盘兔肉摆在哪儿？"

"就在他面前。"

"难怪了，你们明天拿一盘别的菜，放在他面前，再看看结果。"

于是，第二天，朋友再请王安石用餐，盯着他瞧，发现王安石果然只吃面前的菜，全无视于放在桌角，他昨天猛夹不停的兔肉。

另外，在司马光门生邵（shào）伯温的一本书《邵氏见闻录》中记载一则故事：

王安石考中进士不久，在扬州担任太守幕僚，每晚读书，通宵达旦，到了黎明，手倦抛书，在椅子上打瞌睡。往往一觉醒来已经太迟啦，来不及刷牙洗脸，蓬头垢面就急奔衙门。

太守韩琦见王安石一脸狼狈，以为他纵情声色，以前辈资格告诫他："我劝你不要贪玩，多利用时间用功。"

王安石也没多加解释，退下来对友人说："韩公不了解我。"

韩琦的的确确不了解王安石，王安石没有心思去想穿衣、吃饭这些生活小事，他日日夜夜苦思如何让宋朝强大起来。

当时宋朝是又穷、又弱，政治消沉，委靡（mǐ）不振。

为什么会穷呢？原来宋朝有四种沉重的负担：

一为养冗（rǒng）兵（冗是多而无用之意）。宋朝是募兵制，国家要负担一大笔经费，再加上宋朝削弱地方兵权，扩大中央禁军，禁军愈加愈多，费用一天比一天大。

二为养冗官。宋朝重文轻武，对文官待遇极高，又想用官禄套住读书人，官员名额日益膨胀，尤其宋朝官吏之子孙承祖上余荫，小小年纪已获一大笔俸禄，对国家财政而言，不是一件好事。

三为郊费。郊费是指祭天地所用的费用，在前面《富弼的外交》中，我们说过宋真宗到泰山祭天地花费惊人，这实在是一种毫无意义的浪费。

四为纳币。宋朝与契丹、西夏用兵，打了败仗，每年要奉上大批金银，国家焉能不赤字连连。

宋朝之所以积弱不振，其根本关键在于宋太祖杯酒释兵权之后，他害怕武人专权，削弱地方大权，用文人代替武将；他又怕文人跋扈，鼓励谏官弹劾（hé）执政。怕来怕去都是消极的防止弊端，于是，武将没有力量造反，却也没法作战，文人不敢跋扈，却也不能有所作为，整个国家没有一点蓬蓬勃勃的积极气象。

不但王安石看到这种病态，富弼、司马光、欧阳修也深以为忧虑，苏东坡形容当时天下人民"骄惰脆弱，论起战斗，就缩头股栗，闻到盗贼，便掩耳不听，士大夫也不谈兵事，认为是生事扰民"。

宋仁宗嘉祐五年，派王安石为三司度支判官，一向不肯入京的王安石终于来了，大家都很兴奋。他入朝后，立刻上了一封长达万言的奏章，他指出财政方针应“因天下之力，以生天下之财，取天下之财，以供天下之费”。这是一篇了不起的政见，可惜，仁宗看过之后，顺手搁在一旁。两年后，仁宗去世，英宗即位，王安石也因为母丧，返回江宁。整个英宗一朝，没有再启用王安石，一直到了神宗时代，王安石才再度出马。

王安石变法

王安石对饮食享乐完全没有兴趣，一心一意希望把积弱不振的宋朝，带向富国强兵，可是宋仁宗、宋英宗都没有重用他。

到了宋神宗时，情况不一样了。

宋神宗是一个好学深思的君主，非常孝顺，也懂得尊师重道，当他还是太子之时，韩维为记室（秘书），两人相处极佳，韩维每每对国家大事有精辟的见解，神宗听得相当入神，韩维总是谦虚客气地回答："这不是我想出来的，这些都是我的好朋友王安石的看法。"

一次又一次，每一回神宗拍手叫绝的主意，韩维都说是王安石的，久而久之，神宗对王安石仰慕极了。神宗即位时，年方二十岁，年轻的皇帝，对暮气沉沉的国家忧心忡忡，他热切地希望能把国家带向新的气象。

神宗一当上皇帝，立刻起用王安石出任江宁知府，过了几个月，又召他为翰林学士入京，神宗终于见到了心仪已久的王安石。

神宗问王安石："治理国家以何为先？"

"以术为先。"王安石回答。

神宗又问："唐太宗如何？"唐太宗一直是神宗最钦佩的贤君。

王安石却说："陛下应当效法尧舜，尧舜之道，至为简易而不复杂，至为重要而不迂阔，至为简单而不困难，可惜，后代的人不能明了，以为高不可及。"

神宗听了，颇为动心地说："卿可以辅佐朕，共同达到尧舜之道。"

以后上朝，神宗总是屏（bǐng）退其他朝臣，与王安石二人密谈，愈谈愈有味道，君臣二人非常投机，有如刘备见到诸葛亮般如鱼得水。

宋神宗，佚名绘。

终于，在神宗熙宁二年三月（1069年），以王安石为副宰相，主持变法，这是中国政治史上一件重大之事。

首先，王安石请立“制置三司条例司”。所谓制置是编订的意思，三司指的是北宋户部司、度支司、盐铁司三个财政机构，条例即法规之意。王安石设立这个机构的目的，是在统一掌理编订国家预算财政法规的枢纽。

王安石在民政方面的措施有：

“青苗法”。中国古代农民很可怜，尤其当稻田中的苗还是绿色青青，放在仓库中的粮食已卖光吃光，在这青黄不接之际，只有向豪富借钱，然后用高利贷偿还。王安石的青苗法就是要各州县贷款给农民急救。

“免役法”。为免除农民劳役之苦，命百姓按贫富，分等出钱，再由政府雇人服力役。

“方田均税法”。方田是清理田籍，均税是平均田赋，即土地重划，公平纳税。

“农田水利法”。即加强农田水利建设，督导农民改良土地种植，修建陂塘圩埠。

“市易法”。由政府出资，平衡物价，另一方面商人可以贷款资金，性质类似商业银行。

“均输法”。凡各地上贡到京师的货品称为“输”，由于每件货品产地有远近，价钱有贵贱，自然造成不均，王安石以为，天下货物，无论偏聚在哪儿都不合理、不公平，所以有此建议。

另外，王安石认为兵在精不在多而有“裁兵法”，他的裁兵并非消极裁军，而是积极地加强战斗力，于是而有“置将”、“保甲”、“保马”。同时，王安石最重视教育，宋朝人热中于科举，不重视学校教育，王安石以为培养人才才是国家根本之道。

王安石的计划相当细密周详，法良意美，神宗皇帝十分欣赏，再加上王安石曾经对神宗说：“陛下，以天下之大，人民之众，百年承平，学者不为不多，为什么没有一位贤臣出来辅佐陛下，岂不怪哉？一定是陛下没有固定的政策，不信任贤才，就是有贤才，他们也会因政客小人阻碍而罢官。”

“每一朝代都有小人。”神宗说，“尧舜时代也有著名的四凶。”

“不错，正因为尧舜看清楚四凶的真面目，处以死刑，才使得当时的贤臣能全心全意为朝廷效力，假如四凶继续为乱，贤臣早走光了。”

神宗对王安石的道德、文章、才识十分欣赏，再加上他年少气盛，像一匹待发的野马，愿意用赴汤蹈火的决心与王安石共同作战。

可是，当王安石的新法一公布，抗议接二连三，整个朝廷上上下下闹哄哄地反对他，连具有声望的学者、御史也不赞成他，新法一开始就蒙上了一层阴影。今天，每个国家都把经济发展列为第一优先，青苗、市易、均输都在追求国家的均富，王安石本人也是一心为国，然而新法究竟有什么地方不对呢？

看似寻常最奇绝

在上一篇《王安石变法》之中，我们说到，宋朝积弱不振，一心一意救国图强的王安石在神宗皇帝的支持之下，开始大规模的变法行动。

然而，这些针对时弊的救国大计，大部分行不通，完完全全失败了，怎会如此呢?

首先，一开始，王安石就得罪了在政坛上有力量的君子之士。宋朝重文轻武，读书人的地位很高，所谓“礼贤下士”也是中国士人向来的传统，因此刘备请诸葛亮出山，要三顾茅庐。

在前两篇《王安石自甘淡泊》、《王安石变法》之中，我们可以发现他是一个邋（lā）邋遢（tā）遢，不拘小节，满脑子新法的理想主义者，而宋朝理学盛行，最注意个人修养，礼仪规范，所以苏东坡的父亲苏洵（xún）看不惯王安石的衣着、习惯，认为他很虚伪。

苏洵在《辨奸论》一篇文章之中，指责王安石：“穿着俘虏一般的衣服，吃一些狗猪的食物，囚首丧面而读诗书，这哪儿近人情？凡是不近人情的，很少不是大奸大恶。”

另外，根据宋人邵伯温的文章里提到一个故事，有一天仁宗皇帝宴请大臣钓鱼，王安石对钓鱼没多大兴趣，于是顺手拿着桌上的鱼饵来吃，吃着吃着，竟然把整盘鱼饵吃个精光，仁宗皇帝因此以为王安石是个伪君子。

这段故事真实性不高，鱼饵怎么能吃？而且哪会吃个不停，旁人也不阻止？不过由此可见，王安石的言行特异，让当代读书人相当不满。

王安石不愿意礼贤下士也就罢了，他的个性十分执拗，听不进人家任何意见，他也不愿意谋求人事上的谅解与妥协，他说自己是“天变不足畏惧，祖宗不足取法，议论不足体恤”。所以，打从开头起，王安石已失去“人和”的因素，再加上中国人一向缺乏“成人之美”的美德，朝野上下就等着看热闹了。

再说，王安石的新法也有值得讨论之处，他纯粹从立法的本身着想，忽视了执法时在技术上的困难与人事上的障碍。以青苗法为例，青苗法的原意是，当田中稻苗青青，仓库里粮食已尽，在这个青黄不接的当儿，由政府贷款给农民，使农民不要受到高利贷的剥削。

青苗法怎么说都是良法美意，却在执行上发生了偏差。原来执行的官员，因为担心贷款给农民之后，万一天灾人祸，农民到期还不出钱，也偿还不了利息，那该如何是好？于是，官吏不把钱借给需要钱的农民，硬要强迫商家贷款，因为商人有店铺为担保，不怕他到时候不还钱。

北宋耕织图刻石，清摹刻。

所以，要借钱的

农人借不到钱，不要借钱的商人又非借不可，古代不比今天，资本愈多愈好，小小杂货店非逼着贷款不可的结果，是竟然有因此上吊的。

王安石没有细察其中道理，他也没有先办一个训练班，训练地方官如何施行，反正青苗法贷款若是不能达到配额，他就大发脾气，处罚贷款不力的官员。

官吏为了迎合上意，设计出种种扰人的贷款办法，古代又没有报纸，一般人民不知道借款利率到底是多少，若干不肖官员可以上下其手，从中取利，还捏报人民得到贷款“欢呼感德”的假报告蒙骗朝廷。

再譬如说方田均税法，用今天的话来说即为土地重划，可是，今天土地丈量是专门学问，甚且用飞机在空中拍照，以求精确，古代用尺量来量去，其中自然容易产生弊端。

王安石眼中，凡是不合他意见的都是流俗、小人，元老重臣既不支持他，只有一群野心勃勃的新进帮忙推行新政，我们不能批评这些人全是图谋不轨，但是他们非常急切想立竿见影的态度，在保守的中国社会是行不通的。

最后，王安石不得不在熙宁七年（1074 年）上书称病辞职，神宗皇帝对他恋恋不舍，一直到熙宁九年（1076 年）才正式准了辞职书，王安石退居江宁，研究佛法，在元祐元年（1086 年）病逝。

当时反对新法最力的司马光在他死后，仍然推崇他是“文章、节义，过人处甚多”，事实上王安石的变法是重理想，轻现实，反对派则只看见现实，忽略了理想，双方都不是坏人，却不免互相闹意气，若是共同识大体，或许能拯救衰亡的宋朝。

在政治之外，王安石在文学上也很有成就，是唐宋八大家之一，对历代典籍都下过相当深的功夫，而且有独到的看法，著述等身。

王安石的文章卓然自成一家，有一种倔强之气，用笔凌厉，见解精辟，他也写诗，他写的诗可以引用他自己的两句——“看似寻常最奇绝，成如容易却艰辛”来形容看来平常却不平常，因为字字都是他深思得来。

总而言之，不论新法在实施上的成效如何，王安石总是历史上一位伟大的政治家，一位伟大的学者，他出入进退，光明磊落，道德文章，永垂不朽。不要说是远在北宋，就在今天，社会上要推行一种改革都是困难重重，反对声四起，我们就不能不佩服王安石勇于改革的胆识。

三苏父子

一提到苏东坡三个字，几乎每个中国人都会脱口而出："我知道。"他的趣闻轶事，他的一些名句"人有悲欢离合，月有阴晴圆缺"、"不识庐山真面目"、"淡妆浓抹总相宜"都是大家熟悉的句子，再不成，总也吃过"东坡肉"这道菜。苏东坡到底是个怎样的传奇人物呢?

苏东坡本名苏轼，字子瞻，四川眉州眉山人。眉山这个地方，因为出了三苏：苏东坡的父亲苏洵、苏东坡及东坡的弟弟苏辙（字子由）而成为历史上有名之地。

他的父亲苏洵，是个智慧很高，才思敏捷，擅长写议论文的学者。他一直到二十七岁才开始认真读书求学，因此，历史上总以苏洵为例，劝导人们只要发愤向上，永远不会太晚的。

苏东坡十岁左右之时，苏洵进京赶考，落榜之后便四处游历，所以，苏东坡从小由母亲程氏在家中教导。

有一天，程氏教苏东坡读到《后汉书》中的《范滂（pāng）传》，不知不觉叹起气来。原来这一段是叙述后汉时代，宦官弄权，范滂等正直学者向皇上进谏，结果却惨遭杀害。范滂临死前，泣别母亲，觉得害老母流离，实在不孝，谁知范母竟说："我今天使你为善，则我不为恶，死亦何恨。"这一年，范滂不过三十三岁。

苏东坡仰起小脸问妈妈："假如我长大学范滂，母亲愿意吗？"

"你能做范滂，难道我就不能当范滂的母亲吗？"

苏东坡笑了起来，由于有这番母教，养成他从小热爱正义真

三苏：苏洵、苏轼、苏辙，选自《历代名臣像解》。

理的性格。

到苏东坡十六岁的时候，他已经博通经史，写起文章来，总是洋洋洒洒数千言，其中他最欣赏贾谊、陆贽（zhì）的文学作品，等到读到《庄子》，东坡又发现这才是他最喜爱的，庄子的情思飘逸、豪放自由，影响到苏东坡文体的潇潇洒洒、旷达自然。

宋仁宗嘉祐二年（1057 年），他二十二岁，前往礼部应试，考试的题目是《刑赏忠厚之至论》，东坡与他的弟弟都以高分入选。其中还有一段插曲，这回考试的主考官是欧阳修，欧阳修一看苏东坡的文章，大为惊喜，他心忖，能写这么出色的卷子，一定是门生曾巩，为了避嫌，欧阳修故意把卷子由第一名改为第二名。

结果，拆开弥封，才发现是匹黑马。从此，欧阳修对苏东坡特别注意，当苏东坡前来拜谢主考官时，欧阳修忽然想起："你的卷子里，引用一句话说，唐尧时代，有个人将判死刑，皋（gāo）陶三次要杀，尧却宽宥（yòu）了三次，这段典故，出自哪里？"

"《三国志》。"苏东坡回答。

可是，欧阳修查遍《三国志》，却也没见到这一段，苏东坡才说："我杜撰的，不过，圣君必然会如此做的，不是吗？"

欧阳修非但不冒火，反而大大夸奖，并且对同事说："我读苏东坡写的信，会高兴得流泪，我应当避一避，让他出人头地。"

由于欧阳修乃当时文坛盟主，他这么捧苏东坡，苏东坡一下子便为人所瞩目，欧阳修这种爱才的风范，坦荡的胸襟，苏东坡不但一辈子尊他为师，欧阳修逝世之后，苏东坡仍念念难忘。

苏东坡考取功名，正要做官，忽然间，母亲大人去世了，根据规矩，他要回家守孝二十七个月，才能复职。他可怜的母亲，来不及听到儿子高中的好消息就去世了，家中乱七八糟，茅屋漏雨，简直如"逃亡人家"。

他们父子三人在"老翁泉"选了一块墓地，为程氏安葬。根据地方传说，在清朗月色之时，可以看见一个白发老公公，或坐或躺，可是，只要一有人走近，老公公马上就消失在水中，由于有这一段传说，因此将此地命名为"老翁泉"。以后苏洵自号为苏老泉，他死后，也葬在同一块墓地。

母丧期满之后，苏东坡被任命为大理评事，签凤翔府判官，他弟弟被任命为商州军事通官，由于苏东坡的父亲不经考试，直接被命为校书郎，所以子由拒官，留在京师陪父亲，古代人都是相当孝顺的。

苏东坡离开弟弟，心里很舍不得，他们兄弟一向感情很好，现在不能不暂时分别了，所幸，凤翔距离京师不远，信件往返只要十天，兄弟俩每个月互寄一首诗唱和。

这段时间，苏东坡写给弟弟的诗中，有不少传世之作。譬如：人生到处知何似，应似飞鸿踏雪泥；泥上偶然留指爪，鸿飞哪复计东西。

苏东坡这首诗意境很美，他把人生比喻为飞翔的大鸟在雪中泥地上偶然留驻，以后我们就用"雪泥鸿爪"四个字形容凡事情经过所留之迹象也。苏东坡这个伟大心灵所留下的足迹还多着呢。

千里共婵娟

在上一篇《三苏父子》之中，我们说到，才华洋溢的苏东坡受到欧阳修的赏识，不但中了殿试，而且文名远播。

苏东坡担任凤翔判官不久，新皇帝英宗即位，仰慕他的文才，想要破格提升他为翰林，担任为皇帝起草诏命的工作。

宰相韩琦反对，他禀告皇上："轼之才，为大器也，他日当为天下所用，不妨让他慢慢磨练才智，不要突然晋升高位，反而有害于他。"

英宗接受韩琦的建议，让苏东坡经过应考，然后在史馆任职，苏东坡很感激韩琦，说："公可谓是爱人以德也。"

这年五月，苏东坡的妻子去世了，年纪很轻，不过二十六岁，苏东坡非常难过地把她葬在慈母墓旁。十年之后，苏东坡写了一首词追悼：

> 十年生死两茫茫，不思量，自难忘。千里孤坟，无处话凄凉。纵使相逢应不识，尘满面，鬓如霜。
>
> 昨夜幽梦忽还乡，小轩窗，正梳妆。相顾无言，惟有泪千行。料得年年断肠处，明月夜，短松岗。

这首词描写十年来生者死者两茫茫，幽明相隔，若想忘记，谈何容易。写得悲苦之至，我们今天看了也心酸。

在苏东坡任职史馆期间，神宗皇帝任用王安石变法，苏东坡大为反对，写了两封信给皇帝，强烈批评青苗法，他的文章充满了义愤及不能抑止的悲痛，轰动了全国。王安石大怒，没有多久，苏东坡被免职，神宗改派他到杭州去担任通判。

通判是个小官，没有太多责任，苏东坡却真心爱上杭州这个人间天堂，他无忧无虑的个性，热爱大自然的豪爽在此得到解脱，他没有因为政治上的失意消沉下去，他也没有与大多数的唐宋诗人一般，沉醉于酒色。

一直到今天，杭州的西湖是中国人心目之中最美的地方，原因之一，也许正是因为苏东坡曾写过一首诗："水光潋滟（liàn yàn）晴方好，山色空濛雨亦奇；却把西湖比西子，淡妆浓抹总相宜。"

苏东坡眼中的西湖是晴天美丽，雨天也奇特，她的自然景观就像西施天生丽质一般，无论画淡妆或浓抹，永远那么美丽迷人。

苏东坡喜爱杭州，杭州人也欣赏这位千古风流的才子，苏东坡在杭州留下许多脍炙人口的故事，一代一代的流传，其中，人们最

杭州、西湖，无款南游道里图卷，清人绘。

感兴趣的，该是胖和尚佛印。

佛印在通俗小说之中流传甚广，大家都知道苏东坡有这么一个胖嘟嘟、爱吃肉又喜欢开玩笑的好朋友。

据说苏东坡有一次与友人月夜泛舟，苏东坡对朋友说："佛印这个和尚太贪吃，今晚酒菜不多，就别告诉他。"他们在湖上游兴甚浓，苏东坡提议作对子，上面要"拨开"，下面要"出来"，最后还要接上两句四书上的句子。

苏东坡随口念道："乌云拨开，明月出来，天何言哉，天何言哉。"

朋友接口道："荷叶拨开，游鱼出来，得其所哉，得其所哉。"

两人都认为自己作得挺得意，拊掌而笑，忽然，船舱里冒出一个和尚，嘴里念道："舱板拨开，佛印出来，人焉度哉，人焉度哉。"

《水调歌头》"明月几时有"词意图，明刻版画。

这个故事也许是虚构的，不过，苏东坡在中国人心目中就是如此风趣乐观，懂得幽默的才子。

苏东坡一方面是会享受的乐天派，另一方面，他还是十足的中国知识分子，他看不到王安石新政的理想面，却对新政实际面为百姓带来的痛苦，感到十分不安。

苏东坡自己形容："我见到某一事不对，就像在饭菜中找到一只苍蝇，非吐出来不可。”

他这种直言无隐的性格，又为他带来了麻烦。譬如他用“人如鸭与猪，投泥相溅惊”描述人民挖盐河的痛苦；譬如他用“尔来三月食无盐”批评政府将盐专卖，害得人民吃不到盐；还有一首诗，他用夜枭（xiāo）比喻岭南一位官吏。由于苏东坡文章写得太好，简直是行云流水，这些诗词流传甚广，以后就成为一项项的罪名，最后，被改派到青岛附近担任密州太守。

密州是个穷困之地，与杭州有天壤之别，苏东坡颇为沮丧。不过，最好的文学作品往往是历经折磨后的结晶，苏东坡在密州，一个人孤孤零零地过中秋节，想起了弟弟子由，写下了历史上最出色的中秋词——

明月几时有，把酒问青天，不知天上宫阙，今夕是何年？我欲乘风归去，又恐琼楼玉宇，高处不胜寒，起舞弄清影，何似在人间？

转朱阁，低绮户，照无眠，不应有恨，何事长向别时圆？人有悲欢离合，月有阴晴圆缺，此事古难全，但愿人长久，千里共婵娟。

（什么时候开始有明月的呢？我举酒向青天询问，不知天上的宫殿，今夜又如何？我想乘风归去，又恐怕天上的神仙洞府太高了，十分寒冷，于是跟着月下影子翩然起舞，人间还有何处可以比得上呢？

月亮转过红色楼阁，低低斜照屋内，我不该再有遗恨，为什么月亮偏偏要选择分别时最圆？人有悲欢离合，月有阴晴圆缺，这些事自古无法两全其美，但愿生命能够长久，即使千里之远也可以一同欣赏这美丽的月亮。）

河东狮吼

在上篇《千里共婵娟》之中，我们讲到，苏东坡有话就说、直言无隐，得罪了朝廷，从杭州任所改派贫瘠的密州。

倒楣的事还不止此，当苏东坡再次被改派湖州时，他在谢表中，对王安石新政中的新进颇不客气，御史李定等人拿着苏东坡的诗，指控他讪（shàn）谤朝廷，欲置之死地。

结果，苏东坡被捕入狱，神宗皇帝爱才，舍不得处死苏东坡，把他调往黄州担任团练副使，黄州在今天湖北，是汉口下游一个小地方。

苏东坡在黄州与地方父老共耕共食，筑了一个小房子在东坡，自号东坡居士。苏东坡之所以叫苏东坡，就是这么来的。

在这段期间，苏东坡最好的朋友是陈慥。陈慥（zào）字季常，由于交了苏东坡这个朋友，使得人们到今天还晓得他怕太太，真是可怜。

原来陈季常的妻子颇为凶悍，苏东坡觉得很好玩，拿起笔来就写了一首诗：

龙丘居士亦可怜，谈空说有夜不眠；
忽闻河东狮子吼，拄杖落地心茫然。

从此“河东狮吼”成为凶婆娘的代名词，而“季常癖”三个字也就等于惧内之意。

苏东坡屡次被贬谪（zhé），表面旷达，内心当然不免难过，所以当苏东坡的侍妾朝云为他生了一男孩时，苏东坡写了一首诗自嘲：

人皆养子望聪明，我被聪明误一生；
惟愿孩儿愚且鲁，无灾无难到公卿。

这个小孩笨不笨，没有办法知道，因为他十个月大就夭折了。

黄州是个贫瘠之地，但是过久了，苏东坡也习惯了，他本来就是一个随遇而安的人，正如同他对弟弟子由所说："吾上可陪玉皇大帝，下可陪卑田院乞儿，眼前见天下无一个不好人。"

有一天苏东坡夜游喝酒，月色很美，他雅兴大发，顺手写来就是绝妙好词——

夜饮东坡醒复醉，归来仿佛三更，家童鼻息已雷鸣，敲门都不应，倚杖听江声。长恨此身非我有，何时忘却营营，夜阑风静縠（hú）（绉纱也）纹平，小舟从此逝，江海寄余生。

（这天晚上东坡饮酒，醒了又醉过去，回家时已有三更天，家童的鼻鼾声如雷鸣似的，敲了半天门都没人来开，于是，倚着手杖静静听着江流的声音。

我时常怀疑此身不是属于我的，什么时候才能够抛开所有的烦恼呢？夜深人静，清风徐来，波涛柔细，最好乘着一叶小舟离开，在湖光山色之中逍遥此生。）

这首词充满禅意，表现出苏东坡真正豁达；可惜一些凡夫俗子看不懂，竟然谣言四起，说苏东坡写了告别词开溜了。

黄州太守听到消息，吓得不得了，立刻出去寻找，结果发现苏东坡好端端地在打呼噜，鼾声如雷，完全不知道外面已经闹翻了天。苏东坡的传世名作前后《赤壁赋》，也是在这段期间完成的。

神宗皇帝去世后，哲宗立，年方十岁，由宣仁太后辅政，不久，苏东坡被调回京师，一连三级跳，最后成为翰林，负责起草诏书。

有一天，太后召见苏东坡，问他说："卿年前为何官？"

"臣为黄州团练副使。"

"今为何官？"

"臣今待罪翰林学士。"

"你为什么升迁如此迅速？"

苏东坡想了一下回答："幸蒙太皇太后的恩典。"

"非也。"

苏东坡愣住了，稍稍思索道："是大臣推荐？"

太后又摇摇头："也不是。"

苏东坡慌了，吃惊地说："臣虽然不肖，也不敢走歪路求官。"

苏轼从黄州任上，迁翰林院学士，太后接见后，让宫中侍女送他归翰林院，明张路绘，美私人藏。

事实上他自己也莫名其妙一再升官。

太后终于说了："这是先帝的意思，他每次读你的文章，必定叹曰：'奇才，奇才！'但是，还来不及用你就走了。"说到这里，太后不觉痛哭失声，哲宗皇帝与苏东坡也都泪流满面。

苏东坡为了报答神宗知遇之恩，他自觉有责任把官吏怠（dài）惰、无能与欺君的情形报告太后，于是，他又卷入了政治漩涡。他觉得非常苦恼，有天晚上，他在房中踱步，愁眉不展，他问家中妇女，他肚里藏的是什么？有人说满腹诗书，有人说满腹经纶，最后侍妾朝云说："满肚子不合时宜。"苏东坡高兴地说："对！"

满肚子不合时宜的苏东坡再度因诗获罪，有人检举他经过扬州，曾在庙里题了三首诗，其中有一句"山寺归来闻好语"，这首诗五月一日写的，神宗却在三月五日去世，莫不是苏东坡把国丧当成好语？苏东坡心烦极了，再三请辞，终于如愿以偿，以龙图阁学士出任杭州太守。

无竹令人俗

在《河东狮吼》的故事中，我们说到苏东坡回到京城，官拜翰林学士之后，又因为论事过于鲠（gěng）直，得罪朝廷官员，乃请求外放，再度到了杭州。

杭州是东坡旧游之地，几乎是第二故乡。当年，他只是个通判小官，无能为力，如今担任杭州太守，他可要好好为地方做点事。在短短一年半任期之中，他完成疏通盐道，重整西湖，平抑粮价及公共卫生建设等措施。

此刻的西湖淤泥夹着水草，使得湖床不断升高，不能灌溉，也无法行船。苏东坡招募了数千名工人，把淤泥挖出，用来建筑长堤，并且在堤上广植芙蓉、杨柳，美不胜收。然后，开垦湖面，让农夫种植菱角，如此，农夫经常除草，可免淤泥，同时，千百年之后，人们还可以一面游湖，一面采红菱。也因此，杭州才能享有“上有天堂，下有苏杭”人间天堂的美誉。

由于他在杭州政绩斐然，老百姓都爱戴他，喜欢他，甚且把苏东坡画成像，挂在家里天天膜拜。

以后苏东坡官运时升时降，由于他对看不惯的事，永远是“如蝇在食，吐之乃已”，在绍圣四年（1097 年），章惇（dūn）这个奸邪小人拜相之时，苏东坡被贬为琼州别驾，琼州就是现在的海南岛，彼时尚未开化，完全是不毛之地，苏东坡形容此间“食无肉，病无药，居无室，出无友，冬无炭，夏无寒泉……”

然而，处在这样困苦的环境之中，苏东坡依旧达观，深得当地人民的爱戴，甚且为他造一间房子，直到徽宗时代大赦，他才回到京城里来，第二年，死于常州，享年六十岁。到了宋高宗，追赠他为资政殿学士，推为文章之宗，又崇赠他为太师，谥曰文忠，所以后人又称他为苏文忠公。

苏东坡极具幽默感，中国人想到苏东坡，就会亲切温暖地一笑。中国人是最懂得吃的民族，苏东坡对食道也有相当的研究，还会亲自下厨。

当他在黄州之时，发现当地猪肉很便宜，也很鲜美，可惜当地人不懂得烹调之道，他曾写了一首吃猪肉的诗："黄州好猪肉，价钱等粪土，富者不肯吃，贫者不解煮；慢着火，少着水，火候足时他自美，每日起来打一碗，饱者自家君莫管。"

这道炖猪肉的食谱流传至今，称之为"东坡肉"，我们上饭馆吃饭，有所谓东坡面、东坡肉，就是把这块连皮带肥夹瘦的浇头淋在饭上、面上，鲜美无比。

东坡爱吃肉，性情又爱竹，他写过一首诗："可使食无肉，不可居无竹，无肉令人瘦，无竹令人俗，人瘦尚可肥，士俗不可医。"曾有人戏谑地加上两句"若要无瘦又无俗，最好每天竹烧肉"。事实上竹笋炖肉确为一盘美味。

后人相传，苏东坡常把题诗剩下的墨汁，洒在竹林之中，枝叶遂带墨痕。苏东坡的字风神飘逸，他的画自成一格。当然苏东坡最有名的，还是他的词。在苏东坡之前的词多半是哀哀怨怨，儿女私情，苏东坡放大了词的内容，无论任何题材、思想感情，都可以用词来表现，他还提高了词的意境，用豪放飘逸代替艳丽妩媚。

最后，我们来谈一个有趣的话题，那就是民间传说之中，苏东坡有一位长得不太美丽，却才高八斗的妹妹——苏小妹。

苏小妹难新郎，清代年画。

根据《今古奇观》一书记载，苏东坡一脸胡腮，苏小妹调侃他道：“口角几回无觅处，忽闻毛里有声传。”而苏小妹额颅（lú）凸起，苏东坡回她两句：“未出庭前三五步，额头先到画堂前。”

苏小妹身为才女，不太看得起一般庸碌之辈，独独对秦观（秦少游）挺欣赏的，曾写过一首：“今日聪明秀才，他年风流学士，可惜二苏（指苏东坡、苏子由）同时，不然横行一时。”

秦观听说苏小妹对他有意思，某天便打扮成一个道士，项上挂着一串拇指大的数珠，偷偷去探望在庙中烧香的苏小妹，结果发现苏小妹虽然不算顶美，倒是清雅幽闲，全无俗气。

当秦观考中功名之后，与苏小妹同拜天地，可是苏小妹不准新郎入洞房，要先考他三个题目，前两个题目秦观顺利通过，第三道题“开门推出窗前月”，却接不出能对得上的诗句。

苏东坡远远瞧见秦观抓耳挠腮，决定救他一命，咳嗽一声，取了一块砖片投向缸中，秦观经此一点，朗声应道：“投石冲开水底天。”遂成良好姻缘。

大家都熟悉苏小妹这段故事，偏偏正史之中，苏东坡往来书信，甚且与秦观书信之中，从来没见到苏小妹这个人，所以，极有可能是后人编造的。

三白饭和三毛饭

苏东坡的逸闻趣事是大家都喜爱的，因此，再根据宋朝人的书信笔记，讲几个东坡先生的妙人妙事。

苏东坡是个美食家，对河豚情有独钟，当他在常州之时，有个擅长烧豚者，特别邀请苏东坡前往享用，当苏东坡开怀大嚼之时，这人的太太小孩都躲在屏风后面偷看，希望苏东坡能有一两句赞美的话，传出去很够面子，可惜，苏东坡把河豚舔得干干净净，却始终不发一语。

躲在屏风后面的妇人失望透顶，不料，苏东坡忽然放下筷子，抹一抹嘴道："也值得一死。"哇！一下子全家乐坏了，东坡先生拼了一死也要吃这儿的河豚，可见其味之美。

说到吃，还有一段故事，苏东坡曾一度入狱，他和儿子苏迈约好，每天送来的饭菜只要肉和菜，万一哪天有坏消息，改送一条鱼。如此这般，过了一个月，苏迈手头上余钱不多，急着出城筹款，委托一位亲戚代送牢饭。

匆忙之间，苏迈忘了告诉亲戚有此约定，这亲戚知道苏东坡贪吃，特别加工加料做了一道鲜鱼送去，苏东坡一见之下，脸都绿了，也没心情享用，写了两首告别诗给弟弟子由，托狱卒转交。狱卒胆小，惟恐有所差池，赶快呈给监狱长官。

结果，这两首诗辗转给神宗皇帝见到了，神宗皇帝本是爱才之人，也没意思要杀苏东坡，看到两首诗后，大为感动，因此把苏东坡给放了出来。

东坡先生一向喜爱开玩笑，有一次他去拜访相国吕大防，大防是个大胖子，正在睡午觉，一睡就是老半天，最后揉揉眼睛走出来说：“对不起，偶尔昼寝。”

东坡指一指客厅中的土盆，里面养了一只乌龟，苏东坡说：“刚刚乌龟在说话，它说：‘莫要闹，莫要闹，六只眼儿睡一觉，却比他人睡三觉。’”

吕大防知道苏东坡笑自己是六眼乌龟，也忍不住哈哈大笑。

由于苏东坡有急智，往往有幽默之语。苏东坡有个姻亲叫王禹锡，曾经写了一首诗：“打叶两拳随手重，吹凉风口逐人来。”自以为很不坏，拿去给苏东坡过目。

东坡一看便摇头：“十六郎作诗，怎如此不合规矩。”

王禹锡颇为尴尬，只好搓着手道：“此乃喝醉酒时所作。”

过了两天，王禹锡又捧了一大卷诗来讨教，苏东坡稍一过目，开口笑道：“你又醉了？”

苏东坡喜欢开玩笑，有时也不免被人家开开玩笑。

有一回，苏东坡向刘贡父吹牛，说自己以前和弟弟在乡下时，每日享用三白饭，味道鲜美，贡父问他：“何谓三白？”

“三白就是一撮盐，一碟生萝卜，外加一碗白饭。”东坡答道。

过了几天，刘贡父（也有人说是钱穆父）下帖子请吃“皛（xiāo）饭”，苏东坡高高兴兴去赴宴，看到桌上只有一撮白盐、一碟白萝卜、一碗白饭，苏东坡知道被愚弄了，还是勉强吃完，然后对刘贡父说，他要回请吃三毛餐。

刘贡父不知道苏东坡葫芦里卖什么药，好奇地按时前往，结果等了又等，没看见任何食物，也没嗅到厨房里有炒菜的香味，忍不住询问苏东坡：“三毛餐在哪？”

“咦，盐也毛（毛，很像“没”的发音），生萝卜也毛，白饭也

苏东坡，选自《马骀画宝》。

毛，这不是毳（cuì）餐吗？”原来三毛饭就是三样也“没”的饭。

刘贡父笑得捧着肚子喊疼。

苏东坡不但会写文章，他的图画、书法也是历史上有名的艺术作品。

他在杭州当法官时，有位年轻人因为欠债被捕，他在庭上委委屈屈地分辩：“并非我存心狡赖，实在是连连下雨，我的扇子一把也卖不出去。”

“喔，是这样吗？我来替你卖，你明儿带些扇子来。”

第二天，年轻人捧了一堆扇子来，苏东坡挽起袖子，画些枯木竹石，再题几个字。这一回，扇子马上被抢购一空，迟到的人跳脚叹息不已。

在当时，只要与苏东坡扯上关系的都大发利市。宣和初年，有个叫潘衡的，他卖的墨比别人贵好几倍，因为他夸口曾在海南岛，拜苏东坡为师，学得独门制墨秘方。

苏东坡的朋友不相信，曾经询问东坡之子苏过，苏过忍不住笑了起来道：“是有这回事，家父在海南岛相当无聊，刚好潘衡来，他两人在小房间中烧煤制墨，到了半夜忽然着火，差点没把房子烧掉。第二天，从残迹中找到几两油墨，又没有胶，家父竟用牛皮膏来粘，做出来的墨软趴趴的，一根根像手指头般，站都站不直。”

可见潘衡是假借苏东坡之名打广告。苏东坡尽管官场失意，在当时文名传遍内外，士大夫若不会背东坡诗，不但有自卑感，旁人也会嘲笑他没学问。由于苏东坡喜欢戴一种高高弯弯的帽子，许多人也学着戴，号为东坡帽，甚且皇宫之中的丑角也戴上一顶，装模作样地说：“我写的文章比你们都好。”

“为什么？”其他人不服气。

“咦，你看不见我头上的东坡帽吗？”

皇帝听了都频频点头，而且还回过头来，对苏东坡会心一笑，苏东坡实在是个有意思的性情中人。

活阎罗包青天

只要提起包青天、包拯、包大人，中国人都会肃然起敬，打心眼儿里佩服包公铁面无私。在《七侠五义》、《包公案》这种民间小说之中，以及一代又一代流传的戏剧之中，包青天的故事家喻户晓，人人皆知。

历史上到底有没有包拯这个人呢？有的，包拯确实是宋仁宗时代的名臣，禀性刚毅，不畏权贵，不过，正史中的包公没有民间流传的那样多彩多姿，我们先大概地谈一谈《包公案》之中最有名的三出戏：《乌盆记》、《狸猫换太子》、《铡美案》。

何谓《乌盆记》？这出戏在平剧之中一名《奇冤报》，又名《定远县》。

话说宋朝时候，有个打柴的老头儿，名叫张别古，为人侠义。有一天，他生了场病，没有出去打柴，家里头一个钱也没有，忽然想起，城南赵大，三年前欠他四百文，一直没有还，于是他前往讨债。

到了赵大门口，一看，哇，不一样了。赵大的房舍焕然一新，附近的邻居都改口唤他“赵大官人”。

赵大官人很快地把四百文拿了出来，张别古把钱揣入怀里，顺口问道：“你那边的小盆儿很多，给我一个如何？”

“好啊，你自己挑。”

张别古看来看去，选中一个小乌盆，夹在腋下，告别赵大夫妇。走着走着，忽然迎面一阵怪风，吹得张别古直打哆嗦，一个不小心，乌盆就掉在地上了。

“哎哟，闪了我的腰啦！”

张别古四下看看，半个人影都没有，敢情是乌盆开口了，他吓得寒毛直立，捧着乌盆，踉踉跄跄奔回家，把门紧紧关上。

“我死得好惨啊！”乌盆又悲悲切切地呜咽着。

张别古吓得灵魂出窍，用颤抖的声音说：“你有何冤屈？”

乌盆道：“我叫刘世昌，苏州人氏，几年前上京贩卖绸缎，回程在赵大店中住宿，他们夫妇俩见我行李沉重，有意谋财害命，就在米酒之中下了老鼠药，然后把我剁为肉酱，杂以泥土，烧成乌盆，请您为我在包公面前伸冤。”

奇怪的是张别古带着乌盆上了衙门，乌盆却不肯开口，包公气得把张别古赶了出来，一出了衙门，乌盆又在喊“伯伯”。

原来，县衙门口有门神，小鬼不敢进去，张别古好人做到底，请包公提笔写了一张通行证，拿到衙门口焚化，再取了一件衣服，把乌盆儿包好再入衙门。

这会儿乌盆开口了，把遇害经过源源本本说了出来，包公立刻命人把赵大夫妻提来，谁知赵大狡赖，怎样也不肯招，包公一火，下令用夹棍狠狠使劲，赵大禁不起这一夹，呜呼哀哉，一命归天。

包公用刑过猛，被革了职，粗心大意丢了官，垂头丧气回京师，半途之中遇见四个山大王——王朝、马汉、张龙、赵虎，这四人后来成为包公的爱将。

后来，仁宗皇帝梦见包公，梦醒后，请人画了一张像，四处访查，找到了包公，对他说：“你既然能为乌盆伸冤，也必然能镇玉宸宫的怨鬼。”

果然，包公把宫女寇珠的鬼魂招了出来，引出一段《狸猫换太子》的故事。（见前面《狸猫换太子的真相》篇）

铡美案，清代年画。

在《包公案》之中，还有一出著名的《铡美案》。

宋仁宗时，有士人陈世美，进京应试，抡（lún）为状元，刘太后见其仪表不凡，有意把公主嫁给他。

陈世美本有妻子秦香莲，且有子女，为求富贵，禀奏太后尚未娶妻，成为驸马爷。

秦香莲在家乡，久不得陈世美音讯，又因年年荒灾，只得带着子女上京寻夫。

陈世美非但不认糟糠，反而派了韩琪去杀掉秦香莲。

秦香莲母子跪地哀求，韩琪不忍下手，又无法向陈世美回报，进退两难，忽然一腔义烈之心，应念而起，自刎而死。

秦香莲遂往开封，向包青天求救。包拯下朝回来，偶遇秦香莲拦轿喊冤。包公把陈世美找来对质，陈世美仍然辩称无妻，这时公主、太后听到消息，急急跑来相救。

包公左右为难，最后决定弃官殉法，拼了这顶乌纱帽不要，还是把陈世美送上虎头铡，任凭他是皇亲国戚，包青天就是铁面无私。

除此之外，包公还有许许多多不畏权势，为国尽忠的故事，他不但审人，而且善于审鬼，白日断阳，夜间断阴。在过去，许多观众看包公的戏，看到最后包公问案，常常会忍不住拍手叫好，兴奋得不得了，可见得是非公道在人心。

固然，包公那套装神弄鬼的办案方式，不求证据而用刑求，在今天的社会是行不通的，但是包公的清廉、正直、无私，永远是值得后代钦佩的，戏剧中的黑脸包公大家都相当熟悉，在《宋史》中真正的包拯又是如何?

《宋史》中的包拯

前面讲了一些戏剧小说里的故事，包公是大家所熟知的历史人物，连续剧《包青天》相当轰动，在正史中的包公又是如何的呢？

包公确有其人，名包拯，字希仁，庐州合肥人。在宋朝真宗年间高中进士，除大理评事，被派往建昌县任职，由于包拯父母皆年老，他不愿意前往，请辞官职，于是，朝廷改派他前往和州负责赋税之事。

包拯到了和州，可是，他的父母还是嫌和州路远，舍不得离开家乡半步。包拯无可奈何又再度辞官。

后来，过了几年，包拯父母亲都过世了，他在坟墓旁盖了小房子，每日徘徊流连，依旧恋恋不舍。这时，乡中父老纷纷前来相劝："你父母在世时，不肯出外做官，固然是一片孝心，如今，父母已过世，实在没有理由再三辞官。"

于是，包拯接受命令，前往大长县任职。

他到了天长县不久，有一天，一个农人前来衙门，说是有强盗把他家中牛的舌头割掉了。

"既然如此，你回去，把牛杀了拿去卖。"包拯回答道。

过了没多久，有个乡人前来告发有人私宰牛，包拯勃然大怒："你这个人真狠，为何割了人家牛舌又来告他？"

强盗吓得吐舌头，心想乖乖，这个法官好厉害。包拯擅长于判案的威名渐渐传开。

不久，包拯被改派端州。端州这个地方以砚台出名，前任太守为结交权贵，制造了大批砚台，作为搞公共关系之用。包拯到了端州，只准制造需要上贡皇帝数额的砚台，他自己一个砚台也不带回家。

包拯，选自《历代名臣像解》。

由于包拯为人清廉方正，又改任监察御史，由地方官升为京官。他曾经上书皇帝：“国家每年用岁币贿赂契丹，实非御戎（róng）之策，应该练兵选将，务实边备。”

包拯曾经出使契丹，契丹问他：“雄州新开便门，这分明是引诱我国叛人，刺探边疆之事。”包拯立即反驳：“涿州亦尝开门，刺探边疆也不用再开便门。”契丹无辞以对。

其后，包拯担任谏官，他秉性刚直，不怕得罪人，数度斥责权臣用事，又上言天子应该接纳忠言，辨明朋党（仁宗朝，范仲淹、韩琦、富弼等被诬为朋党），不久被任命为龙图阁直学士。

包拯最风光的一段历史，该是他任开封知府之时，由于为人刚毅，一些个享有特权的贵戚宦官都畏惧他三分。

由于包拯丝毫不讲情面，开封上上下下的人都说包拯之清廉可比之青天，因此给他一个“包青天”的美名，妇女小孩也知道开封府来了这样一个包青天，在背后尊称他为“包待制”，京师还传一句谚语：“关节不到，有阎罗包老。”在人们心目之中，包拯就是活阎罗，任何人做了坏事，不要想逃过他的法眼，凡是为非作歹的，都要得到报应。

在过去，凡是前来诉讼的，不能直接到达庭下，总要经过代转，这其中有很大的流弊。包拯来了，大开正门，凡有冤屈者，可以直接进入衙门找包拯，如此一来，官吏不能欺负百姓，也不能赚取红包好处。

当时宦官这股恶势力很大，他们大规模地筑园建林，侵扰惠民河，以至于河水阻塞不通。适逢京师豪雨涨水，淹没不少人家。包拯立刻下令把宦官的园子拆毁，这种气魄，这种担当，百姓个个举起大拇指夸好。

包拯在开封府待了一段时期，又改任为御史中丞，包拯直言无隐地上奏皇上：“东宫虚位已久，天下以为忧，陛下持久不决，这是什么道理？”

他这句话，问得相当唐突，意思是指，皇帝不早决定太子人选，万一哪一天有个三长两短，谁来继位，岂不天下大乱？这个问题，普遍存在每个臣子心中，可是谁也不敢开口问此敏感问题。

仁宗反问包拯：“你认为立谁比较适合？”

包拯一清喉咙道：“臣不才备位，乞求预立太子，是为宗庙社稷，陛下问我要立谁，这是怀疑臣子受了谁的好处。臣今年已七十高龄，而且儿子又死了，并不是希望建议哪位为太子，企图邀后福也。”他有一句说一句，单刀直入说出仁宗的小人之心度君子之腹。

仁宗也为包拯这份刚直逗笑了：“好，好，我慢慢会考虑。”

包拯性情耿直敦厚，嫉恶如仇，为人相当严肃，不喜欢扮着笑脸去迎合小人，即使做到高位，他的衣服饮食一如布衣之时，也就是这份清廉，使得他可以堂堂正正做该做的事。嘉祐八年（1063

年）病卒，赠谥孝肃。

中国民间对包拯的传说最多，提起包青天人人佩服，这是因为中国人骨子里敬慕忠孝节义，有强烈的是非观念。包拯是远在宋代的古人，他的问案方式、办案技巧早就落伍，今天不再容许装神弄鬼来逼供，但是包拯的铁面无私，凡事只以正义法律为依据，绝不因私情与权势有所迁就的胆识，仍然值得效法。

司马光和《资治通鉴》

提起“司马光”三字，几乎每个小朋友都会接着说“司马光打破缸”。司马光六七岁时，与邻居小朋友一块玩耍，有个顽皮的孩子跌入缸中，小朋友们一见出事了，吓得哭着跑回家。司马光却很镇静地留下来，拿起石头把缸打破，救出差点被活活淹死的小朋友。

老实说，不要说小孩，就是一般大人，也不见得如此聪明沉着，这固然是司马光富有机智，也表现出他自小有强烈的责任感。

司马光的家教很好，他的父亲司马池是进士出身，曾经担任天章阁待制，以为官清直仁恕见称于当世。司马光是个小神童，当他六岁时，在外面听到人家讲《左氏春秋》，欢喜得不得了，回到家中，一五一十讲给家人听，说得头头是道，显然已经大概了解书中的道理。

宋仁宗宝元初年，司马光考中进士，十年寒窗无人问，如今一举成名，凡是考中的同年都聚在一块饮酒作乐。年方二十岁的司马光为人拘谨，性情朴实，而且还带有几分羞涩，他在喜宴之中不好意思戴上大红花，旁人告诉他：“这是皇帝赐的，不可违背。”他才腼腆地把花簪（zān）上。

司马光以二十岁的年龄，一举考中进士，相当不容易，大家都对他刮目相看，以后他一路自武成军判官事，做到大理评事、补国子直讲，仕途顺利，但他是一直以天下为己任的知识分子，正直敢言，不畏权势。

从嘉祐元年（1056年）以后，宋仁宗健康情况一直不妙，又接连死了三个皇子，大家都担心皇嗣问题，包拯也曾上谏（见上篇），仁宗却始终未立皇子。天下人寒了心，也不敢再提。

司马光，佚名绘。

司马光当面告诉仁宗：“愿陛下果断力行。”

仁宗沉思了半天道：“此忠臣之言耳，一般人不敢提。”

“臣言此，自知必死，不求陛下开恩。”司马光仍然相当坦然。

结果，仁宗没有怪罪司马光，却也没有立皇嗣。司马光又写上一个奏章曰：“臣前向皇帝报告，皇帝答应即行办理，一直到今天都没有消息，这必然是有小人言陛下春秋鼎盛，身体健康，何必做此不祥之事。但是小人无远虑，万一仓促之间，让宦佞（nìng）迎立新王，不又成了唐朝‘定策国老’、‘天子门生’之祸。”

仁宗看了，大为感动，把司马光的上书送中书省，不久，以秦州防御使赵宗实为皇嗣，这就是日后的宋英宗，当时以贤孝著称。

仁宗之后，英宗即位，只当了短短四年皇帝，就崩逝了。神宗继位，年轻的皇帝任用王安石为相，大规模地进行变法。

司马光与王安石都是好学深思、生活俭朴的君子，而且都不好声色。据说，有一回司马光的夫人因为自己没有生儿子，为司马光找了一个姨太太，司马光看都不看一眼，夫人打发侍妾入书房，司马光怒喝一声："夫人不在，你胆敢进来！"竟把她赶跑了。

他二人不为权势，不为金钱，一心为国，但两人观点不一，司马光曾写一封信劝王安石"不要用心太过，自信太厚"。王安石执拗（niù）孤傲听不进去。司马光遂辞官回家，退居洛阳，绝口不问政事，专心于史学研究。

《资治通鉴》，宋刻本，中国国家图书馆藏。

司马光从小就爱读历史，有志于著述。后来，宋英宗即位，好与群臣讨论历代政治得失。当时，司马光担任天章阁待制兼侍讲，他以为历代史书繁重，君主没有时间遍览群籍，非常可惜，而司马光又以为历史太重要了，假如一个君主不知历代兴亡治乱的原因，

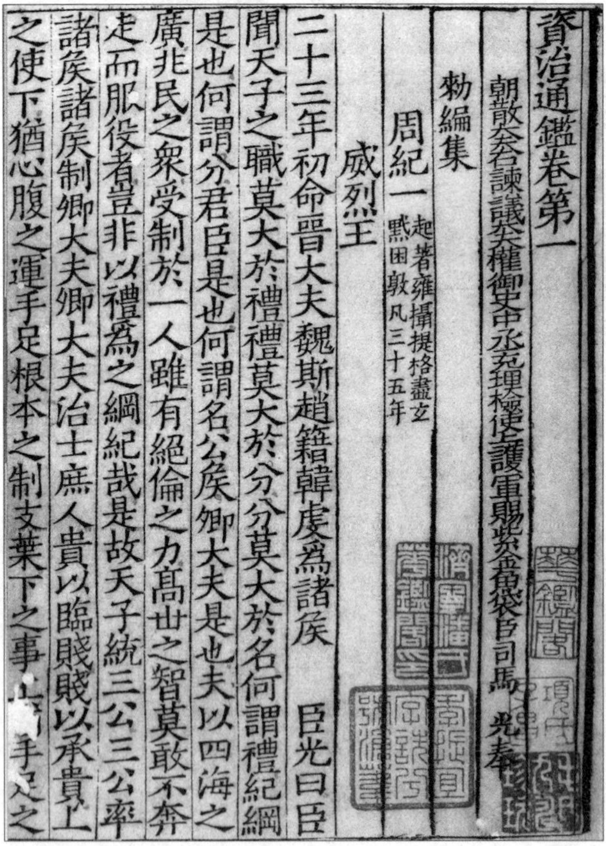

他怎能成为一个好君主呢?

于是，司马光仿照他幼年最爱的一本书《左氏春秋》的体裁，节录战国到秦朝的历史，取名为志，呈献给英宗阅览，英宗大为赞赏，鼓励他继续写，并且派人当他的助手，司马光找了刘恕、刘攽（bīn）、范祖禹三位学者共同帮忙。

从此，司马光一头栽入史学研究之中，居住洛阳达十五年之久，完成这部巨著，上起战国，下迄（qì）五代，凡一千三百六十二年，献上朝廷后神宗赐名为《资治通鉴》。

司马光写这部书是先搜集资料，再按年月日排比，最后考证，取材，写成正文，他“日力不足，继之以夜”，每天规定自己写满一丈纸的资料。据说，书成之后，所有资料装满两间屋子，宋朝大文学家黄庭坚曾经前往参观，他随手拿起数卷阅读，发现两大屋子的文稿，全部用蝇头小楷，工工整整写成，一个草字别字都没有，不禁叹曰：“佩服，佩服。”

《资治通鉴》虽出自众人之手，但由司马光总其成，把全文写定，并且分段批评史事。司马光不但学识丰富，眼光文章更属一流，文章气势雄伟，而且感人至深，与司马迁的《史记》一般，成为日后研究中国历史必读之书，也是最优美的中国文学的典范。

《吴姐姐讲历史故事》之中许多有趣的故事都取材自《资治通鉴》，这实在是一本令人着迷的好书，虽然市面上有不少白话本，各位读者如果有兴趣，不妨还是读一读原本，并不一定要一个字一个字看，可以挑喜欢的、有趣的阅读，尤其读过《吴姐姐讲历史故事》之后，对许多史事有大概的了解，读起来颇有亲切感。

司马温公的风范

在上篇《司马光和〈资治通鉴〉》之中，我们说到，司马光与王安石同为君子，彼此政见不合。由于宋神宗重用王安石实行新政，司马光遂辞官，徙（xǐ）居洛阳，专心编修《资治通鉴》，如此一晃十五年。

在这期间，司马光专心于史学，绝口不谈政治，他的道德、文章、学问却为全国所敬重，就是田夫野老也知道有个司马相公了不起，天下视之为真宰相。

元丰八年（1085 年）三月，宋神宗去世，太子赵煦（xù）即位，是为宋哲宗。哲宗年方十岁，由神宗的母亲太皇太后高氏听政。

司马光听说神宗皇帝崩逝，自洛阳奔丧入京，卫士们远远望见，高兴地互相推碰道："是司马相公哩！"这一传开之后，所到之处，老百姓夹道欢迎，道路阻塞，马不能行，还有人爬到树上、屋顶上，争着瞻仰司马光的风采。

于是，屋瓦被踏碎了，树枝被折断了，大家不让司马光回去，高声喊道："相公不要回洛阳了，留下来辅佐天子，救活我们老百姓吧！"这真是千古少见的盛况，司马光本来是个拘谨害羞的君子，吓得赶紧回到洛阳。

当时，赞成旧法的苏东坡也接到高太后之诏，由登州调回京师，一路之上都有百姓拉住苏东坡，拜托他："请告诉司马相公，不要离开朝廷，救一救我们。”

这时，高太后遣派使者，前往请教司马光目前国家当务之急，司马光答称：“当下明诏，开言路。”换句话说，司马光建议凡是知道朝政阙（quē）失、民间疾苦的，都可以尽情发言，不用有所隐瞒。高太后接纳了这个建议，一时之间，上书者有数千人之多，大多是批评王安石的新法不适当。

司马光，佚名绘。

于是，高太后以司马光为门下侍郎，废除新法。然而有人以“三年无改于为父之道”，反对一下子改掉神宗倡议的新法。

司马光反驳道：“先帝之法，其善者虽百世不可改变也，但如王安石、吕惠卿所建立的新法，为害天下，我们应该像救火拯溺一般愈快愈好，何况现在是太皇太后当政，算是母亲改变儿子的做法，并非以子改父大逆不道。”司马光这番话说得很有道理，于是他依次废除种种新法。

这时的司马光，体力精神已大不如前，但是他拼了老命想好好有所作为，连辽人也对边疆官吏叮咛：“现在宋朝是司马光为相，大家切勿生事。”

在司马光心目之中，青苗、免役、置将三种新法没有废除，是为三大内忧，而西夏未除，为一大外患，他常常对人说：“四害未除，我死不瞑目。”并且写了一封信给吕公著说：“光以身付托医生，以家付托儿子，惟国事无人所托，现在一切拜托你了。”

由于司马光不分昼夜为公事繁忙，一天比一天羸（léi）瘦，许多人都以诸葛亮“食少事烦，其能久乎”一事请以为戒，司马光却一心一意效法诸葛亮鞠躬尽瘁死而后已的精神，他对劝告他的人说“死生命也”，又一头埋入公务之中。

等到病重了，司马光仍不自觉，半夜做梦，梦话之中都是国家大事。当他在哲宗元祐元年（1086 年）九月溘（kè）然长逝，老百姓听闻噩耗，生意也不做了，一起上街买白布制衣祭奠，巷里之中一片哭声，京师人民还画了司马光的像，刻了印出来卖，家家户户都捧着一本祭拜，高太后哭得伤心透顶，追赠太师、温国公，因此后代称之为司马温公。

司马光为人孝友忠信，恭俭正直，动作有礼。当他居住在洛阳之时，经常去拜长兄司马旦，当时司马旦已是八十多岁的老人了，司马光对他是“奉之如严父，保之如婴儿”，人们传之为美谈。

司马光是个律己甚严的君子，从小到老，从来不乱讲话，他曾经对人说：“我没有什么过人之处，但平生所为，从来没有不可对人言者耳。”

在高太后当政这段期间，以前反对王安石的旧人纷纷复官执政，他们这班人多半是硕学耆（qí）宿，在社会上很受尊敬，史称为“元祐诸君子”。

元祐八年（1093 年），太皇太后病逝，宋哲宗亲政，改元绍圣。由于在高太后当政期间，小皇帝凡事不能做主，连臣子都不大理他，心里愤愤不平，无形之中对高太后的行政都抱有反感，于是有些野心家在旁煽动，搬出“绍圣绍述”的口号，绍圣是哲宗年号，绍述乃恢复祖先作风之意。为了要恢复新政，哲宗下令夺司马光等人的赠谥。哲宗去世，向太后听政，再用旧党，向太后去世，徽宗亲政，又追贬旧党，任用新党。

徽宗之时，蔡京擅政，撰写《奸党碑》，把司马光等骂得狗血淋头，并且命令全国刻《奸党碑》。有一个长安石工名叫安民，不肯刻石碑，这石工说：“民是一个愚人，固不知立碑之意，但如司马相公者，海内皆称其正直，今谓之奸邪，我不忍心刻下去。”

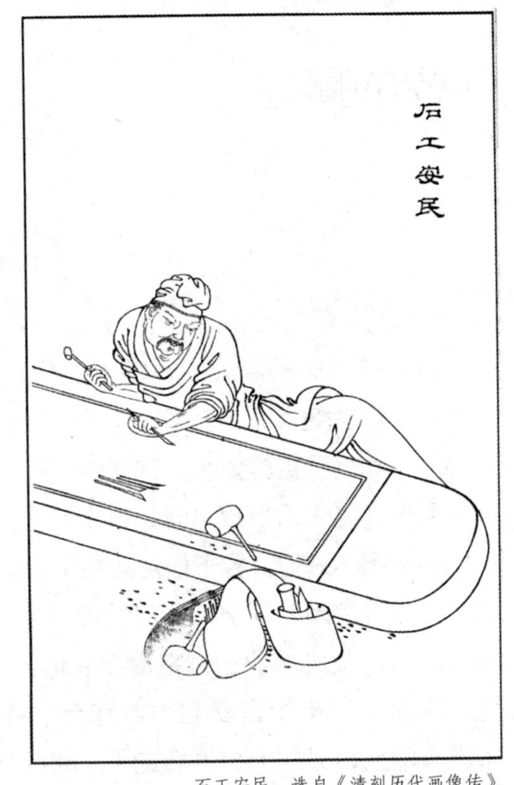

石工安民，选自《清刻历代画像传》。

官府官员大发脾气，安民哭着说：“那么请求不要在碑上刻我的名字，我不愿得罪后代，遗臭万年。”可见是非公道自在人心。靖康元年（1126 年），还赠司马光之谥。

司马光过分择善固执，他的好友苏东坡有时气得骂他“司马牛”，但他的忠君爱民，他在编修《资治通鉴》的贡献，永远为后代所怀念。

章惇的嘴脸

在上篇《司马温公的风范》之中，我们曾经提起，元祐八年（1093 年），太皇太后高氏病逝之后，十八岁的哲宗亲政，明年，改元绍圣，立刻又实施新政，这其中还有一段故事。

原来，高太后当政之时，哲宗完全没有说话的份儿，司马光等老臣根本都不睬他，种下他对元祐学者的不满。

尤其哲宗因为逃学，元祐学者曾经上书给小皇帝与太后，指责他贪玩儿，荒废学业，哲宗很委屈地告诉过章惇（dūn）。有一天，他发现宫中二十个宫女之中，有十个被免职，换上一批新人，过了没有两天，另外十个也换走了。临行之前，宫女眼中个个含着泪珠，似乎曾被太后严词盘问。

由于哲宗对太后不满，连带的，对太后主张的措施也心生反感，于是一个野心的投机分子礼部侍郎杨畏乘机加以利用。太后刚刚下葬，他立刻上疏哲宗，大大夸赞当年神宗变法之深意与王安石学问道德之美，而且把章惇、吕惠卿等新法大将也猛夸一阵。

哲宗非常兴奋，立刻下诏，任用章惇为资政殿大学士。章惇是何许人也？让我们话说从头。

章惇，字子厚，建州人，他人长得很漂亮，豪迈英俊，博学善文，进士登名，曾与苏东坡相交往。

苏东坡刚出道，在凤翔任官之时，章惇为商洛令。有一回，这两个年轻人共游南山，深入仙游潭，潭下绝壁万仞，激流飞湍（tuān），

宋哲宗，选自《乾隆年制历代帝王像真迹》。

潭上架着一片薄薄的木板，章惇怂恿苏东坡一同去峭壁上写“到此一游”四字留念。

苏东坡望一望有百十尺深的急湍，心里害怕，笑着摇摇头。章惇勇气十足，先过小桥，拢一拢长袍，抓起一根吊索，像电影里的泰山一般，沿着峭壁到了对岸，潇潇洒洒，以漆墨濡笔在石壁上写：“苏轼、章惇来。”

然后，章惇神态自若地走回来，苏东坡拍一拍章惇的背道：“有一天你会杀人。”

“为什么？”

“能玩命的人，也就能杀人。”

章惇昂首大笑。

苏东坡没有看错，这个外表聪明、热情的青年的确带有几分危险性，是个亡命之徒。

不久，王安石实施变法，由于朝廷之中老派人士持盈稳重，不与王安石合作，王安石只有用一些轻进少年，像章惇这种人，就得王安石的赏识，扶摇直上；后来，新法失败，神宗去世，高太皇太后垂帘听政，章惇曾在帘前与太后辩论，惹恼了太后，被贬为汝州知事。

如今，哲宗亲政，章惇再度被用，他逮住机会，准备狠狠报复，喊出的口号是“绍圣绍述”，绍圣为哲宗年号，绍述乃恢复祖先作风。在这个标语之下，太后摄政期间一切大臣都背上一个“破坏先帝政绩”之死罪，太后被控“老奸擅国”。

为了加深哲宗对元祐党人的恶感，章惇等人甚且搬出一些莫须有的证据，诬赖太后曾有废立之谋，甚且作诏书请废太后为庶人（平民），把灵牌赶出皇家祖祠，幸亏哲宗还算有一点理智，他对章惇说："你要我永远不进英宗的祖祠吗？"

在章惇疯狂报复浪潮之下，元祐旧党或被贬谪（zhé），或遭禁锢（gù），甚且已经去世的，章惇也不饶他。司马光的家产被充公，墓园被拆毁，还有人建议烧毁《资治通鉴》，好在有人想起这是先帝写过序文的，才免于一劫。章惇还准备严厉对付司马光的后代。

曾布曾经再三劝章惇，不要太过分了："别忘记我们自己的子孙后代也许也会碰到同样的情形。"

"不，死后贬官没有意思，只有惩罚后代才是真实的行动。"章惇毫不留情地反驳。

当年与章惇携手共游的苏东坡，章惇也不放过他，章惇拜相之后，第一件事，先把老朋友贬到岭南。其后，听说苏东坡写了两行诗，描写自己如何在春风中小睡片刻，聆听庙院钟声，章惇大怒："原来他还挺惬意的嘛！"再把苏东坡贬到更远的不毛之地——海南岛。

苏东坡被贬，与他手足情深的弟弟苏辙也难逃厄运——被贬雷州。

兄弟两人在途中相遇，不胜唏嘘。当地的雷州太守一向崇拜三苏父子，热热烈烈拿出酒菜招待他们，结果第二年，雷州太守因而被弹劾免职，苏辙也被安上一个强占民宅的罪名。

俗语说冤家路窄，哲宗去世后，徽宗立，章惇曾说过徽宗轻佻，不适合当皇帝的话，被贬到雷州，结果没有居民愿意把房子让给他住，并且讽刺道："以前苏公来，由于章丞相之故，几乎害得我家破人亡，我们哪敢重蹈覆辙。"

王安石、司马光虽然意见相左，总是苦心孤诣，志在救国，偏偏有章惇一类奸邪小人成事不足败事有余，兴风作浪，危害国家，宋朝本来已是积弱不振，如此一搅，国事遂大坏。

大晏与小晏

词是宋代文学的灵魂，世人皆以唐诗、宋词、元曲并称。诗与词一脉相承，词是可以唱的。词在宋朝一代，不只是独立的文学作品，同时又有积极的音乐功能，无论朝廷的盛典、士大夫的筵席、长亭离人的送别、娼楼妓女的卖唱，处处都离不开词，再加上君主的爱好与提倡，词就愈发兴盛了。

另一方面宋朝道学家多，讲究文以载道，正心诚意，提倡古文运动，只有在词中宣泄感情，连先天下之忧而忧的范仲淹也有“酒入愁肠，化作相思泪”的名句。我们今天要谈的大晏、小晏都是宋代词坛上重要的人物。

大晏是晏殊，字同叔，是个小神童，他七岁的时候已经能够拿起笔来写文章，宋真宗景德初年，晏殊只有十三岁，张知古把他推荐给皇帝。

于是，晏殊参加殿试，他虽然年纪小，却一点也不怕，看起来还颇为神气，拿起笔来一会儿就写好了，被赐同进士出身。

过了两天，晏殊再参加廷试，考诗赋、论，他看了题目一眼，把卷子捧去给皇帝说：“这个题目我十天前刚好写过，请另外命一道题。”

我们一般人若是拿到考卷，发现是模拟考前猜题之中有的，高兴还来不及，晏殊竟然傻傻的要求换题，实在颇为奇怪。

真宗皇帝很嘉许他的老实，赞美不已。东宫官（太子侍读）出缺，皇帝下令以晏殊递补，并且对他说："因为你勤奋读书，不爱游玩，所以配作东宫官。"

"我也不是不爱玩，只是我玩不起。"晏殊又老老实实地回答。

宋真宗对他愈加信任，再加上他谨慎小心，处事慎重，又再升为翰林学士。

宋仁宗幼年时，晏殊与另外一个小神童蔡伯俙（xī）一块在东宫伴读，仁宗贪玩儿，宫中有许多高的门槛他跨不过去，这时蔡伯俙就会趴在地上，让太子从身上跨过，晏殊却不肯像奴才般巴结小主子。

但是，仁宗皇帝并没有因而记恨，即位之后，晏殊一路做到集贤殿学士、同平章事的高官，庆历四年（1044 年）登阁拜相，官运亨通。

晏殊为人性情刚直，学问渊博，有爱才之心，欧阳修、王安石都出自其门下。他在任职应天府时，范仲淹正好因母丧辞官，晏殊找了范仲淹来，教导学生读书。五代之后，天下大乱，学校荒废，晏殊算是首先兴学者。

晏殊有伯乐之慧眼，所以他很会挑女婿。范仲淹有一回把富弼（bì）的文章拿给晏殊看，晏殊马上要了富弼这个乘龙快婿。晏殊还有一个女婿杨察也是勤于吏职，遇事明快，是当世称赞不已的良才，《宋史》之中有传。

晏殊在政坛上并没有特殊的表现，但是他的词却是北宋初期词之开山祖师，与欧阳修并列其名。

一提起晏殊的词，人们马上会想到他的代表作《浣溪沙》：

一曲新词酒一杯，去年天气旧池台，夕阳西下几时回？
无可奈何花落去，似曾相识燕归来，小园香径独徘徊。

（一杯酒，一阕新词，池台依旧，仍似去年一般的天气，但是

晏殊词《浣溪沙》“一曲新词酒一杯”词意图，明刻版画。

夕阳何时再回？夏天到了，花儿凋谢，旧时相识的燕子又飞了回来，只有我一人孤独地在院中徘徊伫立。）

这首词浸透着淡淡哀愁，使人有徘徊流连之感，写得真美。

晏殊六十五岁那年，病重不起，仁宗皇帝想去探视病情，晏殊上奏：“臣老疾，即将痊愈，不足为陛下忧。”婉谢君主好意。过了没两天就死了，仁宗亲临祭奠，深以未去探望为恨，为此，罢朝二日。

晏殊老年得一子名晏几道，号小山，后世称为小晏。他童年时，父亲为宰相，家境富裕，七八岁时晏殊去世，家道中落，他不能适应，因此颇为多愁善感，正适合写词。

据说，苏东坡曾想认识晏几道，提他一把，晏几道回绝了，他说：“今天政事堂中，一半都是吾家旧客，我还没有工夫去见呢！”口气相当狂傲。他的后半辈子始终在贫困之中辗转流离。

小晏这个公子哥儿，在词学的成就却不逊于大晏，我们日常所熟悉之名句“落花人独立，微雨燕双飞”，“衣上酒痕诗里字，点点行行，总是凄凉意”，“相思本是无凭语，莫向花笺费泪行”（花笺是信纸之意），这些都是非常含蓄，耐得住细细品味的名句。

论起晏氏父子，许多人都会想到南唐二主李璟、李煜（yù）父子，他们境遇不同，词风各异，然而都是中国词坛上不朽的人物。

黄庭坚创立江西诗派

在宋朝，词学乃一代之主流，由于诗在唐朝已经发挥得淋漓尽致，后代难以超越，宋朝除了词学之外，在诗上有成就的作家，除了前面说过的苏东坡之外，应该算是黄庭坚了。

黄庭坚，字鲁直，自号山谷，后代多称之为黄山谷，洪州分宁人。黄庭坚侍奉母亲非常孝顺，他是大家所熟悉的二十四孝之一的人物。

黄庭坚的母亲有洁癖，受不了马桶的异味，黄庭坚从小开始，每天把母亲大人的马桶刷洗得一尘不染，清洁溜溜。

马桶臭臭，黄庭坚却丝毫不以为意，他后来做了高官，家中仆从甚多，大可不必亲自动手，但是，黄庭坚坚持不许任何人碰母亲的马桶，直到他四十多岁，母亲去世，黄庭坚都数十年如一日地清扫马桶。

当黄母病危之际，黄庭坚更是日夜侍奉在病榻，连衣服都不肯脱。黄母病故之后，黄庭坚由于哀伤过度，几乎自己也病倒。

我们现在大都使用抽水马桶，用不着效法黄庭坚，不过他这种敬爱父母的孝顺精神，值得后人发扬光大。

黄庭坚幼年时喜好读书，由于他做什么事都非常专注，因此养成过目不忘的本领。有一回，黄庭坚的舅舅李常到他家来玩，顺手取下黄庭坚书架上的书，随便考考他，结果发现这个小外甥对答如流，高兴得拍拍他的小脑袋说："你真行！"

黄庭坚曾经说过一句名言：“吾三日不读书，便觉得面目可憎，言语可厌。”

治平四年（1068 年），黄庭坚考取进士，王安石读了他的诗，赞美他为“清才”，绝非争名逐利庸俗之人，苏东坡用“超轶绝尘，独立万物之表”称赞。俗话说“文人相轻”，苏东坡如此抬举后进，表现出他的胸襟度量的宽广。

哲宗即位，黄庭坚奉命撰（zhuàn）修《神宗实录》，所谓实录是自梁武帝以后，史官根据档案、奏章、诏书及私人笔记，按照年月日，逐日记载某一皇帝的言行及国家大事。

《神宗实录》修好之后，正逢奸邪小人章惇当权，章惇（dūn）与他的同党认为实录写得不对，把黄庭坚找来质问，黄庭坚一条一条据理以辩，章惇哑口无言，一气之下，把黄庭坚贬到黔州。

黔（qián）州即今天的贵州，人称“天无三日晴，地无三尺平，人无三两银”，是个交通阻塞、瘴气为疠（lì）的不毛之地。当被贬的命令颁下之后，他的朋友都忍不住哭了起来，黄庭坚却处之泰然，表现出绝佳的修养。他认为自己的立场是对

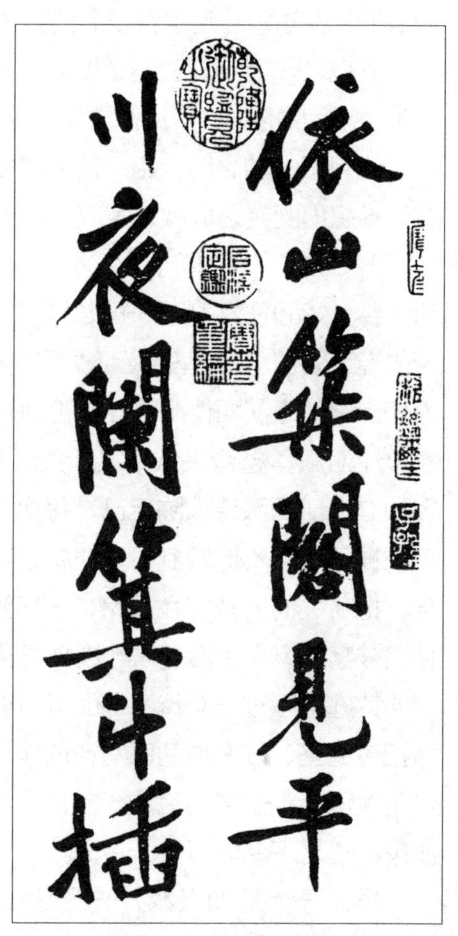

松风阁诗，黄庭坚书。

的，不能讨好小人修改史书，所以即使到了荒凉一片的黔州，他还是安之若素。还有一些蜀人慕他的名，跑到黔州找他讲学，经他指点调教过的学生，写起文章来下笔皆可观。

后来，黄庭坚因为得罪赵挺之，赵挺之时来运转之后，公报私仇，把黄庭坚再贬到宜州。他到了宜州之后更是凄惨，据他形容，他居住的地方很小，屋顶很低，下面是市场，人声喧杂，西邻是屠牛场，不时传来屠牛的哀号与刀声，真够大诗人消受的了。黄庭坚最后就死在这个连毛笔都没有的宜州城楼之上，享年六十一岁。

黄庭坚一生遭遇是可悲可叹的，但是他却不因此而消极颓（tuí）唐，反而创立了江西诗派，为后人所崇奉。

诗到了宋朝之时，由于唐人的成就太辉煌，任你如何的聪明才智也难超出既有之成就，黄庭坚就创立了一种脱胎换骨之法。

譬如说，李白有诗“白发三千丈，缘愁似个长”，黄庭坚更改为“缫（sāo）成白发三千丈”。又白居易有首诗：“百年夜分半，一岁春无多。”黄庭坚改为：“百年中去夜分半，一岁无多春再来。”人们都称他为江西诗派的开山祖师。

江西派作起诗来认真又严肃，与李白的潇潇洒洒完全不一样。譬如有个江西派诗人陈无己，每次有了一点灵感，赶快回家，把头蒙在被子中，不能听到一点声音，家人们一见此景，赶快把猪狗赶走，把啼哭的小孩寄在邻家，一直到陈无己的诗作好了，把头徐徐伸出被窝，家人生活起居才恢复正常。此谓之吟榻（tà）。

黄庭坚写过一首诗：“闭门觅句陈无己，对客挥毫秦少游。”正好把黄庭坚、苏东坡两派写诗的作风，作了一个明显的对照。陈无己是黄派，艰困努力完成一首诗；秦少游是苏派，是对着客人，在流爽畅达之下就能写成一首词。

虽然一个是即兴派，一个是痛苦派，苏、黄两人却是莫逆之交。苏东坡曾说黄庭坚是：“瑰伟之交，妙绝当时，孝友之行，

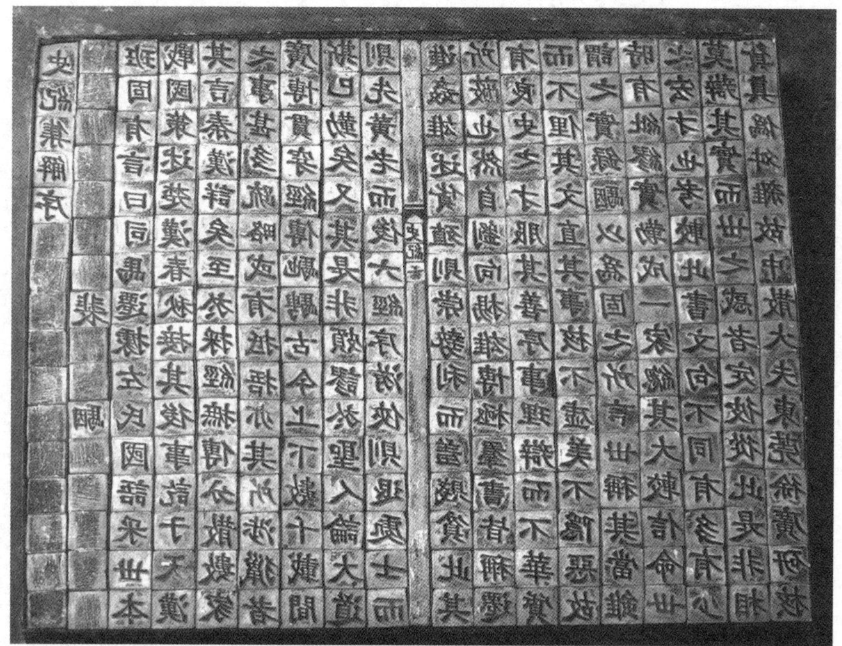

活字印刷版。

追配古人。”

顺道一提的是在宋仁宗庆历年间，毕昇发明胶泥活字版。他原是一位技术工匠，雕刻木板文字与佛像等，由于认字多，文化程度提高，引起了他改革雕刻的兴趣。

毕昇原先用枣木做试验，不幸失败了，后来想起中药中有龟胶之类的，坚硬如铁，晶莹光洁，遇火即熔，冷后又坚固不化，经过多次失败而告成功——发明了单个的活用胶泥字。由于他与欧阳修、苏东坡、司马光、王安石、黄庭坚同一时代，经由毕昇发明活字印刷术，而使得这些人文章更能流传后代，毕昇对教育的普及、文化的传播、学术研究之促进，功不可没。

邵雍与周敦颐

宋朝一代，虽然国势积弱不振，可是学术相当发达，理学就是宋朝学术之精华，又称之为道学。

中国的儒家思想，到了宋朝，不再从事琐琐碎碎的考证章句，转而讲求做人的功夫，再加上外来的禅学、佛学的影响，变化糅合，产生了理学。

理学产生的另一个因素是，自从唐末五代以来，道德崩坏，不顾廉耻，宋朝的读书人为了要拯救这股颓风，特别提倡修身养性，希望重整社会，尤其当时配合国家的统一，君主的提倡，书籍的流传，造成理学蓬蓬勃勃的开展。

提到理学，人们立刻会联想到著名的北宋五子：邵雍、周敦颐、张载、程颢（hào）、程颐。

邵雍，字尧夫，祖籍河北范阳，他的祖父、父亲都以品学著名，尤其父亲邵古在声韵学上极有研究，邵雍可以称得上是家学渊源。

在邵雍幼年之时，他随父母迁居共城，从此一面苦读，一面耕田奉养父母。他自小志气远大，除了发愤忘食精研儒、道、佛的书籍，更自己创立一套方法修养身心。

在夏天，汗出如浆，邵雍不肯打扇子；到了冬天，气候严寒，他也不生炉火。甚且，为了考验自己的耐力，一连好多年，不愿上床睡觉，每天晚上开夜车。

邵雍曾用“欲为天下屠龙手”形容年少苦读的壮志。读过万卷书之后，邵雍开始行万里路，他渡过了黄河、淮河，参观了鲁、宋、齐旧地，最后，在洛阳定居下来。

由于环境清苦，邵雍在洛阳住的房子又小又破，他却丝毫不在意。有一天半夜，进士王豫冒着大雪去拜访邵雍，发现邵雍庄严端正地坐在书桌前，满脸神圣不可侵犯的威严，王豫肃然起敬。

然后，两人谈起学问，邵雍讲得头头是道，王豫大为佩服，当下嚷着非拜邵雍为师不可，从此，邵雍的学问逐渐传开。

后来，司马光在洛阳埋首著作《资治通鉴》，富弼、吕公著等贤人退居洛阳，都与邵雍结为好朋友。司马光等人更凑了一点钱，帮邵雍购置一所比较像样的房子，邵雍仍然自耕自食，自得其乐，自称为“安乐先生”。

邵雍，选自《历代名臣像解》。

每到春秋佳日，邵雍兴致来了，乘个小车到处逛逛，士大夫们听到他的车声，争相迎候，小孩子都拍着手大叫：“我们家的先生来了！”大家都尊称他一声先生，不再呼名道姓。

要是有人自己行为不正，或者说话不检点，彼此会互相警告道：“嘘，小声一点，别让先生知道了，不好意思。”可见邵雍已使得百姓敬慕道德，有羞恶之心。

到了六十岁那年，邵雍换上了隐士的服装，头戴一顶乌帽，据说能预知未来，再加上他曾从李之才处取得先天易学，易学本身极为难懂，使他颇具半仙色彩。

到了后代，人们逐渐忘却邵雍以洁性著名，倒是一些算命卜卦者，推尊邵雍为开山祖师，江湖术士手上拿的那本《铁板神数》也说是邵雍写的哩。

理学家除了邵雍之外，周敦颐也是相当重要的一位人物。周敦颐，字茂叔，湖南人，他小时候家乡有一条小河叫濂（lián）溪，后人尊之为濂溪先生。

周敦颐十五岁那年，父亲不幸过世，母亲郑氏带着他投奔在京师担任龙图阁直学士的舅舅——郑向，郑向对这气宇轩昂的外甥十分喜欢，大力地予以培植。

二十四岁那年，周敦颐被朝廷派往洪州担任分宁县主簿，那儿有件官司缠讼（sòng）多年，不得要领，周敦颐到了，立刻有明正的判决，乡里之人都非常佩服。

其后，周敦颐升为南安军司理参军。那个时候，狱中有名囚犯依法不该被判死刑，可是转运使王逵性情苛刻，坚决主张非定死罪不可，官府里的人怕丢官，没人敢出来讲公道话。

周敦颐可不怕，他跑去与王逵（kuí）激烈地辩论，王逵很生气，周敦颐也是火气冲天，他说：“用杀人来献媚，这种事我不干！”最后，那位囚犯免于死罪。王逵也钦佩周敦颐的勇气，两人不打不相识，后来王逵还推荐他担任郴（chēn）县县令。

周敦颐无论担任何种官职，都深受百姓爱戴，而且为官清廉。

茂叔观莲，选自《芥子园画传》。

有一日，公务繁忙，累病了，躺在家中昏睡一天一夜才睁开眼睛。他的好友潘兴嗣前去探病，才发现周敦颐实在穷得可怜，原来他把官俸都赒（zhōu）济乡里了，家里只剩下一个破衣箱。

由于百姓特别喜爱周敦颐，也特别引起他长官赵抃（biàn）的不悦，每次总是故意刁难，周敦颐也不在意。后来赵抃有机会仔细观察他的为人，大为懊悔过去的误会，握着周敦颐的手一直说："好险，我几乎失去一个好朋友。"

周敦颐生平最爱莲花，他曾经写了一篇《爱莲说》，他个人的行为也正如莲花一般"出污泥而不染，濯（zhuó）清涟而不妖"。由于他的行为光明磊落，黄庭坚曾推崇他是"人格甚高，胸怀洒落，有如光风霁（jì）月"，这几句话及"莲花出污泥而不染"，都成为后代赞美人们品性高洁的名言。

周敦颐所著的《太极图说》与《通书》都是中国学术史上灿烂的一页。理学家的学问比较玄，不易了解，但是他们心口如一追求道德完美的精神，使后世景仰。

张载与变化气质

近年来，台湾上上下下都在提倡“书香社会”的运动。提到读书，人们最喜欢挂在口边的一句话是，读书能够变化气质。现在我们就要来谈一谈提出这句名言的宋朝大儒——张载。

张载，字子厚，先世本居于大梁（河南开封），父亲张迪，在宋仁宗时代任官涪（fú）州（在今四川），后来，张迪死于任上。由于家境不好，张载没有能力返回故乡，只有侨居在陕西凤翔的横渠镇，所以后人尊称张载为横渠先生。

张载小时候颇有志气，喜欢与人谈论兵事，当时中国西北正为西夏所骚扰，民族感情强烈的张载，一心一意等着长大打西夏，为宋朝夺回洮（táo）西之地，报效国家。

张载二十一岁之时，写了一封信给他最崇拜的范仲淹，倾诉心中的抱负与理想，“先天下之忧而忧，后天下之乐而乐”的范仲淹看到这封信文字极佳，而且充满了爱国热忱，非常赞赏。

范仲淹一直认为，国家强盛除了军事之外，最重要的乃是文化，他看出张载有才学，能够在文化上做个领袖，所以回了一封信给张载，爱怜地责备他：“儒者自有名教可乐，何事于兵？”并且送他一本《中庸》，要张载仔细研读。

张载很感激范仲淹的教诲，开始研读《中庸》，愈钻研愈加有兴趣，薄薄的一本《中庸》不足以满足其旺盛的求知欲，他开始研求佛法，后来发现佛法非圣贤之道，又转而再学六经。

这个时候，张载的学问已大大的有名，他每天坐在一张老虎皮之上，为学生们讲解《易经》，这是京师一件轰动的大事。有一天晚上，二程兄弟（即程颢、程颐）来拜访，三人兴高采烈高谈《易经》。

谈完之后，张载自认为在易学方面的研究，比不上这两兄弟，第二天一大早，张载郑重地向学生们宣布："最近见二程子，深明易道，我不能及，你们可拜二程子为师。"从此以后，张载不再讨论易学，专心地研究儒家思想。

三十七岁那年，张载考中进士，朝廷任命他为祁州司法参军，云岩令。张载当了县令，便要把孔老夫子在《论语》之中所讲的一番道理，彻底实践。

《论语·学而篇》中，子曰："弟子入则孝，出则弟，谨而信，泛爱众，而亲仁，行有余力，则以学文。"这句话的意思是说，少年弟子回到家中要孝顺父母，到了外面要恭敬长上，做事谨慎小心，说话要守信用，广泛地亲爱大众，亲近有德行之人，这些种种都做到了，还剩下多余时间精力，才开始学习诗书。

张载决定把这套孔门规矩在县中实施，他自己先以身作则，每逢黄道吉日，必定预备了许多酒席，邀请乡中年老的长者，亲自为他们夹菜、斟酒，做给乡中的年少子弟看，并且在席中诫训子弟，要他们懂得养老事长，敦本善俗之意。久而久之，云岩县有古风的美誉传遍各地。

宋神宗熙宁三年（1070年），神宗皇帝正准备励精图治，大加改革，听到张载的大名，特别加以召见，询以治国之道，张载的看法是"为政应效法三代"，神宗皇帝很高兴，请他担任崇文院校书。

此时王安石正在实施变法，理学家多半守旧，加上王安石刚愎（bì）自用，不肯礼贤下士，使得最注重个人修养的理学家们都反对变法。王安石请张载加入新党，可想而知的，张载一口回绝："公若与人为善，则谁敢不尽力，但若要人迁就你，那我不能效劳。”

王安石很生气，找了一个理由要他去浙东，张载自知，得罪了王安石没有好事，于是，托病辞官，回到了横渠，一面著述，一面教学。

张载虽然离开了朝廷，却比以前更辛苦，他在房间里到处都摆了笔墨纸砚，惟恐有了救世理想来不及写下来。到了晚上，躺在床上，还是满脑子都是学问，想着想着，忽然有了新见解，一跃而起，点起烛火，又开始奋笔疾书，张载的传世名作《正蒙》，就是这样赶出来的。

张载由于日夜苦读，又不注意营养，久而久之，染上了肺病而死，死了以后，穷得没有钱办丧事，还是子弟们凑了钱，才为老师购置一口棺材。

张载一辈子清贫如洗，每天都是粗茶淡饭过日子，他不但不以为苦，而且老是挂虑其他人的困苦。有时他端起白饭，想到路上有饿死的人民，会难过得吃不下饭。他发现社会贫穷问题之后，愈发向往古代的井田制度。他曾与几位学者，共同买了一块地，划为数井，尝试实行古代的井田制度，可惜，计划刚开始，他就病逝了。

张载平日对学生讲学，最注意“知礼成性，变化气质”。也就是一个人应该借着教育、学习的力量把污泥去除，使其恢复原有之澄清状态，一个不读书的人“终看义理不见”。

张载为北宋思想家的主要人物之一，他的学说包括天道、人生、德行、政事，范围很广。他曾经说过四句话，认为是一个有使命感的读书人应该终生追求的，那就是：“为天地立心，为生民立命，为往圣继绝学，为万世开太平。”

程颢与程颐

宋朝理学的开创者是我们前面所说的邵雍、周敦颐、张载，实际建立者还是程颢（hào）、程颐两兄弟，人们称为二程子。现在，我们就谈一谈二程子的小故事。

二程子是河南洛阳人，家教非常好，程颢（号明道）比程颐（号伊川）大一岁。当程氏兄弟十五六岁时，他们的父亲在虔（qián）州做官，发现有位狱吏，年龄虽轻，只有三十出头，却是气宇不凡，极有学问，这人便是周敦颐。于是程父命令两兄弟向周敦颐问学，体会孔子、颜渊之学。两兄弟自小立志为圣贤。

除了父亲之外，二程子的母亲也极有学养，而且甚为明理，程母经常挂在嘴边的一句话是："子女不成才，往往是做母亲的偏袒（tǎn）。"所以程母从来不护短。

程颢高中进士之后，出任了好多年的地方官，官位虽小，他却尽心尽力去做。他在当晋城令时，城中有个富人张氏，父亲早已过世，有一天，有个老头却找上门来，对张氏说："我是你的亲生父亲。"

张氏惊疑莫测，跑去找程颢，老头儿对程颢说："我是一个医生，因为远出医病，妻子生下一个儿子，家贫不能养育，所以把儿子送给张三翁。"说着还从怀中掏出一张纸，上面写着："某年月日，抱儿与张三翁家。"

程颢把字条还给老头儿说："奇怪，那个时候张三翁年轻得很，

程颢，选自《历代名臣像解》。

哪会有人称他为翁？”吓得想敲竹杠的老头儿落荒而逃。

程颢在地方上注重教育，破除迷信，闲暇之时，与父老话家常，教儿童读书，人们视之如父母。由于政绩好，被推荐到朝廷担任御史，神宗皇帝很敬慕他的学问，时常找他谈论学问，有一回，谈得兴起，神宗皇帝竟然连中饭都忘了吃。

此时，神宗已相当信任王安石，王安石认为程颢满口仁义，是迂（yū）阔的书生之见，满脸不以为然，程颢慢条斯理地说：“天下事非一家私议，希望你能平心静气听听人家的意见。”

王安石顿时面红耳赤，后来，王安石排除异己，却始终尊敬程颢。程颢脾气相当好，修养到家，他的弟子们接受教诲有“如坐春风”之感，他自己也曾赋诗道：“闲来无事不从容，睡觉东窗日已红；万物静观皆自得，四时佳兴与人同。”他永远是心情愉快，态度从容，当他五十四岁去世之时，无论识与不识，都十分哀伤。

程颢的弟弟程颐，也是聪明好学，但是两人性情完全不同，程颢宽宏和易，蔼然可亲，而程颐却是谨严果毅，令人肃然起敬。

程颐一辈子不肯出来做官，但是却答应为哲宗皇帝讲学。他讲学之前，一定要先斋戒，希望心存诚敬，感动哲宗。有一次，讲了一半，哲宗在花园中，顺手折了一柳枝，程颐立刻训诫哲宗："现在是万物生长的春天，皇上不可以无故摧折新生。"

程颐，选自《历代名臣像解》。

哲宗吓了一跳，他起初很怕程颐，后来逐渐有些厌烦。

程颐由于过分严肃，连司马光都有些吃不消，司马光与程颢是知己之交，与程颐却谈不下去。有一回，朋友邀程颐赏花，程颐大手一挥道："我生平不曾看花。"朋友只好讪讪而去。

大词人秦观秦少游有次与程颐碰面，程颐问他："'天若知，也和天瘦'，这是你写的句子吗？"

"不错！"秦少游把脸一昂，颇为得意。

不料程老夫子脸一板教训道："上天尊严，岂可任意侮辱！"

由于程颐一派正经，时常受到苏东坡嘲弄，苏东坡一向是妙语如珠，口没遮拦，喜开玩笑，程颐怎么受得了？而苏东坡也不耐烦程颐的严苛作风。

司马光去世时，葬礼由程颐负责，程颐不准司马光的儿子站在棺材旁边接待客人，因为他认为，孤哀子若是真正孝顺，应该悲恸（tòng）万分，不能见人。苏东坡当众用古语嘲弄程颐，大家笑了起来，程颐满脸通红，两人结下了仇。

程颐还有一个“程门立雪”的故事：游酢（zuò）与杨时两位高足前来拜访程颐，谈完之后，老先生开始闭目养神，从中午到晚上，两位学生一动也不敢动，天气冷得要命，两条腿都成了冰棍，一直过了许久，程颐才睁开眼睛说：“你们还在这儿？天晚了，回去吧！”等到两人走出门外，外面已积雪一尺。

程颢、程颐两兄弟承继孔孟道统，共同支配了以后六百年的学术思想，是古今中外难得一见的思想家兄弟。

理学为中国儒学开辟了一个新天地，不再注意章句考证，而从做人修身的义理上下功夫。五代以来寡廉鲜耻的观念，也因此大大改变。在宋朝，男人讲忠孝节义，妇女也重视名节，有“饿死事小，失节事大”。所以宋朝的忠臣最多，但是也因为这些理学家标准太苛，有时不免意气用事，使得宋朝常为一些小节闹意见，缺乏如唐朝一般恢宏的气度、大气磅礴的精神。

文与可胸有成竹

我们通常形容一个人事有定见，会说他是胸有成竹。这句成语的出处是来自宋朝画竹的大家——文与可。

文与可，本名文同，但与可似乎较本名更为人们所熟悉，号石室先生、笑笑先生，梓（zǐ）州人氏。

文与可在幼年，已经显露出过人的才学，引起乡人的重视。与可读书很用功，根基很扎实，在二十岁左右，已经博通经史诸子，当时的大文豪文彦博对他的文章十分夸赞，时常拿去给朋友传观。

宋仁宗皇祐元年（1049 年），文与可登进士第，担任过太常博士、集贤校理，后来出任陵州太守。陵州是一个土地贫瘠的偏僻山城，只有三万人口，他上任后发现当地的人民入夜即不敢出门，原来有些不法之徒会在黑漆漆的巷子里做坏事。他立刻整顿治安，并且积极兴办学府，王安石因此赞美他“文翁出治蜀，蜀士始文章”。以后他一直担任地方官。

元丰元年（1078 年），文与可被召回京师（六十二岁），他不习惯京城生活，请求外调，那年十月奉命担任湖州太守，不幸在赴任途中病逝。这位尚未到任的太守，却建立了中国画坛上有名的湖州画派。

其实，文与可并非第一个画墨竹的人，不过他的画一出，有如光耀夺目的太阳东升，其他的火把立刻黯然失色。最能了解文与可的该算是苏东坡，他二人是表兄弟，也是莫逆之交，文与可曾叹息

道："世人无知我者，惟子瞻一见识吾妙处。"（东坡字子瞻）

苏东坡曾经写过一篇文章，记载文与可画竹是"必先得成竹于胸中，急起从之，振笔直遂，以追其所见"。我们后人就把一个人做事有计划、有腹案、心中有数称之为胸有成竹。

所谓先成竹于胸中，当然不是凭空臆测，而是先加以仔细的观察。他在守洋州时，曾经开辟了一片面积广大的竹园，种植了各种竹子，细细加以观察，详细记录了竹子生长的姿态，自然的规律，譬如他在《竹谱详录》之中有一段："竹生于石，则体坚而瘦硬，枝叶多枯焦；生于水，则性柔而婉顺，枝叶多稀疏。"

墨竹图，北宋文与可绘。

由于文与可画竹，先下过一番仔细的功夫，所以他笔下的晴竹、风竹、雨竹、露竹、霜竹、雪竹、冻竹都有不同的风貌，这种强调艺术规律配合自然规律，主观感受与客观条件互相配合的原则，正是“文湖州竹派”的一大特色。

中国人一向爱竹，认为竹子中通外直，群居不倚（yǐ），独立不惧，正像一个品德高洁的君子，文与可喜欢画竹，也是这种心理。他不但喜欢种竹，而且把自家的房舍都取名为“墨君堂”、“竹坞”、“此君庵”等等，他写的诗文之中，也可处处见竹。

文与可画竹的名声，很快就四处传遍，有一位和尚道臻（zhēn）因禅僧曾说，看到文与可画的竹，心自清凉，而且有一种凉风习习、袭向身来的感觉。由此可见文与可的竹画意境之高。

起初，文与可对自己的墨竹，并没有太加以重视，往往是看到精缣良纸，情不自禁，因为技痒，忍不住一张又一张地挥毫。

等到画好了，聚在一旁观看的客人们立刻开始动手抢，哪个本事大，就能把名画抢到手，欢天喜地抱回家，其他的客人只有望画兴叹了。文与可本人则笑嘻嘻地看着这场争夺战。

想要抢画，还真不简单，况且一些有身份地位的人，也不适合伸手抢夺。于是，登门求画的人愈来愈多。根据中国古人的规矩，请求字画，通常要准备上好的画纸，诚诚恳恳地上门拜托，很少是以金钱交易的，那样显得太庸俗了。

文与可家中的缣（jiān）素愈堆愈多，即使他每天努力作画，画债还是还不完。有一天，文与可实在心烦极了，气得高声说：“我要把这些缣拿去做袜子穿了。”缣是一种质地细密的绢，可供书画之用。

文与可要把缣拿去做袜子的事，马上传开了，成为一时话柄，但是，还是不能阻止上门求画的人，文与可只好对人说：“我墨竹一派，近在彭城，你们可前往求之。”

原来彭城附近住的是苏东坡，文与可随即写了一封信和苏东坡开玩笑道："对不起，现在做袜子的材料都要集中到你那儿去了。"

自古道文人相轻，事实上文人相重，才可增加彼此之间的情趣。文与可和苏东坡就是如此这般，据说，文与可画好一幅画之后，常常嘱咐人家："千万不要在上面题字，一定要等苏东坡来题赞。"这一画一题，真是以绝代之妙迹配旷世之文笔，苏东坡自己也颇为得意，他形容此乃"画者文叟，赞者苏子，观者如流"。

文与可不但会画画，而且擅长书法，无论篆、隶、行、草都有一套，他有天分，也肯下功夫，连走路都在思考如何写得更好。有一日，他在山道上漫步，看到两蛇相斗，领略其韵律之美，回去之后，将两蛇蜿蜒的动作融入书法之中。

文与可是画竹第一把高手，他的人品也是操韵高洁，司马光曾说他是："高远潇洒如晴云秋月，尘埃所不能到。"因此他的画意境高远，是中国美术史上一朵奇葩（pā）。

白描大师李公麟

宋代是中国美术史上的黄金时代，名家辈出，宋初设有翰林图画院，以科试罗致天下画家，并且给（jǐ）予官职，待遇优厚。当时的宣和画院，乃是我国绘画史上组织最为完善的艺术学院。

由于朝野一致重视，宋代的画家人数多，作品也丰富，现在我们要介绍的是在绘画史上有特殊贡献的李公麟。

李公麟，字伯时，安徽舒州人。宋朝皇祐元年（1049 年）生，熙宁三年（1070 年）进士，历任南康、长坦尉，泗州录事参军，中书门下后省删定官，御史检法等官。元符三年（1100 年）辞官归里，隐居于龙眠山，自称为龙眠居士。

他在官场上沉浮三十余年，但他最大的成就是在绘画方面。

最早之时，李公麟是以画马得名。他先去仔细观察马，一看就可以目不转睛盯上一整天，没有空闲与身旁的人多交谈。

有一次，他去皇帝养马的麒骥院为骏马写生，不但勾出马的外形轮廓，更表达出马的精神所在。这时，养马专家紧张了，他们竟然要求李公麟停笔，不要再画，理由是：骏马的精神魂魄都会被李公麟的画笔吸走，真是太可怕了。

以我们现代人的眼光看来，这种顾虑实在太夸大。其实，的确有些古人会害怕，所以到了清朝，西洋传入照相机，许多人不敢去拍照，也是害怕灵魂被摄影机吸走。

由于李公麟的马画得太逼真，还有人恐吓他：“你日日夜夜思念马匹，对神骏情状系念不忘，当心有一天眼花落地，必入马胎无疑。”

不晓得李公麟是否担心投胎变马，后来，他改为画人物及佛像了。

李公麟绘画最大的特色，就是他画的人物大半不上颜色，完全用淡墨来烘染，后人称之为“白描”。这种白描不是一件简单的事，笔法必须洁净轻细，浓淡得宜，纯粹用线条的浓淡、粗细、虚实、轻重、刚柔，来表达独特的风味。

在以往，无论哪一个名家，画人物都不免用颜色，所以古代绘画又称之为丹青（即红色、青色），李公麟这样轻描淡写就能表现优美的骨力，显得格外的高雅俊逸，难怪在当时被称为天下绝艺。还有人说：“画莫难于白描，犹书莫难于小楷。”意思是说，绘画之中白描最难，就好比书法之中，小楷最不容易写得好。

李公麟虽然官位不小，却没有什么官僚气息，《宣和画谱》中说他“在京师十年，不游权贵之门，遇休沐佳日，常邀知交三五，载酒出门，访名园林阴，坐石临水”，一派潇洒自得。

但是，李公麟对他的艺术作品，却有一套严肃的观点，他曾经对人说：“我作画不只是好玩，奈何世人不察，除了吟咏性情之外，希望大家能懂画里劝戒的意思才好。”譬如他画《女孝经图》，其中的仕女容气端庄祥雅，看了让人肃然起敬，意思就是希望人人效法。

我们中国人一向认为，一个画家，假如只会画画儿，没有其他艺术修养，终究只是画匠，画不出有意境的作品。李公麟从小沉浸在艺术气氛之中，不但长于绘画，也精于鉴别。

根据《宋史》记载，李公麟好古博学，长于诗，而且认识许多奇奇怪怪冷僻的古字，连夏商周朝钟鼎尊彝（yí）上刻的铭文，他都能够一一辨别。

女孝经图（局部），北宋李公麟绘。

在绍圣末年，朝廷得到一颗古代的玉玺，满朝文武没有一个能够鉴定这是属于哪个朝代的，大家一个一个轮流观看，却都露出抱歉的苦笑。

李公麟取过玉玺，仔细地看了一会儿，立刻很笃定地表示：“这绝对是秦始皇之玺，而且是李斯所亲篆的。”

“哦？”文武百官一齐疑惑地看着他。

李公麟清一清喉咙，朗声说道：“秦玺用蓝田玉，以龙蚓鸟鱼为花纹。帝王受命之符，玉质坚硬，非用昆吾刀不可，此法已中绝，所以必为李斯无疑。”

由于他的考证确凿有力，没有人可以提出反驳的意见，上上下下莫不佩服。哲宗因为得到了这个宝贝，十分高兴，因此下诏改年号，行典礼纪念。

李公麟多才多艺，他是中国古代插图和连环画专家，也长于历史画，他有一张《免胄（zhòu）图》是脍炙人口的历史名画。

这幅画的内容是郭子仪单骑退敌，叙述吐蕃勾结回纥起兵作乱，朝廷镇压不住，只有请出七九高龄的郭子仪，郭子仪带领少数人马前往，回纥（hé）发现郭令公还活着，立刻退兵。

李公麟这幅《免胄图》，画面上滚滚风尘，代表千军万马，中央部分是郭子仪与回纥首领会面的情形，郭子仪头上只包布巾，表示没有战意，面带笑容，雍穆大方，微微低下头，握着对方的手，好像在告诉对方“不用下跪”。画得非常生动，看过的人都对郭子仪有景仰之心。

当然，一个画家要画得好，除了天资优异，还需要后天不断的努力。李公麟在临终之时，躺在病床之上，还举起手，在棉被上画来画去，他的家人劝阻他，他还笑着说：“习惯了，不知不觉又想画。”可见他用功之勤。

米芾拜石

在中国绘画史上，米芾（fú）占有极为重要的地位，他与他的儿子米友仁（人称大米与小米）用迷幻似的点染方法，表现云山景色烟雨云霞，将传统的水墨渲染技巧提升到最高峰。尤其米芾，人称米癫，疯疯癫癫、奇奇怪怪，更增加历史上人们对米芾的好奇。我们先根据宋朝人留下的笔记、书信，谈一谈米芾有趣的遗闻轶事，然后再介绍他独特的画艺。

米芾，字元章，也有人称之为米南宫、米癫、襄阳漫士、鹿门居士、淮（huái）阳外史、净名庵主、溪堂、无碍居士，晚年自称为米老。中国人的名号太多，对于后代读历史的人而言，实在是一大负担。

根据已去世的方豪教授的考证，他认为米芾不是姓米，而系西域米国胡人，到了中国，放弃本姓，改为姓米，《宋史》上则记载他为吴人。

米芾出生于宋仁宗皇祐三年（1051 年），他的母亲阎氏，曾经做过宋英宗皇后高氏的乳娘。后来，高后之子即位，是为神宗，米芾受到恩阴，担任秘书省校书郎，又曾在长沙、杭州一带当小官，徽宗即位，入京为太常博士，崇宁三年（1104 年），召为书画学博士。

从小，米芾就是个小天才，六岁读律诗，七岁学颜真卿书法，十岁写碑刻。年纪大一些以后，更是博学广记，非常用功，但是恃才傲物，举止甚为奇怪，就连见了皇帝都不例外。

宋徽宗是个在政事上一塌糊涂，却极有艺术造诣的君主，他久闻米芾的才华与疯颠，有一天，特别在瑶林殿张起一幅二丈广的绢图，案头上放置了玛瑙砚、李廷圭（guī）墨、牙管笔、金砚匣、玉镇纸水滴，邀请米芾当场表演。

米芾一见大乐，把袍袖往背后一系，跳跃便捷，在绢布上落笔如云，有如龙蛇飞动，他正兴会淋漓之际，一转头发现徽宗在帘下观看，脱口而呼："奇绝陛下……"

徽宗大喜，一点也不以他那不羁的态度为忤，更以御笔御砚赏给米芾，并任命他为书画学博士。

另一回在崇政殿，徽宗召见米芾问话，问话完毕之后，徽宗发现米芾手上还拿着奏事的劄（zhá）子，就要米芾放在椅子上，米芾却唐突地站起来，大声地说："皇帝叫内侍要唾盂！"

这像什么话？宫中的人都吓呆了。第二天，言官们立刻弹劾米芾不顾君臣体统。徽宗却只笑笑说："俊人不可以礼法拘束。"

米芾担任书画学博士之后，有一次，徽宗与蔡京讨论书法，命擅长于此的米芾前来，在御屏上写《周官篇》，皇家的砚台自然是上好的，米芾爱不释手，忽地下跪："此砚台经过臣濡染，不可以再让陛下用臣用过的东西，不如赐给我吧。"

宋徽宗捧腹大笑不止，就把这块砚台赐给米芾。米芾好高兴，手舞足蹈谢了又谢，抱着砚台就走，也不顾墨汁淋漓，结果整件朝服一团黑色，徽宗忍不住笑道："他的颠名，果然名不虚传。"

米芾爱砚如命，尤其有一种叫砚山的石头，它突起部分，屹然成山，山脚部分可以用来磨墨，米芾有次得了这么一块端州石，高兴得抱着砚台睡了三天。

他还有一块宝贝砚山，据说是南唐李后主的遗物，在不到一尺见方的石砚上，耸立着三十六座山峰，群峰缭绕之中，凿出一座平滑的砚池，米芾真是爱死了这个玲珑古董。

除了爱砚台，米芾爱石头，也爱到不可思议的地步。他在安徽无为任守之时，听人家说，有一个怪石头生长在河塘边，没人知道这块石头怎么来的，而且也没有人敢去碰这块石头。

米芾知道了，大有兴趣，派人把这块又丑又怪的大石头搬来，一见之下，有如遇见知己一般，对着丑石深深下拜道："我想见石兄已经想了整整二十年了。"从此以后，他每次经过这块丑石，总要礼敬有加，尊称一声"石丈"。

由于米芾拜石这件趣谈很快传开，他因此而丢了官。但是米芾一点也不后悔，反而自鸣得意，还曾自写《拜石图》。后代的画家也喜欢画《米癫拜石图》，使得米芾拜石，成为历史上一段佳话。

米芾守涟水时，由于当地距离产磐（pán）石出名的安徽省灵璧县很近，这会儿米芾可得其所哉，他收藏了许许多多名

米芾拜石，清金廷标绘。

贵的石头，有时还在石头上写字，终日泡在这些美石之中，常常忘记处理公务。

按察使杨次公知道这件荒唐事，决定去教训教训米芾，他板着脸孔，疾言厉色对米芾说："朝廷以千里郡邑交给你管理，你不汲（jí）汲于公务，终日玩弄石头，太不像话。"

米芾一句话也不说，从左袖掏出一个石头，嵌空玲珑，颜色清润，上面还有天然的峰峦洞壑哩，米芾把石头在杨次公面前翻来转去，然后说："如此石头，安得不爱？"杨次公看也不看一眼。

米芾又拿出一颗石头，叠嶂层峦，比前一个更奇巧，炫耀半天又说："如此石头，安得不爱？"最后，再拿出一块如神镂般巧妙的石头，回头对杨次公说："如此石头，安得不爱？"这时杨次公忍耐不住，一把抢过石头对米芾说："非独公爱，我亦爱也。"登车而去。爱砚爱石的米芾，这一次却被人家把石头骗了去。

米癫的洁癖

在《米芾拜石》之中，我们说到，宋朝大画家米芾疯疯癫癫，奇奇怪怪，有米癫之名，他爱石又爱砚，有一回却不慎被骗走了一方宝砚。

原来，米芾有洁癖，他洗脸的方式很奇特，他用两手捧着水，不断地泼到脸上，两手拍打，绝对不用任何毛巾拭脸。由于他爱干净爱到这种程度，当时人称他为水淫。

有一天，他的好朋友周仁熟利用米芾的洁癖将了他一军。

米芾很得意地对周仁熟夸示道："我有一块砚台太好了，简直不是人间产物。"

"你虽号称博学广识，其实所收藏的宝物也不过是真品赝（yàn）品各占半。"周仁熟笑着打趣。

周仁熟这么一激，米芾非把砚台拿出来献宝不可了。米芾回头一看，周仁熟正拿着毛巾把手用力搓洗干净，一副对砚台很恭敬的样子，米芾看在眼中，十分欢喜。

待米芾诚惶诚恐、小心翼翼地把砚台端了出来，在周仁熟面前一扬道："怎么样，不错吧？"

"嗯，"周仁熟端详了半天说，"诚为尤物，就是不知道发墨的效果如何？"

于是，米芾呼侍者取水来一试，水还没有来，周仁熟竟然吐了一些口水在砚台上，接着就磨起墨来。

米芾看呆了，也气坏了，他指着周仁熟的鼻子道："你、你、你这个人怎么可以这样？现在砚台脏了，不能再用了，送给你好了。"

据周仁熟自己记载，当初他只是开个无伤大雅的玩笑，但是米芾颇为在意，怎么样也不肯再留下已经污损的砚台了。

为了几滴口水，竟然把宝砚拱手让人，这件事已经够奇怪了。据《耆（qí）旧续闻》所载，还有更怪的哩。米芾有个女儿要出嫁，要选一个女婿，他挑来挑去不中意，刚好这时在金陵有个年轻人名叫段拂，字去尘，米芾一见这个名字就开心，他笑着说："这个人既拂埃，又去尘，真是我的好女婿。"

后来，这位名字取对了的段拂，果然成为米芾的乘龙快婿。

米芾不但酷爱清洁，而且衣着打扮也不同于常人，他不穿宋朝衣服，而喜欢着唐代服装，头戴高檐帽子，坐轿子的时候，因为帽子太高，坐不进去，他又不放心让侍者拿着帽子，万一弄脏了怎么办。

结果，米芾想出了一个只有米芾想得出来的办法，他干脆把轿盖掀了，坐露天轿子。人们就可以看见他端坐轿中，帽子露出轿外，怪模（mú）怪样。

有一回，米芾又这般坐在轿中外出，途中遇到老友晁（cháo）以道，晁以道见到这幅情景，仰天大笑，直笑得泪水直流，还是忍不住笑。

米芾很好奇，停了轿子，拉着晁以道问："你笑什么？"

"我啊，我笑你像鬼章。"晁以道揉着肚子道。

这鬼章乃系羌人鬼章，自宋熙宁七年（1074年）起骚扰宋朝边境，元祐三年（1088年）被捕获时，用四周围以栅栏的囚车押解入京，晁以道认为米芾头顶高帽端坐轿内，正似鬼章在囚车之内，所以笑个不停。

米芾听了晁以道的解释，觉得自己像鬼章，也跟着拍手大笑，这两个人就站在路中央拊掌大笑不已，路人走过，都认识他是米癫，也不觉得有什么奇怪之处。

由于米芾不能忍受丁点儿脏，他在担任太常博士之时，洗衣太勤的结果，竟然把祭服上的藻（zǎo）火给洗掉了，所谓藻火就是古代绣在制服上，用为装饰的水藻与火焰的花纹。

因为这个缘故，米芾遭到贬黜，他也不以为意。

米芾的洁癖，使得他不轻易把书画给人看，他的理由是：怕客人用手在画上指指点点，或者衣袖上的灰尘弄脏画面。即使是他的好朋友苏东坡，也很少看到米芾的画。

假如被逼得万不得已，米芾非把书画示人时，他有一套清规戒律：“灯下不可看画，醉余酒边亦不可看画，卷舒不得法最为害物。”中国画的卷收有一定之法，米芾半点不肯放松，曾有人警告米芾：“你有一天会因此得罪朝中大官。”

“大官可得罪，不可改此心。”米芾斩钉截铁地回答。

米芾挥毫作书，《西园雅集》（局部），宋马远绘。

米芾有位朋友王仲御不相信他的洁癖（pǐ），认为他是故意装出来的，为了考验米芾是否好洁，王仲御大摆酒宴。他为了表示尊重米芾的好习惯，让米芾单独一桌，由几个受过严格训练的彪形大汉侍候斟酒上菜。

在米芾对面一桌，则有许多美丽的歌妓环绕，大吃花酒，杯盘狼藉，据说到了最后，好洁的米芾还是难耐寂寞跑到对桌。

怪异的米芾，自己并不以为怪，有一回苏东坡在扬州请客，在座者皆一时名士。酒过半，米芾忽然站起来道："世人都以为米芾颠，我要问东坡，我到底颠不颠？"

苏东坡笑着回答："吾从众。"意思是他与众人看法相同。

艺术家多半有些奇特，古今中外的大艺术家也流传着许多异闻。但是我们要弄清楚一点，米芾能够名留青史，主要是因为他的画，不是因为他的怪，他的画古今独步，他的洁癖并不难效法，一个艺术家的诞生需要天资及努力，缺一不可。有些人不是艺术家的料，故意学艺术家的不修边幅，狂放不羁（jī），实在是画虎不成反类犬。

《牧牛图》的仿冒品

前两篇，我们介绍了宋朝大画家米芾的一些传奇。米芾在中国绘画史上最大的贡献，应该是他首创的米氏云山的画法。

在唐朝及北宋初期，中国山水画之中，峰峦、林木、烟雨的表现，主要是用线条勾勒。米芾融合了前人的画法，尤其他多年对镇江一带气候温湿，云气弥漫，岗岭出没，林树隐现的观察，用泼墨、积墨、焦墨的方式，烘染在纸上，形成山水奇观，变化万千，这种迷迷茫茫的云山，人们称之为“米氏云山”。

这套米氏云山的功夫，米芾的儿子米友仁也十分在行。董其昌曾带着一幅小米——米友仁的画去游洞庭湖，当董其昌在日暮之际，卷帘看画，一看之下，董其昌愣住了，他看不出一片斜阳云天之中，哪儿是风光，哪儿是画迹。

米芾多才多艺，会画画，会写字，著有《画史》、《书史》等艺术理论，而且他还是有名的收藏家。他对于古代的书画菁（jīng）英，不但耗尽巨金，也耗尽心血。

有一次，米芾与蔡攸（yōu）在小舟之上，一同欣赏王衍（yǎn）的书法，米芾看着看着，竟然把这幅字卷了起来，往怀中一塞就准备跳水。蔡攸吓坏了，赶忙拉住米芾连声问：“什么事想不开？”

春山瑞松，米芾绘。

“我平生收藏的字画，没有这么好的，不如死掉算了。”米芾颓然道。

蔡攸莫可奈何，只好把这幅字慷慨地送给米芾。

米芾只要听到或见到名画，总要不计一切，不择手段弄到手，无论多么昂贵的出价，就是典当衣服也非买下来不可。有些艺术品不能买到的，米芾便用其他艺术品来换，只要他认为有价值，十几件换一件是常有的事。他的看法是：“人生适目之事，看久即厌，常常换些新的东西，才是通达的人。”

王羲之父子的字帖，一向是米芾最欣赏的宝物，有一次，他看到了刘季孙收藏的王羲之的《送梨帖》，左看右看，爱得不得了。所以他大方地开出：欧阳询真迹二帖、王维雪图六幅、砚山一枚、玉珊瑚一枚等十一件稀有的宝贝，交换王羲之一共只有二十四个字的字帖。

交易谈拢了，米芾的砚山却不巧被人借去玩儿了，等米芾取回砚山，刘季孙已经过世，刘的儿子把字帖卖给别人了。米芾费了半天的劲儿，空欢喜一场，难过极了。

还有一次，米芾在关杞（qí）那儿，看到唐朝虞（yú）世南的《枕卧帖》，羡慕万分。关杞去世之后，米芾与关杞的后辈关长源要求交换。

关长源说："要用陆探微的《狮子图》交换。"

米芾立刻答应了。

"不过，这画不足以交换虞世南的帖，还要你桌上的盈尺朱砂。"

米芾又赶快把盈尺朱砂拿来。

没有想到，关长源竟然说："我仔细想了又想，用这两样东西来交换，都有愧于虞世南的名帖，非要再加上你的头才行。"

这样的交易当然谈不下去了，米芾就是再疯狂，也不能拿自己的脑袋来交换，颇觉扫兴之至。

当然，米芾对收藏来的宝贝，主要是为了临摹之用，与一般收藏家大不相同。米友仁曾经形容他父亲米芾把收藏的晋唐真迹，整日放在几案上，手不释笔加以临摹，到了晚上，必定妥善地锁在小盒子中，把小盒子放在枕头下面才睡得着觉，可见米芾多么好学不倦。

或许正因为如此，米芾十分自负，他认为收藏艺术品的有两种人，一种是真心爱好艺术的鉴赏家，像他自己之类的，还有一种是附庸风雅的好事者，也是米芾喜欢嘲笑捉弄的对象。不论是哪一种人，把好画好字借给米芾都得当心被他掉包，而且由于他是行家，不但对古书画的笔、墨、纸、绢、款、印、题跋（bá）极有研究，甚且连画面的水渍或脏污的痕迹，他都有办法一一仿制，很少被原主看破。

有次他在甘露寺的净名斋，邀来数位朋友，每人都拿出自己平日珍藏的宝物互相欣赏，其中以写《梦溪笔谈》出名的沈括，顺手掏出一件王献之（王羲之儿子）的法帖，米芾大为兴奋，因为这是他向沈括借了老半天，沈括硬是不肯借来一看的字帖。

哪知一看之下，米芾啼笑皆非，原来这是他老兄仿制的，而且还是他当年习帖的作品，被好事的邻居拿了去，装裱成轴，流传出去，不料经过多年之后，反而成为米芾借不出来的“古物”了。米芾不打自招以后，沈括脸色阴沉沉的，“米老狡狯”之名不胫而走。

杨次翁守丹阳时，存心以此戏谑（xuè）米芾，他请米芾吃饭，指着一盘菜说：“这是好河豚，你尝一尝。”米芾怕死，不敢下筷子，杨次翁笑着说：“别怕，这是赝品。”

擅长于伪作的米芾，有一次却栽了跟斗。在涟水之时，有人出售戴嵩（晚唐名画家）的《牧牛图》，米芾借口留下来观赏，一面又重施故伎把假画还给物主，不料物主马上拆穿了米芾的诡计，他叫嚷道：“不对，不对，原来的那幅画，牛的眼睛里有牧童的影子。”米芾这才不甘不愿地把画交出。

在中国绘画史上，擅作假画是画家的风流韵事，当然也有人说，只注重临摹古人，不注重创造正是中国绘画停滞不进步之原因。总之，我们固然不能用现代的观念指责古人造假画，但是在今天社会，若还有画家故意作假骗人，反而沾沾自喜，那就是既无聊又可耻了。

周邦彦与李师师

宋朝是词的天下，假如说苏东坡是宋词之中豪放的代表，那么，周邦彦（yàn）可称得上是格律词派的代表人物，宋朝人楼钥形容周邦彦是“学道退然，委顺知命，望之如木鸡”的山人高士。但是我们看周邦彦留下的一百九十多首词，会发现他浪漫得很，一点儿也不“木鸡”。

周邦彦，字美成，浙江钱塘人，优美的湖光山色造就了这位才子，由于他自小放荡，《宋史》上说他是“不为州里推重”。但是，周邦彦的书倒是读了不少，精通文学与史学。

他二十四岁之时，北上汴京，在太学读了四五年书，元丰年间献了一篇《汴都赋》，得到神宗皇帝的赞赏，召为太学正。请假回乡里，在苏州认识名妓楚云，周邦彦精研音律，楚云虽然不认识字，但是却擅长于唱词，两人有一段极为美丽的恋史。不过，周邦彦最为后世津津乐道的，应该算是他与李师师的故事。

李师师是宋朝汴京的第一名妓，美得无可比拟，而且才貌双全。秦观秦少游曾有一首《生查子》形容李师师——

远山眉黛长，细柳腰肢袅，妆罢立春风，一笑千金少，说与青楼道，看遍颍川花，不似师师好。

周邦彦与李师师两人情投意合，李师师对周邦彦的才华极为倾

宋歌乐图，佚名绘。

倒，可惜半途杀出个程咬金，而且这个程咬金非同凡人，竟然是宋朝的天子——宋徽宗。

宋徽宗的即位，其中还有一段故事：

宋哲宗十岁即位，在他祖母高太皇太后的垂帘听政之下，做了八年的傀儡皇帝，等到他自己当家做主，做了不到八年，享国十五年，年方二十五岁竟然一命呜呼。

哲宗没有儿子，同时他又年轻，谁会想到这么早就去世，因此事先也没有预立太子，他这一死，大家都慌了手脚。

向太后捶胸顿足痛哭一阵之后，召集群臣商量大事。

宰相章惇（dūn）一向跋扈（bá hù），首先朗声建议："当然该立大行皇帝同母胞弟简王。"

简王赵似是个个性懦弱的小王，年方十六岁，假如他当了皇帝，章惇便可为所欲为，把幼主控制在手上。

向太后一眼看穿章惇的居心，摇摇头不肯答应，她说："老身无子，诸王都是神宗的庶子，不必有所分别。"

章惇又赶紧提出："申王居长当立。"

申王赵佖（bì）瞎了一眼，不太适合做天子，向太后又不能答应，她踌躇了半天道："轮下来该是端王。"

"端王轻佻（tiāo），不可君临天下。"章惇立表反对。

向太后缓缓地说："先帝（神宗）曾经说过，端王有福有寿，既仁且孝，君临天下有何不可？"

章惇虽然有私心，而且没有人臣之礼，不过他说端王轻佻，这话倒是不错的。这端王乃是神宗第十一子，聪明俊俏，琴棋书画、踢球打弹、品竹调丝、吹弹歌舞，无一不精，无一不通，是走马章台，风流自赏，典型的公子哥儿，这就是赫赫有名的宋徽宗。

宋徽宗在做端王的时代，曾经微服出游，到录事巷（录事即妓女）中拜访风姿绰约的李师师。他登上皇帝宝座之后，虽然后宫有三千粉黛，看来看去就没有一个可与师师相比，因此，这位风流皇帝竟然再度出现录事巷中。

有一天，宋徽宗来访，碰巧周邦彦正在李师师房中，为了避免尴尬，周邦彦躲入床下，这一回，徽宗带来一个江南入贡的鲜橙，李师师捧来一碟白白细细的盐，用刀剖开橙子，两人一块享用。

然后，徽宗亲自去调香炉，他抓起一颗一颗的香丸，投入雕着金狻猊（suān ní）的炉中，青烟渐起，整个房间弥漫着一缕甜甜的香味。

具有音乐修养的徽宗，自怀中掏出一个玉笙（shēng），悠悠然吹了起来，两人温存了半天，忽然听到冬冬敲鼓声，师师低声询问道："今夜临幸哪个宫？该走了吧，已经三更了，霜又浓，马蹄又滑，路上恐怕都没人了。"

宋徽宗恋恋不舍地离去，躲在床下的情敌周邦彦，心中颇不是滋味，因而把这段经过写下来："并刀如水，吴盐胜雪，纤指破新橙。锦幄初温，兽香不断，相对坐调笙。低声问：向谁行宿？城上已三更。马滑霜浓，不如休去，直是少人行！"

没多久，这一首《少年游》唱遍了整个汴京城，最后，连徽宗本人都听到了，勃然大怒，以“职事废弛，不堪再用”的理由，将周邦彦予以撤职，押贬出京。李师师一路相送，泪眼盈盈，周邦彦感慨沉郁之际，又写了一首《兰陵王》道别。

李师师回到录事巷，偏不凑巧，徽宗又来了，而且等了老半天。徽宗先是很生气，听完李师师唱罢《兰陵王》，又起爱才之心，便又赦回周邦彦，官复原职。

后来李师师在宣和六年（1124年），被册为李明妃。金兵至，师师被废为庶人，流落湖湘，为商人所得，可谓红颜薄命。

周邦彦是精通音乐的天才，他从事审音调律的工作，使得宋词律令严整，他写词的方式与工笔画一般，一笔一画地勾勒，一字一字地刻画，一句一句地锻炼，形成他特有的精巧工丽的古典作风，可称之为格律派古典词的建立者，不过他最为后人所熟知的，大概是与李师师的这一段韵事。

《水浒传》中的宋徽宗

在上一篇《周邦彦与李师师》之中，我们介绍了徽宗即位的经过，以及这一位风流皇帝到录事巷拜访一代名妓李师师的一段韵事。

由此可知，宋徽宗乃是一个不折不扣的浪子皇帝。提起宋徽宗，后代都熟知他自创的瘦金体书法，除了写得一手笔势劲逸的好字，徽宗具有极高的艺术修养，高度的文学天才。但是在另外一方面，徽宗荒于政事，带领贵族追求享乐的狂欢，造成靖康之难，北宋灭亡。这么一个关键性，又带有戏剧性的人物，值得我们仔仔细细加以介绍。

哲宗皇帝在二十五岁英年去世后，身后无子，只有从神宗诸庶子之中挑选，挨着次序算来，应该是申王做皇帝，但是，申王瞎了一只眼睛，不太好看，于是轮到端王赵佶（jí），是为徽宗。

据说，徽宗的父亲神宗在元丰五年（1082 年）的端午节，前往收藏图书文物的秘书省，忽然心血来潮，要求管事的拿出南唐李后主的画像来看。

神宗眯着眼睛，端详了老半天，望着李后主英俊儒雅的面貌，深深地叹了一口气："怎么看，也不似一个短命的君主啊。"

正在此时，后宫传来消息，说是钦慈皇后陈氏产下一子。由于五月五日是屈原投江的日子，因此自古相传，五月五日诞生的人不吉利，为了冲冲喜，特别把这个新生的皇子命名为赵佶，拆开来是

“人”、“吉”二字。同时将赵佶的生日改为十月十日。

民间相传，端王赵佶是李后主转世，当然这是私下讨论，没有人敢公开地说，李后主毕竟是个亡国之君。

如今端王做了天子——宋徽宗，他倒是颇为心仪李后主，事实上，徽宗妙解音律，善于书画，凡是文人雅士一切爱好，他无不心仪，的确有几分类似李后主。

至于一般后代的人，对徽宗皇帝的了解，多半来自施耐庵所写的文学名著《水浒传》。《水浒传》是根据南宋话本与元人杂剧而来，很能反映当时某些史实。在《水浒传》第二回《王教头私走延安府》之中，有一段很精彩动人的描写，叙述：“东京开封府汴梁宣武军有一个浮浪破落户弟子，姓高，排行老二，自小不成家业，只好刺枪使棒，踢得好气球，京师人都叫他高俅（qiú）。”

有一次，小王都太尉取出玉龙笔架、镇纸玉狮子要高俅拿去给端王。“见端王头戴软纱唐巾，身穿紫色龙袍，腰系文武双穗条，把绣龙袍前襟拽扎起，揣在绦儿边，只穿一双嵌金线飞凤靴，三五个小黄门相伴蹴（cù）气球，高俅不敢过去冲撞，立在从人背后伺候。也是高俅合该发迹，时运到来，那个气球腾地起来，端王接个不着，向人丛里直滚到高俅身边，那高俅见气球来，也是一时胆量，使个鸳鸯拐，踢还端王，端王见了大喜。”这段故事在宋人《挥麈（zhǔ）录》有载，高俅乃确有其人其事。

在《水浒传》的故事之中，端王荣登皇帝宝座之后，高俅摇身一变成为高太尉。高太尉收了一个干儿子高衙内，也是一个小混混，这个小混混看上了林冲貌美的妻子，设下毒计让林冲吃上官司，走投无路，最后落草为寇，逼上梁山当强盗去了。

《水浒》的故事当然是虚构的，不过，宋徽宗喜欢放鹰买马，踏鞠（jū）打球，那可是一点儿也假不了。

还有，《水浒传》中大家所熟悉的蔡京乃徽宗最信任的臣子，那可是确有其人，妇孺皆知。从南宋以来，瓦子、勾栏里面的说书人就把蔡京祸国殃民讲了又讲，直讲得台下听众火冒三丈。所谓瓦子是古代的游乐场，勾栏即棚子为演出场所，规模大的瓦子里设有许多的勾栏。

《水浒传》第十六回《杨志押送金银担，吴用智取生辰纲》乃是梁山泊一百零八条好汉聚义的序曲，生辰是生日，纲是指把货物集合在一起，结成一大帮同行之意。

这一回是叙述蔡京生辰，他的女婿梁世杰花了十万贯金钱，收买金珠宝贝，送给蔡京当贺礼。在宋朝，钱币不能统一，缺乏信用，所以梁世杰大费周章，安排了十一担金珠宝贝。

晁盖等人装做枣贩，智取生辰纲，明代木版画。

由于梁中书前一年也费了十万贯收买金珠宝贝上京，但是半路遭劫，这一回特派青面兽杨志押运。

另外一方面

智多星吴用、托塔天王晁盖打听到这一笔不义之财，准备劫来一用。

青面兽杨志为小心谨慎，挑了十一个壮健的厢禁军，都打扮成脚夫模样上路，“正是六月初四时节，一轮红日当天，没半点云彩，石头上热了脚疼”。忽然远远走来卖酒汉子，“众军汉见了，心内痒起来”，杨志阻止不了，“只见这十五个人，头重脚轻，一个个面面相觑（qù），都软倒。那七个客人（由吴用率领）从松树林里推出这七辆江州车儿，把车子上枣子都装在车子内，遮盖好了，一直望黄泥冈下推去了”。

后来，破了案，晁盖、吴用等被逼上梁山，梁山泊聚义可说是劫取蔡京这笔不义之财而起。《水浒传》固然是小说家虚构，但是蔡京贪赃枉法却是事实。“智取生辰纲”这一段在南宋之初已在民间流传了，有兴趣的读者不妨买本《水浒传》来看一看，小说与历史互相参照，更能了解当时社会民情。

元祐党人碑

上一篇，我们谈到宋徽宗是一位天才型的艺术家，但是在政治方面却是一个荒淫无能的君主。他好大喜功，穷奢极欲，对于政治见解毫无主宰，缺乏判断力，许多措施经常是反反复复。北宋因此而灭亡，而且这段期间可说是北宋九朝之中，最为黑暗的时代。我们先谈宋徽宗在政治上的表现，再讲他艺术方面的故事，可以对宋徽宗这个人有完整的了解。

宋哲宗去世，徽宗即位，向太后听政。向太后的心里是偏向旧党，可是向太后临朝仅仅七个月即归政徽宗，再过了五个月，向太后便去世，徽宗亲政。

宋徽宗初上任，倒也表现了积极求治的风范，他做的第一件事，即为罢斥了反对他做皇帝的章惇。

哲宗暴毙之时，宫中乱成一团糟，有人想到向太后要立端王赵佶（jí），章惇立刻反对道："端王轻佻，不可君临天下。"

新皇尚未上任，章惇就得罪了徽宗，当然官位不保。章惇也的确不是什么好东西。在当时，京师之中流行一句歌谣："大惇小惇，殃及子孙。"（大惇即章惇，小惇是指御史中丞安惇）

在这个时候，国家的命脉已经逐渐腐蚀削弱，有个性、有正义、有才华的君子司马光、范仲淹、欧阳修的时代远了，正人君子被下狱、流放、老死、被杀。在徽宗身旁，不再有正直、博学、大无畏的学者。最主要的原因还是忠言逆耳，徽宗最喜欢的臣子是蔡京。

蔡京是王安石的女婿蔡汴的哥哥，由于这一层关系，蔡京也是王安石变法之中的重要人物，曾经做到龙图阁待制，掌管开封府。

王安石变法失败，司马光上台，蔡京马上摇身一变，成为旧党的拥护者。在开封府中，蔡京首先响应司马光废差役法，恢复旧法。在短短五天之中，蔡京硬是把旧的差役法重新实施，不容许下面有丝毫的反抗。然后飞奔到白虎堂亲自向司马光表功。

司马光老先生看了十分欢喜，连连赞美蔡京："假使人人都奉公守法与你一般，天下还有什么事行不通的呢。"

于是，蔡京在司马光的旧党之中，又轻易混得了一席之地。

等到高太后去世，宋哲宗亲政，章惇当上宰相，指责高太后等人是老奸擅国，甚且要挖司马光的坟墓。蔡京"识时务者为俊杰"，又成为新党的忠实信徒了。官拜户部尚书，而且对章惇说："新法只要拿起来做就好了，用不着讨论研究。"蔡京在开封府五天之中废除的新的差役法，马上再拿出来用。

蔡京这个人变化无常，反正一句话，新党得势，他就向新党靠拢，旧党再起，他赶快又投向旧党，是个没有立场原则的小人。

徽宗即位后，章惇下台一鞠躬，蔡京也被御史给参了一本，削职杭州。

小人永远是会利用机会的，徽宗宠信一个宦官，名叫童贯，性情巧媚，最善于揣摩徽宗的心意，极得徽宗的欢喜。这一回，童贯奉了御旨来到杭州一带，为徽宗搜集书画奇巧。

在童贯逗留杭州的一个多月之中，蔡京不分昼夜与童贯泡在一起，尽一切力量搜罗画屏障扇之类的玩意，当然也少不了打点打点童贯。

童贯回到京城，捧出在江南搜集的宝贝，龙颜大悦，童贯便大大为蔡京吹嘘，夸他有多能干，宦官及宫中妃嫔受了蔡京的好处，也联合起来赞美蔡京。于是崇宁元年（1102年）七月，徽宗正式任命蔡京为宰相，下诏之日，特别赐蔡京座，在延和殿问话，他对蔡京说：“神宗创法立制，先帝继之，两次遭到变更，国是未定，朕想要继承父兄志向，卿有何意见？”

元祐党籍碑，南宋时重刻碑。

蔡京立刻叩首谢恩：“臣敢不尽死！”

他的方法是，把司马光等一百二十人列为黑名单，称之为“奸党”，然后请宋徽宗用他那著名的瘦金体书法亲自写块石碑，把石碑立在端礼门外，号称为“党人碑”。同时规定，凡是奸党的子孙，终身禁锢，不得为官，宗室也不得与奸党子孙为婚姻，成为继东汉之后，历史上大规模的党锢之祸。

这些所谓的“奸党”，都是人们心目中崇敬的人物，尤其是写《资治通鉴》的司马光更为全国所尊敬，民众对此颇不谅解。再说，蔡京曾经火烧眉毛般去巴结司马光，如今又鞭尸司马光，未免太过分了。因此，据说长安有个石工，名叫安民，拒绝为“党人碑”镌刻，并且哭泣道：“奉差命既不能辞，乞求在石末不要写上‘安民’二字。”

到了崇宁五年（1106年）正月里，突然发现彗星与太白星起了变化。古人是非常迷信的，徽宗吓得赶快躲到后殿中，下诏让臣子直言，看看到底做错了什么事，使得天象有变。

这时，遂有中书侍郎刘远上书，认为这是党锢之祸带来的天谴。徽宗很害怕，连夜命令太监把“党人碑”给毁了，并且解除党锢（gù），罢行所有新法，同时免了蔡京的职，用赵挺之为相。这赵挺之也是历史上有名之人，他的儿子赵明诚娶的就是人人都知道的李清照。

宋徽宗与花石纲

在前面《元祐党人碑》之中，我们说到，崇宁五年（1106 年）间，宋徽宗发现彗星与太白星昼见之变，心里很害怕。下令诏求臣下直言，看看因为什么原因，上天要处罚宋徽宗。中书侍郎刘远上书，认为是党锢之祸，徽宗下令拆除“党人碑”石刻，并且免去蔡京的相职，改以赵挺之为相。

蔡京巧言令色，这套拍马屁的本领，一般人是赶不上的。徽宗心中对蔡京十分想念，再加上蔡京又不断托人说情，于是，徽宗在大观元年（1107 年）正月，又以蔡京为相，并且重用蔡京长子蔡攸为龙图阁学士兼侍读。

蔡京这个投机分子，曾经从变法到反变法，再从反变法又回到变法，三起三落，大风大浪都经历过，玩弄政治的卑劣手段日益精进，如今位居宰相，他所采取的方法是，一方面迎合徽宗的心意，一方面排斥异己，扩大力量。

宋朝的官吏本来冗（rǒng）滥，到了徽宗时代，蔡京为了从中图利，巧立名目，官吏更多更滥，什么留后、观察使、远郡刺史，多达数千人，凡是国用、商旅、盐泽、赋调……每一部门，竟然用三个主管，同时还增加专门为侍候天子设置的应奉司、御前生活所、营缮（shàn）所、苏杭造作局等以前没有的机关。

同时，蔡京又更改盐钞法，凡是旧的钞票都不许使用，富商巨贾本来手上有数十万缗（mín），一夜之间全成废纸，沦为乞丐叫化子，急得投水、上吊的都有。

在当时，蔡京除了淆（xiáo）乱政制，引用群奸，把政治弄得乌烟瘴气之外，最最扰民的该算是花石纲了。

什么叫做花石纲呢？花是花木，石是石头，纲指的是货物集合在一块，结成一大帮同行之意。当然，所谓花石，不只是花木石头，也不是普普通通的花木石头，而是泛指一切赏玩之器。

在《周邦彦与李师师》篇中，我们说过，章惇曾指端王“轻佻”，在徽宗做端王的时代，他是一身纨袴（wán kù）之气，当上皇帝之后，这种公子哥儿的气息更加显著了。

徽宗一即位，马上派太监童贯去江南采办牙、角、犀、玉、金、银、竹、藤、字、画，并且招募雕工、织绣能手，每天有数千工人昼夜不停为皇上赶工，蔡京就是利用这个机会，与童贯狼狈为奸，以后才当上宰相。因此，他深深了解，天子就喜欢这个调调儿，非要好好加以利用不可。

当蔡京被贬杭州之时，曾经想在当地建一座僧寺阁。庙里的和尚对蔡京说：“这一定要朱冲出面才有办法召集郡人化缘。”

于是，蔡京前往拜访朱冲，希望他能号召乡人，共同把僧寺阁造好。

谁知道，朱冲一拍胸脯道：“这点儿小事，何必费心，我一人独挑就可以了。”

本来，蔡京还以为朱冲说大话，没有料到，过了几天，朱冲邀请蔡京前往寺庙建地。赫！数千条上好大木整整齐齐排列在庭下。

蔡京一面检视，一面举起拇指，由衷地夸道：“你真行，又快又好。”

从此，蔡京对朱冲留下深刻的印象，准备日后好好利用，而朱冲呢，看上蔡京日后有办法，也乐得大大方方送上一笔。

这朱冲者，乃是苏州人氏，性情狡猾，颇有几分小聪明，家里

太湖石，摄于颐和园。

头本来很穷，在富人之家当奴才，由于性格梗悍，犯了过，不肯承认，被主人一脚给踢了出来，向人乞贷为生。

后来，不知怎么，时来运转，遇上贵人相助，不但得到许多金钱，而且拿到一本古传的方书。于是朱冲开起药店来了。

这本药方大概是相当灵验，病人一服见效，一传十，十传百，每天上门抓药的不计其数，于是朱冲就渐渐富了起来。

朱冲成了暴发户之后，他的野心很大，除了继续卖药之外，他又花钱修园子，交结游客，朱冲的大名一天比一天响亮。

蔡京结交童贯，当上宰相，奉旨入京以前，他拉了朱冲和朱冲的宝贝儿子朱勔（miǎn）一块前往，并且把这对父子的名字都放在童贯的军籍之中，都摇身一变当上了官。

由于徽宗对花石十分有兴趣，蔡京又颇能仰承意旨，他就暗示朱冲父子，尽一切力量把江浙一带的珍异之物呈献给徽宗，保证有得不完的好处。

就这样，朱勔当上了苏杭奉应局的总办，这个奉应局只有一个任务——为皇帝采办花石，大的高达数丈，要用大船托运，一千名以上船夫背纤，历时数月之久，方能抵达京师的太湖石；小的小到玲珑可爱，一个衣袖之中可以一次容纳数百个的小采石，以及浙江的奇竹、异花，福建、广东的荔枝、龙眼、蜜柑、蜂蜜，海南岛的椰子，湖南的文竹、湘妃竹，四川的佳果，登莱的文石，武康奇石，都在搜罗之列。

面对着千奇百怪的花石纲，宋徽宗享尽了人生的福气，如果不是贵为天子，哪儿可能要什么，有什么。宋徽宗正在满心欢喜，宋朝却埋下了层层的阴影。

万岁山落成

在上篇提到，蔡京为了迎合宋徽宗，任用世居苏州的豪强朱冲之子——朱勔（miǎn），专门为皇帝采办花石。

朱勔的脑筋转得很快，他除了狐假虎威，逼着地方官吏配合之外，并且深入民家探求。只要谁家有一石一木，稍堪观赏，那这家人就要遭殃了。

首先，朱勔主持的奉应局，会派出几个孔武有力、面貌凶恶的健卒到百姓家中，用黄表把石木封了起来，并且郑重其事地宣布："这些东西，从今以后都是属于皇帝的物件，你们要小心守护。万一有个差池，一切后果要自行负责。"

然后，这些健卒大模大样地离开了。那一家中的百姓，为了避免对皇上犯"大不敬之罪"，自此以后，非要担心害怕保护宝物不可。

既然这些宝物有幸加上了黄表，成为御用之物，身价不同了，所以御物不能从家中正门搬出，那样表示对皇上的大不恭敬；非要拆了房屋，毁了墙壁，方许搬走。要是哪一个百姓不知死活，哭哭啼啼，拦着健卒，舍不得拆毁祖宗留下的百年老屋，那么，马上会派上一个大逆不敬的罪名。

这种强取暴夺的政策，使得一般大众敢怒不敢言。于是，谁家之中若有一石一木，值得把玩，立刻会被认为是"不祥之物"，自己早些丢弃，免得招来不幸。

民间为了区区花石，倾家荡产者，不计其数。而有些花草娇嫩，贴上黄表，等候入京之前，万一不慎坏死，要赔偿巨金。有些人家没有足够的钱财赔偿，只有被迫鬻（yù）卖子女。到了这种地步，真有点像是打家劫舍了。

采办花石的费用充裕，动辄（zhé）几十万、几百万，毫不吝惜。这些采办的花石，用大大小小的船只搬运，船尾连着船头。整条淮河、汴河，上上下下千里之间，全部都是装运花石的船只，称之为“花石纲”。

花石上岸之后，更要调集千万民夫去搬运，途中若是遇到城门狭窄，石头过不去，没有第二句话，拆了再说。甚且一个村镇完全夷平，都是常见之事。可怜的人民不但要背负重石，而且往往为了一块长相奇特的巨石，不幸坠落悬崖是常有的事。当然，沿路上负责采运的官吏，敲诈勒索，更是无所不用其极。

据说，宋徽宗在啧啧称奇、把玩欣赏美石时，也曾顺口问蔡京：“这会不会过分劳民伤财？”

“怎么会呢？陛下又不像一般君主沉迷声色犬马，皇上所喜爱的，乃是一般人民不要的花石树木。一般人没有艺术修养，根本不会欣赏。”蔡京赶紧解释。

宋徽宗一听此言，大为宽心。他没有深一层去想，花石树木从四方运来，谈何容易。这固然是没有体恤人民之心，也是自小生长在深宫，缺乏用脑筋思索问题的结果。

总而言之，为了这些像蔡京形容的“人家不要”的花石，不知害得多少人家破人亡。我们读《水浒传》，其中官逼民反，造成逼上梁山的人间惨事，确实如此。

这些奇木异石收集到京师之后，摆在哪儿呢？于是又为此大兴土木，盛修宫室。其中工程最为艰巨、修筑时间最久、动员人力最多的，该算是万岁山。自政和七年（1117年）到宣和四年（1122

年)，一共修了整整五年之久。

万岁山修成之后，改了一个名叫艮（gèn）岳，广达十多里。虽然是人工修建的，但是气势宏伟，其间有无数的佳花名木，怪石岩壑（hè)，幽胜有如天成。山中修建的殿台楼阁，更是无比壮丽。

由于徽宗在端王时代，就喜欢驯养禽兽，所以艮岳落成以后，不但建有城关，有泉涧，有洲桥，竟然还有森林，森林之中有许多禽兽。到秋风夜静之时，禽兽之声，响遍四周，听得人毛骨悚（sǒng）然。一些个有识之士，认为此乃国家不祥之兆。

宦官童贯，为了讨好徽宗，找来了一个市井浪子名叫薛翁，薛翁擅长于驯马。他到艮岳之后，对童贯说："一些个普通的把戏，陛下见多识广，早就看腻了，待我想些新鲜的玩意儿，保准皇帝看了龙颜大悦。"

于是，薛翁在艮岳之中，积极展开训练计划。童贯也传令下去，不计任何代价，全力支援薛翁。

薛翁先仿造一个皇帝的銮舆黄盖，即皇帝的座车，又准备了与皇帝卫士相同打扮的假卫士，在山中往来行走。鸟禽都是怕人类的，它们先前看到盛大的黄盖銮舆，当然拍着翅膀，一惊而散。接着，这些珍禽异鸟发现，凡是黄盖銮舆所到之处，有人会撒下大量鸟雀

瑞鹤图，宋赵佶绘。

饲料，而且可以让鸟雀们安心享用，不会受到伤害。久而久之，鸟儿对黄盖銮舆，不但没有害怕之心，更有一分亲切感。这是心理学上的制约反应。这好比欧洲的鸽子都不怕人，游客都可以喂它们一样。这些鸽子要到了中国，怕早成为餐桌上的油淋乳鸽了。

好，薛翁训练完毕之后，有一次，当宋徽宗的御辇（皇家的御车）正在行走，忽然之间，飞集了成千上万的珍禽异鸟，围着徽宗的黄盖，盘旋鸣叫，歌声嘹亮，宛如进入仙境。徽宗惊喜万分，薛翁俯跪道左，高声地欢呼："万岁驾临，万岁山瑞禽迎驾。"

徽宗高兴到了极点，立刻封薛翁官位，朱勔也因花石纲有功，升为防御使。一个花石纲，一个万岁山，已为北宋朝廷埋下了炸弹。

蔡京翻修延福宫

宋徽宗耗费巨资，修建万岁山，更有那薛翁事先排练珍禽异鸟迎接皇上，可见得当时臣子是如何巴结徽宗。

除了万岁山之外，宋徽宗还有一个好玩的地方——延福宫。延福宫原是旧有的宫殿，蔡京为了配合民间搜集而来的花石纲，决定大大翻修，并且加以扩充。

蔡京指派童贯、杨戬（jiǎn）等五人负责监工，让五个人比赛，看看哪一个宫殿最富丽、最华美。于是这五个人使出浑身解（xiè）数，各有各的图样，各有各的巧妙，而且视为最高机密，花样翻新，各异其趣。

除了殿阁亭台之外，延福宫中凿池为海，疏泉为湖。所有的人工池塘、峰峦，务必求其自然，浑然天成。

另外，有鹤庄，有鹿园，种种珍贵禽兽成千成万，可以称得上是大规模的动物园。

可是完工之后，宋徽宗一看，摇摇头不满意。他认为延福宫美则美矣，但不够自然，缺少人情味。于是，为了配合宋徽宗的艺术修养，又重新布置，添加了村居、野店、茶楼、酒肆（sì），有一种返璞（pú）归真、古拙动人的情趣。同时，由一些宫女打扮成茶娘、酒保。徽宗扮做客人去杏花村喝酒，甚且，偶尔扮一回乞丐，向人伸手讨钱，也觉得挺有意思。

为了普天同庆，宋徽宗下令，每年冬至开始，到第二年上元

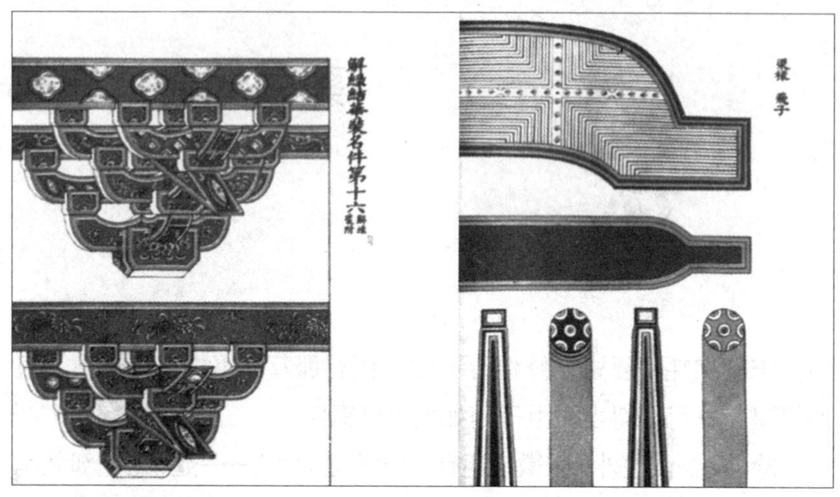

北宋宫殿建筑当中的斗拱、梁柱、彩绘图案，选自《营造法式》。

节，在这段期间，把汴京城里的市民与商店搬到宫内，夹道陈列，饮酒赌博，燃放鞭炮，尽情欢乐。

宋徽宗又想到，万一元宵节那天，天公不作美，下起雨来，岂不扫兴？所以，每年到了冬至，就开始大放花灯，从东华门以北，解除宵禁，一直放灯到正月十五日——元宵节当天为止。这种透支的享乐，称之为“先赏”。

据传说：有一年元宵夜，歌舞狂欢，通宵达旦，宋徽宗一时兴起，传旨下去，凡是看花灯的百姓，不论男女老少，人人可获得一杯御赐的美酒。

在这灯火照天，人物嘈杂，一片闹哄哄之中，有位年轻少妇，偷偷把喝过酒的金杯藏在怀里，准备带回去做纪念。

结果，这个顺手牵羊的少妇给逮着了，人赃俱获，被送到宋徽宗跟前。徽宗问她，为什么偷金杯？

这位少妇稍稍沉思，落落大方念了一首《鹧鸪（zhè gū）天》的词，最后两句是：“归家恐被翁姑责，窃取金杯作照凭。”原来小媳妇儿怕回家晚了，被公公婆婆责备，所以拿了金杯作凭据。

宋徽宗本为文人雅士，见此少妇言谈不俗，还能吟上两句，不但不加追究，更把金杯送给她，又派卫士一路护送回家。

当然，这个时候的汴京，也可以称得上是一片升平，万种繁华。蔡京更提倡“丰、亨、豫、大”之说，简直把财物、官爵当成粪土一般不值钱。

有一回，宋徽宗大宴群臣，酒过三巡，他拿出两样玉琖（zhǎn）（玉制的小杯），给大臣们观赏，真是薄如蛋壳，雕工细致。

等到众臣都传观过了，宋徽宗长长地叹一口气道：“我想拿来使用，又怕人家说太奢侈豪华了。”言下不胜委屈之至。

“这算什么，”蔡京马上接口道，“想臣以前出使契丹，见到玉盘琖，都是石敬瑭时代的遗物，契丹好神气，向臣夸耀，说是南朝没有如此宝物。现在把玉器拿来用，再合适不过了。”

宋徽宗又道：“这玉器是老早就有的，但是若有臣子再因此而上谏，不胜其烦，朕甚畏此言。”

蔡京马上摆出“有理不必让”的神态说：“事情若是有理，多言亦不必害怕。作为一国之君，陛下当享天下之俸，区区一玉器，何足言哉？”

由于蔡京不停灌输徽宗“人生短促，何必自苦，皇帝当以四海为家”的思想，久而久之，徽宗更加挥霍，也愈来愈觉得蔡京可爱。甚且以堂堂九五之尊，随随便便乘着轻车小辇（niǎn），直接来到蔡京家中。

在前面《周邦彦与李师师》篇中，我们说过，这位浪子皇帝连妓女居住的录事巷都去过，堂堂相府有什么去不得的？而且还一共去了七回。这话是蔡京自己说的，他在谢表之中提到“轻车小辇，七赐临幸”，“主妇上寿，请酬而肯从，稚子牵衣，挽留而不却”。

在蔡京的相府之中，他的姬妾与皇帝同坐在一张大桌子边，大吃大喝，吵吵闹闹，亲热得如同一家人。其中最得徽宗欢喜的，该算是蔡京儿子蔡攸。他为了博徽宗一笑，不惜为艺术而牺牲。脸上涂着一块青，一块红，身上穿着短衫窄裤，混在倡优侏儒之中，插科、打诨（hùn），还讲黄色笑话，扮演不正经的女人，把民间粗鄙不堪、低级下流的闹剧全搬出来作秀。

宋徽宗平常没有机会接触市井淫浪之语，这下子大开眼界，兴奋极了。蔡攸青出于蓝而胜于蓝，惹得蔡京有些不悦，引发一场父子之争。

蔡京与蔡攸

蔡攸（yōu），字居安，蔡京的长子，小时候异常聪慧，深得长辈们的喜爱。尤其是他的叔叔蔡汴，蔡汴是王安石的女婿，特别疼爱这个小侄子。

宋徽宗在端王时代，已经发现了这个年轻人。原来端王每回下朝之后，总在半途上看到蔡攸停下马来，双手拱立，恭恭敬敬站在路旁请安。

端王在众人眼中是个标准的浪子，平日，并没有太多人欣赏他。端王见此小伙子每天不厌其烦地请安，遂向人家打听："这人是谁啊？"

一问之下，原来是鼎鼎有名的蔡京之子。徽宗当时已在心中暗暗记住了蔡攸的名字，准备以后有机会，好好提拔他一下。

蔡攸这步棋可下对了，端王后来时来运转，当上了天子。蔡攸因为有过去这一段经过，再加上油嘴滑舌，善于谄（chǎn）媚，深得宋徽宗喜爱，官运亨通，做到了大学士、淮康节度使等要职。

当蔡攸初次接到节度使命令以后，宋徽宗为他摆了一桌盛宴。宴会之中，宋徽宗对他说："相公，公相子。"相公乃尊称，公相是因为当时蔡京号称为公相，而蔡攸为蔡京的儿子。

蔡攸的脑筋灵活，一会儿就想出对子，应声答道："人主，主人翁。"不但对得恰到好处，又捧了徽宗一下，难怪徽宗对他更加宠信。

徽宗喜欢灌蔡攸酒，而且用的是特大号的酒杯，蔡攸恭敬不如从命，连连干杯的结果，醉倒在地，爬不起身。徽宗意犹未尽，不断地赐酒，最后蔡攸只有装小丑哀求道："臣鼠量已尽，恳求陛下可怜。"徽宗才停止作弄蔡攸。

蔡攸不但长于插科打诨，耍宝逗趣，以博得徽宗一粲（càn）。蔡攸的妻子宋氏颇有几分姿色，徽宗直盯着瞧，蔡攸恬不知耻赶快把宋氏献给徽宗。于是，宋氏经常出入宫禁。蔡攸看穿浪子皇帝的本色，时常在徽宗跟前说："皇帝应当以四海为家，以太平为娱，人生能活多少岁月呢？何必自寻劳苦。"徽宗最高兴听劝他享乐的话，立刻予以厚赏。

蔡京蔡攸父子二人，徽宗都非常宠爱。蔡京其他的儿子蔡鯈（shū）、蔡翛（xiāo）官至大学士，蔡鯈更被招为驸马。由于蔡攸太红了，简直比老父蔡京还要吃香，因此父子二人渐渐不合，互相斗争。再加上一些个轻薄之徒挑拨离间，最后，不但父子各立门户，见了面不说话，而且彼此敌对，成为仇人。

有一回，蔡京正在大摆酒席。蔡攸来了，他一入席，马上恭谨地握起蔡京的手，为他按脉，皱着眉头说："大人的脉势舒缓，是不是病了？"

"没有啊，我好得很。"蔡京为了表示身体强健，说着喝了一大杯酒。

蔡攸按完脉，丢了一句："禁中（即宫中）方有公事。"匆匆告辞。

蔡攸像一阵风般来了又走，客人狐疑地问蔡京，这到底是怎么一回事。

蔡京摇头道："你们不知道，这是他想要用我生病为由，逼我退休。"

果真是知子莫若父，过了没有两天，蔡攸和宦官童贯真的拿了皇帝要蔡京退休的诏令来。蔡京虽然心中已有准备，依旧张皇失措，口齿不清地说："嗯嗯，我年纪衰老了，自然应该离去，但是上恩未报，此二公所知也。"

左右旁边的人，见到平日不可一世的蔡京慌慌张张，竟然管自己的儿子称“公”，莫不窃笑。

蔡京哭丧着脸，对童贯说：“皇上为何不容京数年，必然是有小人进谗言。”

“这个，我不清楚。”童贯一脸漠然地回答。

蔡京这个人确是大奸大恶，连宋徽宗都知道他不是好东西，屡次罢他的相职，又屡次再用他为相。蔡京每次听说要罢相职，就跪在徽宗面前磕头，泪流满面，真是毫无廉耻。

厨娘，北宋砖雕，河南偃师出土。

蔡京家用奢华，他的子孙也皆不知稼穑（sè）艰难。某日，蔡京问孙儿们：“你们知道每天吃的米是从哪里来的吗？”有一个马上说：“我知道，米是从杵臼里长出来的。”蔡京忍不住大笑。另外一个马上接口道：“不对，不对，稻米是从席子里长出来的。”原来，京师运米都是用草席袋盛装的，难怪有此一误会。

蔡京一家享受侈靡，他最喜欢吃鹌鹑肉。一只鹌鹑只有小鸟般大，一碗鹌鹑羹要数百只鹌鹑才能调制，还不够他下筷子。有一回，蔡京梦到鹌鹑派代表向他抗议，把他给吓醒了。

这个梦传开以后，大家更知道蔡相府中的菜肴是不得了的好。有一个士大夫在京师买了一个妾，这个妾自称曾经在蔡太师府厨下做事，士大夫一听之下大乐，心想这回可以大饱口福了。

回到家里，他马上命令妾道：“快给我先蒸一笼包子，试试你的手艺。”这蔡府中的包子一定是皮薄、馅多，还有一汪香喷喷的油水，不晓得有多么味美。

不料这新买的妾摇摇头道：“对不起，我不会做包子。”

“哼，连包子都不会，那你在厨房里干什么的？”

“我，我只负责剁包子里的葱丝。”侍妾嗫嚅（niè rú）地回答。

原来蔡京家中仗着钱多，分工极细，竟连包子中的葱丝也有专人处理。

道士林灵素

有一回，宋徽宗外出，蔡攸随侍左右。当御驾出了南薰门，宋徽宗忽然叫了起来：“你看，你看，玉津园东面，仿佛有重重复复的楼台，那是什么好地方？”

宋徽宗是否见到海市蜃楼，不得而知。蔡攸朝天一望，立刻回答：“喔，那是天上的仙宫，殿阁楼台也。”

“你看得见人吗？”宋徽宗兴趣大起。

蔡攸眯着眼睛，端详了好一会儿道：“有，有人，似乎是仙童，一个一个手持幡幢（fān chuáng）节盖，相继出现云端。鼻子、眼睛、衣服，看得清清楚楚，大概是天神欢迎陛下。”

如此一派胡言，宋徽宗却深信不疑。原来，道教在北宋前期宋真宗时代，已经开始进一步发展，宋徽宗更加相信。回来之后，就在“看到仙人”的原址，建立了一座道宫，名曰“迎真”，并且亲自撰（zhuàn）写《天真降灵示现记》颁示天下。

宋徽宗下诏求道教仙经不久，宫中道士王老志更加走红。王老志，本来是漕运小吏。据他自己说，他每天经过路旁，看到一位乞丐，十分可怜，每回都扔下几个角子周济。有一天，乞丐忽然对王老志说：“我本是仙人，见你为人善良，特赐丹药。”说完，乞丐就不见了。

王老志服下丹药以后，开始大发狂，遂离妻别子，一个人独自居住在田间，自称能预测未来之事。后来被请入宫来，宋徽宗赐王老志号洞微先生。

自从建立道宫以后，宋徽宗常做怪梦，梦到天上老君对他说："你是天生该做皇帝的，当兴吾教。"徽宗梦醒之后，大为开心，津津乐道此梦。

政和三年（1113 年）十一月冬祀，王老志也跟着去了。在太庙之中，王老志对徽宗说："陛下以前的梦还记得吗？当时，臣可站在帝之身旁也。"这真是鬼扯，不过，有人证明徽宗所梦不虚，徽宗也很开心。

王老志死了以后，徽宗相信另一名叫林灵素的道士。林灵素字通叟，本名灵噩（è），温州人氏。小的时候，到庙里当小和尚。小和尚念经念得心烦，竟然去偷酒喝，结果被庙里的主持拿着藤条，狠狠打了一顿，被赶了出来。一气之下，决心弃佛求道，做道士去也。

林灵素的脑筋灵活，他为了证明自己有无边法术，在京师找来了几十个无赖，有化装为弯着腰的驼背，有扶着拐杖的盲人，有不能讲话的哑巴，有曳着一只脚的跛子，聚在一块儿。

然后，林灵素对着伛、盲、喑（yīn）、跛的人喃喃有词念一段咒语，叫他们吞一些符水。一刹那之间，盲人丢掉了拐杖，哑巴开始大声说话，跛脚快步疾走。大伙跪在地上，流着眼泪向林灵素道谢。

每一个"伤残"者都有一段伤心史，大半都是得疾二十年、三十年之久，求遍大夫，久医无效，现遇到林灵素活神仙，真是恩同再造。

在一片欢声雷动之中，林灵素的"活见证"传遍天下，也在政和六年（1116 年）拜见徽宗，徽宗一见林灵素便歪着头说："我们好像以前见过。"

"臣往年上朝玉皇大帝，曾经见过驾。"

“对对对，朕记得，卿当时骑着青牛，青牛现在在哪里？”

“哦！青牛寄放在外国，不久会来中国。”林灵素顺口胡扯。

到了政和七年（1117年），刚好有一位高丽青年，送来一头青牛。徽宗大为讶异，马上赐给林灵素，也对他更加相信不疑。

宋徽宗在上清宝箓宫听林灵素讲经，选自明刊本《帝鉴图说》。

林灵素很会拍马屁，他大言道：“陛下是天上长生大帝君，下降人间。蔡京是左元仙伯，王黼（fǔ）是文华吏，蔡攸为园苑宝华吏下凡。”真是皆大欢喜。至于当时宋徽宗最宠爱的刘贵妃，林灵素一口咬定她是九华玉真妃转世，也是个仙人。徽宗听了，笑得合不拢嘴。

于是，徽宗对林灵素言听计从，设立道学，编辑《道史》一书，并且在政和七年（1117年）春正月甲子日，在上清宝箓宫举行盛会，集合道士三千余人，由林灵素踞高座，主讲道经。宋徽宗亲临设幄座侧听讲，真是轰动一时。

林灵素本来是一个混混，哪有什么学问，开讲道经，并无宏辞高论。他就信口开河，讲一些诙谐猥亵（wěi xiè）的笑话，引起哄堂大笑，上下毫无君臣之礼。

为了宣扬道教，宋徽宗诏令天下洞天福地，普遍设立道观，塑造圣像。每一个道观，赐田不下数顷，道士都享有俸禄，与官吏一般。林灵素的两万徒众，更由朝廷供他们白吃白住。

林灵素本人是被庙里的和尚毒打赶出来的，心里恨透佛教。为了报复，请求徽宗尽废佛教，以道教为正宗，改佛号为大觉金仙，和尚改称为德士，尼姑改称为女德。德士、女德都强迫入道学，学习道士之法。

佛教被废之后，林灵素更加张狂，连皇太子也屡遭他的白眼。他又弄权舞弊，最后，连徽宗也厌烦了。在宣和元年（1119 年）放他回温州，他因为坏事做太多，走在路上都有役夫要拿着木棍去揍他。林灵素虽然被排斥，宋徽宗迷信道术风气未减。我们后人看宋徽宗的迷信，颇觉得荒诞无知，其实有些现代人种种可笑的迷信，并不亚于古人。

王黼家中的白米

在宋徽宗身旁最得宠的臣子，除了蔡京父子之外，应该算是王黼（fǔ）了。王黼字将明，开封府中人。他原本名叫王甫，因为东汉有个宦官也叫王甫，因而改名为黼。

王黼长得非常漂亮，是个标准的美男子。风度翩翩，唇红齿白，而且皮肤细腻，好像擦了粉一般，尤其是那一双眼睛，炯炯有神。如此一个英俊小生的模样，再加上能言善道，使他在人际关系上面，先天上占了不少便宜。

他的学问有限，才华疏浅，却足智多谋，善于察言观色。崇宁年间中进士，深得何执中赏识，大力提拔，升到了校书郎、左司谏的官位。

当时，蔡京被贬到杭州，张商英任相职，怎么样也难讨宋徽宗的欢喜。徽宗曾暗派宦官送给蔡京一个玉环，王黼发现这件事，知道徽宗仍然想念蔡京，于是乘机抨击张商英施政错失，并且夸奖蔡京当年政绩如何如何好。

后来，蔡京又重新当上了宰相，对王黼在徽宗身旁敲边鼓十分感激，所以王黼又再次高升为给事中、御史中丞，官运更为亨通。

王黼是因何执中提携而发迹的，如今他走红了，反而恩将仇报排挤何执中。他一共写了整整二十条何执中的罪状，悄悄交给蔡京，蔡京没有搭理。

何执中还蒙在鼓里，到处宣传王黼是个了不起的人才。有一次，何执中遇见蔡京，照例又把王黼搬出来猛夸一番。蔡京闷声不响，悄悄自袖中掏出一卷书信，对何执中说："你看看再说。"

原来这就是王黼检举何执中的亲笔函，洋洋大观共有二十条之多。何执中看着、看着，脸都绿了，两排牙齿气得发抖，不断喃喃自语："畜生，畜生！"

在前面，《蔡京翻修延福宫》篇中，我们说过，宋徽宗风流成性，常常不避帝王之尊，轻车小辇到蔡京家。座上除了蔡攸最会耍宝之外，王黼更是一把高手。他也穿着短衫窄裤，涂青抹红，混杂在倡优侏儒之中。由于他是一个小白脸，扮起女生特别出色，宋徽宗非常喜欢他，彼此打打闹闹，没有一点儿君臣上下之礼。

宋徽宗任用蔡京、梁师成、李彦、朱勔、王黻、童贯六贼，选自明刊本《帝鉴图说》。

有一回，王黼领着宋徽宗偷偷跑出去玩儿，中间经过一道墙，徽宗过不去。王黼就先跳过墙，然后只听得宋徽宗说："肩膀再耸上来一些。"

王黼应声道："可以了，脚可以伸下来了。"王黼遂以肩承徽宗脚趾安全过墙，由此可见两人亲密之程度。后来，王黼与蔡京之间有了利害冲突，渐渐不和，蔡京一气之下，把王黼降为户部尚书。没有多久，王黼父丧，丁忧在家五个月。起复以后，他转而向宦官梁师成靠拢。

这梁师成也是一个值得介绍的人物，他懂一点儿文字，善于逢迎，于是成了徽宗身边得宠的大宦官。

由于宋徽宗是个艺术家气质浓厚的皇帝，梁师成就对外扬言，说自己是苏东坡的儿子，希望借苏东坡的威名，为自己的身世添一些光彩。

当时，天下禁诵苏东坡的文章，梁师成故意当做自个儿孝顺，向徽宗哭诉："先臣何罪？"徽宗本是爱才之人，遂允了梁师成的要求。

梁师成拣了这个题目大作文章，邀集天下名士参与盛会。久而久之，梁师成成为文人墨客的领袖。再加上他是皇帝身旁最亲信的太监，即使有人看他不起，却也不敢得罪。

王黼看准梁师成有办法，竟然把他当父亲一般侍奉，人前人后尊之为恩府先生。两人狼狈为奸，声势不亚于蔡京父子，人们称梁师成为"隐相"。

王黼家住昭德坊，隔壁有个许家住在左边，王黼便硬逼许宅把房子让出来，好把自家再扩张一倍。许家运气不佳，家有恶邻，既然知道王黼有个"好父亲"，倒也不敢不从。大白天的，收拾少许衣物，哭哭啼啼搬了出去。街坊邻居却不以为然，愤愤不平。

在宣和元年（1119年），王黼拜特进、少宰，由通议大夫一下子超升八个官阶。在宋朝，还没有人爬得如此快速的。

由于王黼宠倾一时，家用非常浪费。别的不说，单单洗米就洗得非常马虎；反正钱多用不完，任他晶莹白亮的米顺着大水冲向沟渠。

在王黼家附近有一座庙，庙里住了一位老和尚。有一天，他在沟内，忽然发现源源流下的白米，好不惊讶。老和尚赶紧搬来一个木桶，把米捞起来，放入桶内，然后洗净晒干。

从此以后，老和尚每天按时守候着大水冲下的白米，口中念着："如此浪费，罪过，罪过。"存了一桶又一桶的白米。

好多年以后，靖康之难带来一片萧条，王黼（fǔ）被仇人所杀。王宅之中已经断了好几天粮，他们本是富贵人家，从来没有吃过苦，个个饿得嘤嘤哭泣。

这时候，老和尚来了，带来一大桶蒸熟的香喷喷亮晶晶的白米饭。王家的男女老幼喜出望外，吃得满脸都是饭粒，而且赞道："从来没有吃过这么香的饭，请问老和尚，你哪儿来这许多米？"

"这个吗，都是贵府丢弃不要的米啊！"说明原委后，王宅的人都惭愧地低下头来。这个故事是历史上有名的小故事，常常被用来教训人们要"一粥一饭，当思来之不易"，养成节俭的好习惯。

蔡襄修建洛阳桥

宋徽宗信任蔡京，使得国事大坏，引起朝野一致的不满。宋代的知识分子具有强烈的历史责任感，虽然明明知道忠言逆耳，宋徽宗根本听不进去，也明白蔡京正在走红，得罪蔡京，等于惹祸上身，仍然不断地猛轰蔡京。

宣和元年（1119 年），蔡京生了一场重病，消息传出，个个听了都眉开眼笑，希望他早日归天。只有晁冲之不以为然，他悄悄地对好朋友陆宰说："他不会死的，这个人把国家坏到如此田地，假如现在死掉，少不得葬礼备极哀荣，还算什么天道？"

后来，果然，蔡京又转危为安。从晁冲之的这段话，可以想见大家对蔡京的恨之入骨。

总计蔡京在宋徽宗一朝三退四进，前后执政二十年之久，几乎与徽宗相始终。宋徽宗不是不了解蔡京为大奸大恶，但是，蔡京能够了解徽宗心理，满足他的欲望，抓住他的弱点。而且，蔡京也有相当的艺术品位。

在前面我们曾经说过，徽宗即位不久，蔡京被御史参了一本，削职杭州。后来因为不断地孝敬徽宗古董字画，徽宗愈看愈乐，蔡京才被任命为宰相。

古董字画极易作假，如果蔡京献上的是一张伪画，被有鉴赏力的徽宗一眼识破，岂非马屁拍到马脚上去了？另外，宋徽宗的瘦金体书法自成一格，颇引以自豪，蔡京的字也相当不错，两人惺惺相

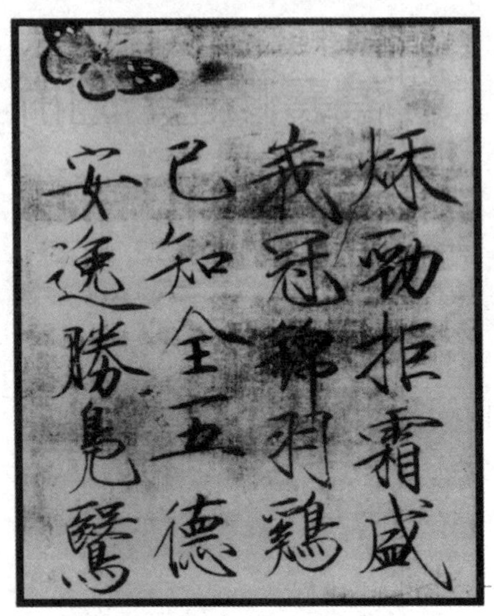

宋徽宗赵佶瘦金体作品《芙蓉锦鸡图题诗》。

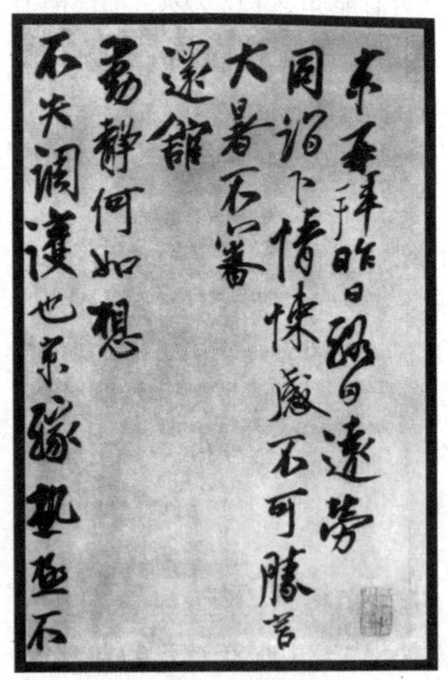

蔡京《节夫帖》(部分)。

惜，才会愈看愈顺眼。

甚至有人说，宋朝的四大书法家，苏东坡、黄庭坚、米芾、蔡襄。其实，最后一个蔡襄，原本是蔡京，因为蔡京人品卑劣，为人不齿，才换一个蔡襄。这个说法，也有相当的道理。按苏东坡、黄庭坚、米芾都是差不多与蔡京相同的时代，怎么最后会换上宋仁宗朝的蔡襄？倘若是蔡襄，似乎不宜列为四人之最后啊。

无论如何，蔡襄倒也是值得介绍的人物。蔡襄字君谟（mó），兴化仙游人，巧的是蔡京正是兴化仙游人氏。

蔡襄考中进士不久，担任西京留守推官，这时，范仲淹由于言论之事，惹恼了宰相吕夷简，被贬饶州。余靖写文章，为范仲淹辩驳，尹洙请求自己与范仲淹同样被贬，欧阳修则因为谏官高若讷，不声不响，呆若木鸡，责备他是“不知人间有羞耻事”。结果余、尹、欧阳都因此被贬。

蔡襄看不过去，写了一首《四贤一不肖》诗，讽刺这件事，人人都争着传来传去抄写，甚至花钱购买。契丹的使者刚好到京城来，听说这件热门新闻，也买了一份，回去张贴在幽州馆。

庆历三年（1043年），宋仁宗用蔡襄担任谏官，蔡襄立刻上疏，请求广开言路。吕夷简担任宰相时，赵元昊对宋朝纳款。开始之时，自称为“兀卒”，后来，又翻译为“吾祖”。

蔡襄马上提出反对，他神情凛然道：“‘吾祖’两个字相当于‘我翁’，这是何等轻蔑侮辱人的语气啊！”为了争取国格，蔡襄讲话一向大声，不畏权势。

不过，蔡襄最为人熟知的故事，应该算是修建洛阳桥。这座洛阳桥，不在洛阳，而在福建省晋江县，当时属于泉州辖区。据说是唐宣宗赴闽中游玩，看到介于晋江、惠安两县的这条江，群山围绕，风景秀美，脱口而出“这很像我的家乡”，于是，人们称之为洛阳江。

根据民间传说，宋真宗大中年间，有一天，渡船中装满了人，船只开到洛阳江中流，忽然狂风大作，海涛怒吼，眼看着马上要翻船了。忽然，天上传来轰隆轰隆的声音，好像有个巨人在说：“快救，快救，有蔡学士在船中呢。”

说也奇怪，一会儿，风平浪静，船客都在低呼：“阿弥陀佛，老天保佑。”然后，互相探问：“谁是蔡学士？”找来找去，找不到一个姓蔡的。船上只有一位回娘家探亲的蔡太太，她此刻正是大腹便便，人们的眼光都落在她的大肚子上，狐疑地问：“莫非蔡学士在这儿？”

蔡太太自个儿也觉得奇怪，于是当场对天许愿：“我要是生一个麟儿，日后高中学士，我一定要在洛阳江上修一座桥。”

后来，蔡太太生了一个小男孩就是蔡襄。由于蔡太夫人日夜想着还愿的事，事母至孝的蔡襄即以母老为由，请求调往当时被认为偏僻之地的泉州。

蔡襄到了泉州，立刻动手兴建洛阳桥。根据他自己手写的《万

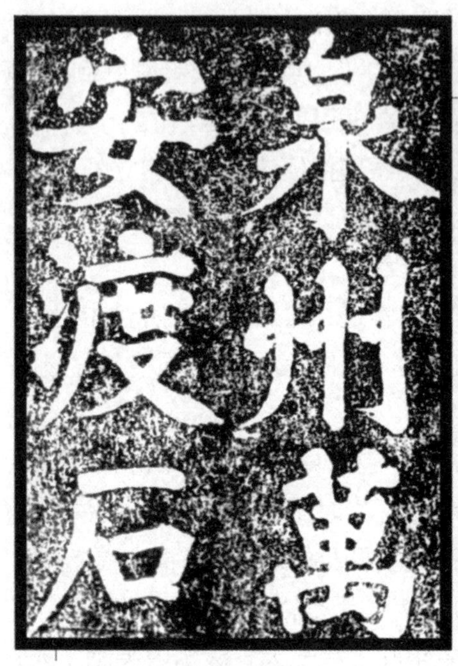

蔡襄楷书之首《洛阳桥碑》(部分)。

安桥记》记载，这座大桥自皇祐五年(1053年)开工，到嘉祐四年(1059年)完成，费了六年八个月。共有四十八个桥墩，每一个桥孔平均长度为七十六尺半，即以现代标准而言，也是艰巨的大工程。

蔡襄虽然把桥名取为万安，百姓却称之为洛阳桥。当地百姓为怀念蔡太守，每到中秋节前后，总要演出《洛阳桥》这出戏应景。蔡京颇以有蔡襄这位同郡自豪，自称为族弟，甚且蔡襄的孙子蔡佃(diàn)考上了状元，蔡京说："这是族孙，不好意思。"硬把蔡佃降为第二，蔡佃气得说不出话。

究竟宋朝四大书法家之一是蔡京？是蔡襄？今天已不可考。事实上，现在也没多少人知道蔡京是书法名家，只知此人是《水浒传》中要取生辰纲的蔡太师。因为在忠奸分明的中国人心目之中，一个人没品没德，不能列为书法家。

宣和画院

宋朝重文轻武，积弱不振，腐朽堕落，到了宋徽宗时更为显著。他在政治上昏庸无能，任用蔡京、童贯等大肆搜括，使全国百姓痛苦万分。

另外一方面，宋朝在艺术方面特别发达，可以称之为中国美术史上最为光辉的黄金时代。到了宋徽宗一朝，更是爬上了巅峰状态。

在宋代初年，由于君主的爱好、提倡，就设置有翰林图书院，罗致天下画家，并且分别赐以待诏、祇（qí）侯、艺学、画学正等官职，待遇相当优厚。皇帝还时常命画家们画扇子，他看看谁画得最为出色，即任命他去画宫殿，或者道观里的壁画。这在当时，被视为极大的荣耀。

不过，在徽宗以前规定，凡是由于有特殊技艺服务朝廷者，虽然可以穿紫色官服，却不准配鱼袋。

在中国古代，衣服的颜色是有规定的，只有最高品级的官员，才能穿紫色的官服。

至于说，什么叫配鱼袋呢？鱼袋是唐朝五品以上官员，用来盛放随身鱼符的袋子。鱼符是用木料或者金属雕为鱼的形状，在上面写字，然后剖为两半，双方各拿一半。除用作兵符外，尚有随身佩戴的身符，通过宫门、城门用的通行符。

到了宋朝，虽然没有再用鱼符，但是用金银饰为鱼形，长长的系在官服后面，以明贵贱。宋徽宗准许画家们佩鱼，表示他对画家的尊重。

在前面我们说过，有一次，宋徽宗与蔡京讨论书法，命米芾在御屏上写字，写完之后，他自夸乃“照耀皇宋万古”，又央求徽宗把砚台赐给他。

徽宗含笑答应以后，米芾拿起砚台往袖中一揣，弄得墨汁淋漓，一塌糊涂。宋徽宗一点儿也不以为忤，可见他有一份特殊的爱才之心。

由于宋徽宗自己也能写能画，所以他对画家的要求也颇为严格。

当宝箓宫修建完工之后，徽宗便命画家们动手画壁画，画得稍稍不理想，立刻涂上厚厚的白土，重新来过。

有一回，徽宗信步走到宣和殿前，只见荔枝累累，鲜艳诱人。荔枝树下几只孔雀昂首阔步，张开了光灿的羽毛，仿佛有意与荔枝争妍。

徽宗大乐，立刻召集画家们举行写生比赛。这一个个高手无不拿出看家本领，希望能博皇上一声赞美，每一幅画都生动活泼，栩栩如生。

但是，叫人纳闷的是，徽宗不断地摇头，没一幅画满意，画家们都面面相觑，不晓得哪里不合皇上的意。

最后，宋徽宗开口了：“孔雀升高，必先抬左脚，怎么你们画出来的，全部都是先举右脚，实在是观察不够敏锐。”

画家们听了，赶快仔细再看一眼孔雀，果然是如此，不禁深深佩服徽宗的观察力，而“孔雀升高必先举左”也成为中国绘画史上一段有名的典故。

在宋徽宗宣和年间成立的宣和画院，可以说是中国画史上组织最为完善的艺术学院。宣和画院考选画家，多半用一句古诗为题，公告天下，让有兴趣画画的，到京里参加应试。

譬如有一道考题是“野水无人渡，孤舟尽自横”，大部分的考生都画一条空船，孤零零系在岸上，船篷上面，再画一两只鸟雀，表示舟中无人。

考中第一名的，却画了一个船夫，斜斜地躺在船尾，手中把玩一支笛子，看来颇为惬意。主考官认为他画得最合题意，因为无人要渡船，船夫才悠悠闲闲地吹笛子。

再有一道题是“乱山藏古寺”，多半的人都先画许许多多山，再画一个小小的寺庙。

中选的那位根本不画佛寺佛塔，只见满纸乱山，让人有“只在此山中，云深不知处”的美感。真正做到了画中有诗、诗中有画的境界。

宋徽宗不但考人家，自己也会画，而且练习得极为认真。他曾经亲自临摹古画，把自汉朝毛延寿（就是把王昭君画丑的那位画家）以后十七位大画家的古画，一一加以研究、模仿。足足花了三年时间，才完成这一样功课。

芙蓉锦鸡图，宋徽宗绘。图右部题诗为其自创“瘦金体”。

除了临摹，宋徽宗也写生，艮岳中的奇花异草、珍禽异兽，都是他细心描绘的素材。类似这样的作品，共有千册之多，由此可见徽宗用功之勤了。

宋徽宗所画的鸟，多半用生漆来点眼睛，大收画龙点睛之效。后代许多画家想要模仿，却没有他画得鲜活。他还喜欢画一些绢制的小扇，题几个字，分赐给宗族或大臣。每次徽宗新画出的一个扇面，立刻有人跟着学样。宋徽宗对自己能够引领流行，十分自得。

当然，最后不能不提他的瘦金体书法。他的笔势劲逸，很有精神，初学薛稷（jì），以后自成一格，取名为瘦金体。一直到现代，我们仍然可以买到瘦金体的字帖。

总而言之，宋徽宗是一个天才横溢的艺术家，随心所欲，浪漫不羁。他统治着一个如诗如画的艺术王国，却败坏了国家的命脉，不但害得百姓流离失所，他本人更是晚景凄凉。

媪相童贯

在宋徽宗一朝，除了蔡京最走红之外，童贯也是徽宗最亲信的人物。当时的人称蔡京为公相，童贯是宦官，就被称为媪（ǎo）相。媪，乃妇人的通称，意思是指童贯为母相。

童贯这个人性情巧媚，擅长于揣摩皇上的心理。宋徽宗即位之初，在苏州、杭州设置“造作局”，专门采办与制造宫廷御用器皿，徽宗特派童贯主持此事。

童贯深深了解，此乃巴结皇上最好的机会。这趟差事办妥当了，日后有得不完的好处，因此他格外卖力地表现。

凡是童贯监制做出来的器具，不论是牙角、犀玉、金银、竹藤、糊裱、雕刻、织绣，每一样都是精致非凡。我们今天看故宫博物院中展览的古物，常常会慨叹这是现代人做不出来的。这一方面可以表示中国古人的艺术才能；另一方面，当然也只有在帝王时代，才能耗费数千的工役，不做旁事，每天只是在为御用器皿而忙碌。

恰好这时蔡京被贬在杭州，两人狼狈为奸。除了大量制造御用品外，更多方搜括民间奇木异石，博取宋徽宗的喜好。

结果，徽宗果然龙颜大悦，蔡京与童贯两人互相标榜，彼此吹捧。童贯在徽宗面前极力称赞蔡京的贤能，蔡京也不忘夸赞童贯有本事。后来蔡京为相，童贯也因功做到司空太尉，统兵出征。

通常宦官鞠躬哈腰惯了，多半是弓着背，猥猥琐琐，一脸奴才

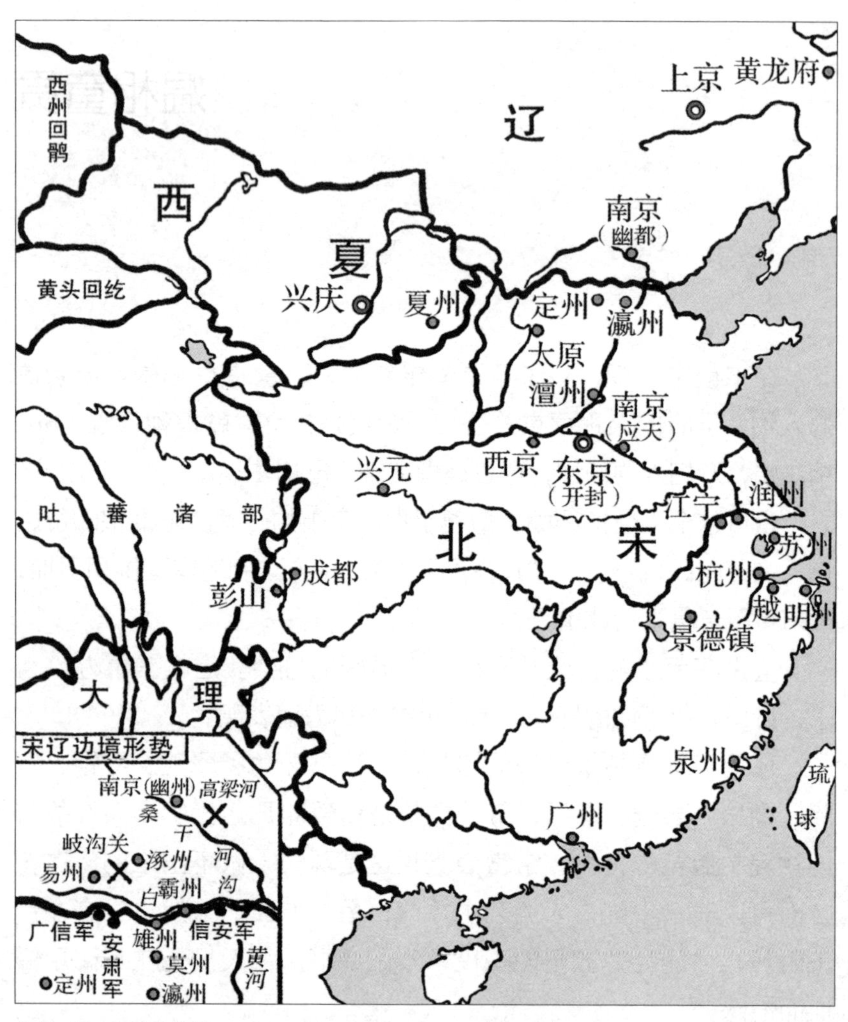

北宋、辽、西夏疆域图。

相。童贯倒是生得彪形大汉模样，目光炯炯有神，尤其是颈子后面，一片皮骨如铁，似乎是练过武功的。

由于公相媪相权倾一时，京师中流行一首歌谣："打破镫（童），泼了菜（蔡），便是人间好世界。"还有一首是："杀了穜（童）蒿割了菜（蔡）。"可见一般人民恨不得剥了他们的皮，吃掉他们的肉。

徽宗崇宁初年，蔡京当国，主张恢复被外族占领的青唐（青海西宁），遂以童贯为监军。虽然收复了河湟一带，却开了西北战端。

政和五年（1115 年），童贯领六路边军攻西夏，吃了败仗，童贯故意不报到京里。政和六年（1116 年），童贯派刘法再攻西夏小胜。宣和元年（1119 年），童贯再派刘法进取西夏的朔方。

刘法知道这是一场没有把握的战争，不愿前往，童贯硬要逼他去，并且对他说："你以前在京师，自言必成功，如今又怕困难了？"

刘法逼不得已，只好勉强出兵。果然不出刘法所料，一场大战之后，刘法被西夏人所杀，西夏乘胜追击到震武城下。由于刘法原是边区名将，一旦战死，军队人心惶惶，而且十分愤怒，都说这是童贯害死了刘法。

而且让兵士们气愤的是，刘法虽然败死，童贯竟然仍向朝廷奏捷请赏。而宋徽宗还真以为童贯建立武功，宣扬国威，还在大开庆功宴呢。

由于此时童贯太过张狂，朝廷里百官侧目，人人不满。右正言陈禾实在看不下去了，他对朋友说："此国家安危之本，我担任言官，岂可不言?"

陈禾于是便面奏徽宗，参了童贯一本，举了他许许多多恃宠弄权之罪，最后的结论是："应该将童贯流放到远方去。"

陈禾说到这里，徽宗听不下去，拂衣而起。陈禾急了，上前去拉徽宗的衣服，这一拉一扯之间，把衣服弄破了。

宋徽宗更加怒不可遏道："陈正言碎朕衣也。"

陈禾倒也豁开了，朗声回答道："陛下不惜碎衣，臣岂惜这颗脑袋以报答陛下。童贯这批人今日受富贵之利，陛下他日将受危亡之祸。"

徽宗冷笑讥讽陈禾："卿能如此忠心，朕还有什么好忧虑的？"

这时，内侍在旁请求徽宗更换衣服，徽宗借题发挥道："不必，刚好可以用这件破衣来表扬正直大臣。"

由此可见，徽宗也晓得陈禾是忠直大臣，奈何忠言逆耳，听着不舒服，叫人恼怒。

第二天，童贯听说此事，赶紧前来哭诉，说："国家现在极为太平，安得有此不祥语？"

同时，会拍马屁的中丞卢航立刻上奏，责备陈禾狂妄，徽宗下诏贬陈禾："谪去信州做小官。"

童贯受到徽宗的夸赞，趾高气扬，遂向宋徽宗建议，认为辽国可图。

于是，徽宗派遣端明殿大学士郑允中充当"贺生辰使"，而以童贯为副使，带了许多珍宝礼物，出使辽国。有人批评："以宦官为上介，人家会说宋朝是不是没有人了？"

宋徽宗的说法是："辽人听说童贯破羌，想看看这位英雄。"

童贯到了辽，辽国君主指着他偷偷对左右道："南朝人才如此。"可是辽君天祚帝看到童贯带来的两浙黑漆家具，又不免眉开眼笑了。童贯此去辽，酝酿了宋朝联金攻辽的计划。

刘仁恭的烧草政策

关于辽朝的历史，在前面已经陆陆续续讲了不少，其中还包括历史上著名的杨家将与辽的战争。

但是，由于辽朝的疆域远达蒙古，声威超过北宋。“契丹”这个名称，曾经代表中国，成为国际间的称谓。而一般人对外族的历史比较隔阂，因此自本篇起，准备讲一系列辽朝的故事。

“契丹”这个名称，最早出现于南北朝元魏时代。契丹的意义有人说是生铁，也有人说是刀剑，或者是切断的意思。

契丹人自己认为是东胡鲜卑宇文氏的后裔，还有一段“灰牛白马”的传说。据说是有一男子乘白马，一女驾灰牛，两人相遇在辽水上，遂结为夫妇，一共生了八个儿子。由于白马王子在辽水遇到佳人，辽朝因而得名。

在唐朝时代，契丹开始扩张势力，还有酋长自称为可汗，构成唐朝在东北的边患。当时，唐朝末年镇抚北边的卢龙节度使是刘仁恭。刘仁恭这个人很聪明，对契丹的一切了若指掌。他经常选将练兵，乘着秋高气爽突击契丹，打了就跑，契丹非常畏惧。

刘仁恭还有更狠的一招，由于长城以南，多雨多暑，汉人多半耕稼以食。大漠之间，多寒多风，以畜牧为主。因此，每年霜降之时，刘仁恭便派出大批人马，大规模地焚烧长城外塞下野草。契丹马多，没有草可食用，便活活饿死。

烧草政策使契丹大伤脑筋，当时契丹八大部中的总可汗——钦

契丹武士，佚名绘。

德可汗迫不得已，只好常用良马贿赂刘仁恭，或者高价收买牧地。

契丹受不了长期被剥削，久而久之，政治衰弱。钦德可汗的能力受到考验，给予耶律阿保机崛起的机会。

耶律阿保机就是历史上赫赫有名的辽太祖，他和许多创业帝王一般，在《辽史》上流传着一段出生时的神话。

据说，耶律阿保机的母亲有一天做梦，梦到太阳忽然坠落下来，掉入她怀中，不久便怀孕了。当他在唐朝咸通十三年（872年），生下来的那一天，室内仿佛有神光，而且弥漫着一股异香，又长得特别胖特别壮。更怪异的是这个看起来像三岁的胖小子，呱呱坠地之后，立刻满地乱爬学走路。

耶律阿保机的祖母看见如此神奇的乖孙，开心极了，把他从媳妇手中抢了过来，当做自己的儿子抚养。祖母为了怕其他人抢走宝贝孙儿，常常将耶律阿保机更换帐篷，同时把他的小脸涂黑，免得让人认出。

当耶律阿保机三个月大，他竟然开口说话，讲得头头是道，也没人教过；更能直立行走，像个大娃娃了。长大以后，这个生下来就是超级婴儿的阿保机，身高九尺，能挽三百斤重的硬弓。由于阿保机历代的祖先都是契丹的辅佐官，阿保机在少年时代，就已经做了契丹的扈从官，逐渐露其头角。

契丹的古八部，相传就是灰牛白马夫妇生下八个儿子的后裔（yì），名称为大人。根据契丹习惯，从八部大人中共推一个大人，建立旗鼓以总率八部，每三年改选一次。八部既有选举权，也有罢免权。

由于钦德可汗对付不了刘仁恭，各部于三年一会，改推阿保机为八部大人。

耶律阿保机遂大展鸿图，他进入中国边塞，攻破许多城邑。这时，刘仁恭已去世，他的儿子刘守光继据幽州，称燕王，暴虐无道。许多汉人受不了刘守光的压迫，纷纷投附契丹。

契丹一天比一天强大，耶律阿保机有一回听人说，在中国，国君都是世袭制度。父亲死了，传给儿子，儿子死了，再传给孙子，完全是家天下。

阿保机一听，极为羡慕，这个办法敢情好，还是汉人智慧高。尤其，八部大酋长三年选一次，他已做了三个三年，也不知下回是否选得上。

于是，阿保机回去与他那聪明的太太述律后商量。述律后灵机一动，想出一计。

他派人去通知诸部大人说：我有盐池，你们都是靠我这个盐池的盐为生。你们只晓得盐的利益，怎么从来没想过这盐池也有主人的啊，应该早日来犒劳我才是。

诸部大人也以为然，约定一个时间，共同在盐池举行盛大宴会。

阿保机为表示大酋长的风范，准备大量的酒菜，要求诸部大人不醉不归。等到诸部大人喝得东倒西歪，阿保机事先埋伏的士兵一拥而上，一一结束了他们的性命。

从此，八部并为一统，不再有部落分守的现象。酋长仅是属官，阿保机是大契丹王，进一步尊为契丹皇帝，成为辽太祖。

辽太祖利用五代纷乱，远交近攻，纵横捭阖（bǎi hé）。时而联合李克用夹攻刘守光，时而又联合朱全忠打击李克用，逐渐强大。

韩延徽探母

一看到这篇故事的题目——韩延徽探母，也许立刻有许多读者会反应，写错了吧，应该是杨延辉四郎探母。

其实不然，杨家将虽然在宋朝一门忠烈，却没有杨延辉这个人。据辽金元史权威——已故的姚从吾先生考证，四郎探母这段故事，完全脱胎于韩延徽的生平。

韩延徽字号明，幽州安次人氏。他的父亲韩梦殷，曾经担任过苏、儒、顺三州刺史。

韩延徽少年英勇，在上篇提到的刘仁恭十分赏识他，授为幽州观察度支使。后来，刘仁恭去世了，他的儿子刘守光派韩延徽出使契丹。

辽太祖耶律阿保机提出的条件相当苛刻，韩延徽不肯接受，双方起了言语上的冲突。耶律阿保机大为震怒，把韩延徽给扣留下来，派他到冷落的草原牧马。

耶律阿保机有一位贤明的妻子——述律后，群臣称之为地皇后（阿保机乃天皇帝），见韩延徽为人沉着老练，有辩才，有骨气，于是对辽太祖说："此人秉持节操，不屈不挠，是不可多得的贤才，你为何要困辱他？"

辽太祖认为述律后的话颇有见地，立刻任命他为契丹的参军事，开始用上宾之礼对待他。久而久之，韩延徽对辽太祖，也有感恩图报之意，提供了许多建设国家的计划：建筑城郭、设立市场、种植禾稼、开辟园艺、兴手工业、订婚姻法、教授汉文字等等，使契丹逐渐建立规模。

此外，辽太祖在对抗党项、室韦的战争中，韩延徽更是一流的军师。接着，韩延徽又建孔子庙、制文字、定百官，一切规模模仿中国。

虽然在契丹备受礼遇，久而久之，这个契丹宰相不免思乡，尤其想念家中老母。有一天，韩延徽留下一首诗，叙述心中感慨之后，不告而别。辽太祖发现之后，真是有说不出的难过。

离开契丹之后，韩延徽投效到晋王李存勖（xù，李克用的儿子）帐下。由于韩延徽颇有一套，引起幕府之中掌书记王缄（jiān）的不满，加以排挤，韩延徽有志难伸。思前想后，还是辽太祖知人善任，又悄悄回到幽州，藏在故人王德明家里。

王德明问他："你既不能容于晋王左右，今后该怎么办呢？"

"我还是回到契丹主那儿。"

"这怎么可以？"王德明讶异地望着韩延徽，"你不要忘记，你是从契丹逃跑出来的，如果回去，岂不是要受到严厉的责罚？"

韩延徽淡淡一笑："不会的，你放心，阿保机失去了我，有如失去左右手，他看见我回去，高兴还来不及呢！"

王德明不明白韩延徽哪儿来的信心，眼看韩延徽走远了，仍然为他捏一把汗。

没有想到，韩延徽果然把辽太祖给摸透了。辽太祖一见到韩延徽，喜出望外，却也忍不住埋怨："朕待你不薄啊，你为什么要背弃我逃走？既然走了，又为何去而复来？"

韩延徽不疾不徐地解释："忘亲非孝，忘君非忠。臣虽挺身逃，心在陛下。"

好一个"心在陛下"，辽太祖大为高兴，赐名为"匣列"（契丹语，去而复来之意）。任命他为崇文馆大学士，中外大事都请他参决。

这么一段曲折离奇的过程，就成为小说戏剧之中《四郎探母》的蓝本。话说四郎杨延辉有一次与辽作战，兵败被俘。萧太后见他一表人才，眉清目秀，颇有大丈夫气概，愈看愈喜欢，杀了他，有些舍不得，遂把铁镜公主嫁他。

杨四郎为保全名节（杨家将是辽人最为痛恨的），灵机一动，把杨字拆为木易二字，谎称为代州团练使，与铁镜公主拜过天地，成为辽朝的驸马，一晃过了十五年。

后来，有一天，杨四郎听说母亲大人佘太君领着杨家大军，来到了飞虎谷，思亲心切，一个人坐在那儿默默地流眼泪，长吁短叹。

铁镜公主看了大为吃惊，不知道驸马爷为何如此哀伤。四郎闷着头不吭声，只是说："我的心事，你是猜不着的。"

公主左猜右猜，四郎却一个劲儿摇头。最后四郎心想流落番邦十五载，夫妻两人倒是十分恩爱，于是一五一十把所有情况都告诉了公主。

四郎探母，清代年画。

公主一听之下，大为吃惊，指着四郎道：“这件事要是传到母后耳中，你还想活命吗？”

四郎放声痛哭，哭声中充满着无奈。公主心肠软了，偷偷到母后那儿，借着孙儿想玩令箭为名，拿了一支金钍（pī）箭，好让四郎出关见佘太君一面。

四郎快马加鞭赶到宋营，被当成奸细俘虏。六郎升堂审讯，才发现是以为早已去世的四郎，佘太君、八姐、九妹一家人哭得泪流满面。

最后，快天亮了，四郎忍着悲痛，挥泪而别。赶回辽宫，萧太后气得要杀四郎。结果，铁镜公主抱着外孙，哭哭啼啼寻死寻活，萧太后才饶了四郎一命。

《四郎探母》的故事充满了人性，是中国人最熟悉的一出戏。相较之下，正史中的韩延徽比戏剧中的杨延辉有作为多了。

述律后不让须眉

在上篇《韩延徽探母》之中，我们曾说，韩延徽能够被辽太祖赏识，主要是辽太后述律后慧眼识英雄，现在我们就来看一看述律后的小故事。

述律后，小字月理朵，祖先是回纥（hé）人。在中国历史上，有些史家把她比喻为汉高祖的吕后（参考前面《吕后吓傻了自己的儿子》），同样是干练有为，阴险狠毒。

据《辽史》中记载，述律后处事敏捷，有果断，有雄略。她曾经在辽、土两河交会点，见有一女子乘坐青牛车，远远驶来。述律后匆匆避路，忽然之间，青牛车不翼而飞。过了不久，民间有童谣传出“青牛妪，曾避路”，契丹人以为地祇（qí）为青牛妪也。

当辽太祖耶律阿保机准备打天下之时，述律后从旁提供了不少计谋，而且她不光是只会讲兵法，骑上马来，武功可高强得很。曾经多次随从丈夫出征，一点儿也不含糊。

契丹人很佩服这位女英雄，当辽太祖即位，群臣特上尊号为地皇后。神册元年（916 年），加号应天大明地皇后，手中掌握着一支精锐部队。

有一次，辽太祖远征党项，述律后随行。扎下营帐之后，辽太祖要横过沙漠，讨伐党项本部，派述律后留守。在这个当儿，室韦族的黄头、臭泊发现太祖人马前往大漠，沙尘滚滚，显然已经走远，心想不如趁这个机会，把太祖的营本部给拿下来。

契丹仕女，佚名绘。

述律后接到哨兵的消息，知道黄头、臭泊要偷营，暗暗冷笑："你们以为老娘是好欺负的吗？"表面上不动声色，摆出坐以待毙的低姿态。

等到室韦族人到了营帐之前，述律后大喝一声，人马一拥而出，来一个，砍一个，打得敌人抱头鼠窜。当辽太祖回来时，发现室韦的遗尸遍地，吓了一跳，只见述律后笑盈盈站在帐篷前面，满脸晃荡着得意。

从这一回以后，述律后三个字响遍了北方草原，也传到了中原。李存勖由于刚刚办完父亲李克用的丧事，年纪又轻，只有二十四岁，基础不稳，欲结外援，便以辽太祖曾与李克用结拜兄弟为名，尊述律后为叔母，以博取辽太祖的欢喜。

不但是五代的皇帝都要拉拢辽，与五代并存的十国中的南唐，也向辽示好。南唐主李昪曾经呈献一种猛火油给太祖，辽太祖兴趣很大，挑了三万骑兵，准备用猛火油去攻打幽州。

述律后不同意这个主张，她摇头反对："哪里有要试验油就去攻打其他国家的道理？”

说着，述律后把太祖拉到帐前，指着一棵树说：“这树要是没有皮，还能够活吗？”

“当然不能。”

“这就是了，幽州有土地，有人民，正如同树之皮。我们只要在幽州四野掠夺，不出几年，这块地方必然会归于我们。何必现在去打，万一打不下来，反而为中国笑话。”

辽太祖听了述律后的劝告，而且，不出述律后所料，到了太祖的儿子太宗时代，幽州果然为辽所有。

征讨幽州，述律后反对，但是出击渤海，述律后却十分赞成。这是因为渤海与契丹为陆地邻国，土壤相接，易起纠纷。太祖野心甚大，惟恐渤海牵制后方，难以用兵。于是，在天显元年（926 年），一举攻灭渤海国，得到土地五千里、十万士兵，兼领五京、十五府、六十二州，契丹愈来愈强大了。

由于述律后的威名远播，因此在天显二年（927 年），辽太祖驾崩于扶余城时，述律后即称制代行皇帝事，专决军国大事，她得以从容不迫把辽太祖的灵柩运回。过了一年四个月，方才传位给次子耶律德光，是为辽太宗。

在辽太祖暴毙之后，述律后担心若干桀骜（jié ào）的将领不服，会发生叛变。

她一一对将领说：“你到先帝的墓前，为我转达言语。”然后，当将领到达墓地，述律后立刻派人予以扑杀。如此这般，前前后后，一共杀了一百多个将领。

最后，轮到后平州人赵思温前往。赵思温知道此去无回，不甘愿白白送死，说什么也不肯动身。

述律后脸一板，厉声问道：“你以前是先帝最亲近的人，为何不去？”

赵思温立刻一句话顶了回去："假如是论亲近，最亲近先帝的，莫过于太后，后先行，臣跟从后而行。"

赵思温这几句话相当厉害，述律后脸色发青地回答："我并非不愿意从先帝于地下也，然而嗣主幼弱，国家无主，没法前往。"

接着，述律后拿出一把利刃，猛割下一只手腕，鲜血直喷。她下令道："把这只腕放入墓中。"作为代表身殉。最后，赵思温也免去一死。

根据《地理志》中记载，述律后是在义节寺中断腕，并于寺中建立"断腕楼"树立石碑，以记其事。但是由于《辽史·赵思温传》中并无其记载，也有学者认为，或许述律后没有真正砍断一只手腕。无论如何，述律后英明而果决，契丹能够勃兴，与她有很大的关系。

耶律德光捡木柴

在前面《刘仁恭的烧草政策》篇中，我们说过，契丹原是八部大人之中选一人为大酋长，辽太祖耶律阿保机听汉人说，在中国是父以传子，子以传孙。人都是自私的，辽太祖心想，还是汉人聪明，遂决定将来要把皇位传给儿子。

辽太祖的述律后一共生了三个儿子，辽太祖决定好好挑选一个最为适合的继任人选。

老大名倍，小字图欲（有的书写作突欲），幼年时代聪敏好学，为人宽厚而善良。神册元年（916 年），被立为皇太子。

有一回，辽太祖问身边的侍臣："受命之君，应当事天敬神，有大功德者，朕想要拜祭他，不知该先祭哪一位才好？"

"当然是拜佛。"太祖身边左右的人都这样回答。

"佛不是中国教。"太祖不以为然。

这时，倍在旁边说："孔子大圣，万世所尊，应该首先祭拜孔子。"

辽太祖很赞同太子倍的建议，即刻建立孔子庙，诏皇太子为《春秋》释奠。由此可知，倍是比较温文儒雅的。

再说老三，小字名叫李胡。这个小孩幼年时非常顽皮，生性残酷，一发起火儿来，若是小怒，会在人家脸上刺字，假如是大怒，干脆把人投入水中，扔到火中。由于是老幺，述律后特别疼爱他，但是他父亲辽太祖却不以为然。

由于辽太祖对选立嗣君相当留心，有一天夜晚，他悄悄溜入三个儿子的帐篷，观察他们的睡姿。结果发现，李胡缩着身子蜷在被内，太祖叹口气，指着李胡说："他将来的成就，必在诸子之下。"

相较之下，老大耶律倍太过文弱，三弟李胡过分粗暴。看来看去，还是老二耶律德光比较合太祖之意，他擅长骑射，对军国大事也十分留心。

为了进一步试验三个儿子之中，到底哪一个最行，太祖又想出一个新方法。

在一个冰天雪地的日子里，一家人围着火取暖。眼看着木柴快要烧完了，做父亲的就命令三个儿子："你们赶紧去捡一些柴回来。"

过了一会儿，老二德光回来了，手上捧着一大捆木柴，里面有大的，有小的，有干的，也有湿的。他先把干的木柴投入快要熄灭的火中，火势立刻旺热地燃烧起来。同时，把湿的木柴围着火，绕成一圈，待烤干后，又可以再投入火中。

正在此时，老大也回来了，手上也捧着一堆木头。可以看得出，这些木柴都是精挑细选，干爽坚硬，适合取暖的木柴。

又过了半天，老三才慢慢吞吞地走回来。他先是随便捡了几枝湿木柴，走到一半嫌太重，又顺手丢掉一些，因此最后只剩手上玩弄的几根木条。

走回取暖的原地，老三也不帮忙翻弄木柴，只是站着袖手旁观，一副事不关已的潇洒模样。

辽太祖目睹此景，发表评论说："老大做事非常仔细，却稍微嫌慢了一些，老二懂得事情轻重，能成大业，至于老三，实在太懒了。"

从这次捡木柴实验之后，辽太祖暗中作了一个决定，要把皇位继承给老二耶律德光，开始对他做有计划的栽培。天赞元年（922

年），授德光为天下兵马大元帅，统六军。第二年，他攻下平州，掠镇定，败幽州大将李存审等；又定党项，下山西，取回纥，平渤海，东西万里，所向有功。事实上，作为一个草原社会中的游牧战斗国家，也的确需要一个长于军事的领袖来指挥国事。

因此，当辽太祖灭了渤海国（请参考上篇），改渤海国为东丹，封长子为东丹国人皇王之后，等于对长子有了安排，即遗命次子德光继任皇帝。

太祖暴毙之后，能干的述律后想了又想，到底长子是太子，不好不让太子继承皇位，族人可能会有意见。所以，述律后福至心灵，拟一个妙法子，改用“选举制度”。

述律后召集了所有的将领，在帐前对大家说：“我对老大、老二两个儿子都一样的疼爱，至于说，哪一个适合领导大家当皇帝呢，就要看各位的意思来决定。现在，两个儿子都骑着马，立在帐篷前面，你们选择哪一个，不妨走向前去，拉着他的马辔（pèi）。”

这才真是明知故问，大家都肚子里雪亮，述律后较为偏爱老二，而且述律后在辽太祖活着的时候，已经权倾中外。如今太祖归天，谁还敢不听她的意思？而且也没有必要得罪新君。

于是乎，所有将领都争先恐后去拉耶律德光的马缰，并且高声大呼：“我等愿意事奉大元帅。”气势雄伟万分。

述律后看大家都乖乖地顺从己意，十分开怀，口中却说：“既然大家异口同声要推举德光，接受他的领导，我当然也不能够违反众意。”

于是，耶律德光红光满面地成为契丹国的皇帝，是为辽太宗，即位时才二十六岁。没被选中的老大也只有尴尬地率群臣对述律后说：“皇子大元帅勋望，中外攸属，宜承大统。”

辽太宗北归

耶律德光仗着本身足智多谋，以及父母的宠爱，当上了契丹国的皇帝，是为辽太宗。

耶律德光当上了契丹大皇帝，他是排行老二，那个应该当皇帝的老大图欲，仍然做他的东丹国人皇王。虽然表面上图欲率领群臣道贺，心里头却非常不痛快。

另外一方面，耶律德光也不相信哥哥，总认为他迟早会反叛。于是，派了卫士早晚监视。

在中国方面，后唐明宗李嗣源晓得了这件兄弟摩擦之事。他为了削弱契丹的力量，派遣使者请人皇王前来，人皇王进退两难，正好就此告别。他临走之时，留下一首诗，这首诗写得很妙："小山压大山，大山全无力，羞见故乡人，从此投外国。"大山开溜了。

耶律德光即位之后，乘着中原一片纷扰，得以伸张势力。后唐明宗李嗣源去世以后，他的女婿石敬瑭为了要抢夺帝位，请求耶律德光军援。

耶律德光看准石敬瑭想当皇帝的猴急模样，好好地大敲了一笔竹杠。不但要求石敬瑭称臣，割让燕云十六州，每年输帛三十万匹，而且更要占石敬瑭便宜，命令四十多岁的石敬瑭，乖乖地喊他这个三十四岁的耶律德光为爸爸，并且在册文中写明："予视尔若子，尔待予犹父……国号曰晋，朕永与尔为父子之邦，保山河之誓。"

石敬瑭如愿以偿当上后晋高祖，成为历史上遭人讥笑的儿皇帝，在当时人也认为是奇耻大辱。因此，当石敬瑭去世之后，他的儿子石重贵（出帝）认为做耶律德光的孙子已经够吃亏的，不愿意再称臣，并且大言不惭对耶律德光说："翁怒则来战，孙有十万横磨剑以待。"

可惜的是，十万横磨剑似乎不管用，耶律德光终于灭了后晋，在汴京，正式当了中原的皇帝，建国号为大辽（关于这一段故事，曲折离奇，我们在讲五代时，曾经叙说得十分详尽）。

耶律德光当了辽太宗，以胡人而君临中国，虽然已经汉化，毕竟程度还浅，尤其辽人的打草谷，让中国人民消受不了。什么是打草谷呢？原来，辽朝的兵制，凡是年满十五岁以上、五十岁以下者，都必须要服兵役。每人要配备弓四张，箭四百支，以及枪、斧、小旗、火刀、石马等武器，这些都各人自理，甚至连军粮、马草，公家都不发给。反正你手上有武器，可以去抢啊。

汉奸赵延寿曾经建议太宗，给辽军发军饷，辽太宗不答应，道："我国无此制度。"他还是"纵胡骑四出，以牧马为名，分番剽掠"，继续采用不花一文钱的打草谷政策。

如此一来，给中国人民留下极坏的印象，东方群盗纷起。辽太宗觉得真是烦，他一再叹气："我以前不知道，中国人难治如此。"

想当初，辽太宗的母亲大人述律太后，曾经警告过儿子。述律太后见太宗野心勃勃，讨伐中原，牵挂地问太宗："如果汉族人到胡地来做主人，行吗？"

"这怎么可以？"太宗讶异地望着母亲，很奇怪她有此一问。

"好，你既然知道，为何你要去做汉主呢？"

"石重贵负恩背义，安能容得？"太宗不服气道。

述律太后两眼一瞪，指着太宗说："你今天虽得汉地，万一不能统治，悔之晚矣。"接着又说，"汉儿如能回心，我们还是与之谋合算了。”

辽太宗不肯听母亲的话，因为他自认与父亲辽太祖一般，是个中国通。

辽太祖不但任用韩延徽等汉人，而且偷偷学会了中国话。他曾经无心之中，对姚坤说溜了嘴道：“我能讲汉语，但是绝口不言，免得其他人效法，惧怕汉人。”

辽太宗也下过一番功夫了解中国。他入主中原时，不可一世地夸口：“中国事，我皆知之，我国事，汝曹不知也。”汝曹即为“你们”的意思。

太宗虽然略知中国皮毛，他内心深处依然不敢信任汉人，他所派出的节度使，高级官员全部都是辽人。辽人不会讲中国话，其间沟通要仰赖翻译。这些担任翻译的汉人，大半都是流氓无赖，趁机会欺负百姓，逼得百姓一股一股起来造反，使得太宗头大极了。

当了中国皇帝，最叫太宗难以忍受的是天气，水土不服，难过极了。黄河流域的气候，到四月之后，对习惯冰天雪地的契丹人而言，已经是“天热暑湿，水土难居”。等到了六月、七月，那更是不堪忍耐。

同时，辽人是骑在马上长大的，过不惯城市生活。辽太宗自知中国人民不服，待不下去。与其将来被赶走，有失面子，还不如找个借口下台，自动回去。他召集百官宣布：“天气太热了，我是北方人，不适合南方气候，我要回去避暑。”

当他出发回去时，心中无比畅快，喜滋滋地说：“我在上国以射猎为乐，至此令人悒（yì）悒，现在得以归返，死无恨矣。”

辽太宗来不及回去狩猎，走到半路临城（河北省临城县），忽然得病而死，享寿不过四十六岁。左右人惟恐天气热，尸体会腐坏，把太宗的肚子剖开，放入数斗盐巴。当时，汉族人称辽太宗的遗体为“帝羓”（乃腌肉也）。

偏怜之子不保业

谁也没有料到，身体棒得像一头牛的辽太宗，竟然会得了急病，一命归天。辽太宗在死时并未留下遗诏指定继承人，因此军中一片忧心忡忡，不知道如何是好。

其中北院大王耶律吼首先提出这个问题。他说："天子大位不可一日空悬，若是请命于太后，必属李胡。李胡暴戾（lì）成性，残忍异常，如此一来，大家的日子就不好过了。"

这李胡是谁呢？在前面《耶律德光捡木柴》篇，我们说过，辽太祖与述律后生了三个儿子。老大耶律倍，老二耶律德光（辽太宗），老三耶律李胡。述律后偏心，太祖死后，把皇位传给了耶律德光，老大只好出奔。

李胡虽然品行不佳，不过因为他是老幺，述律后特别宠他。因此假如述律后（如今改称述律太后了）知道这件事，一定会作主把皇位传给李胡。

既然人人不满意李胡，决定暂且先隐瞒太后有关太宗暴毙之事，先拥立兀欲为皇。兀欲乃老大耶律倍的儿子，当老大出奔国外，他并未随行，反而自动留了下来，所以太宗特别喜欢他，把这个侄子看成亲生儿子。

据史书中记载，兀欲很有人缘，慷慨大方，礼贤下士。太宗曾经赐给他数千匹绢锦，他居然在一日之间，全部分赠属下，因此收服不少人心。

兀欲对这个突然自天而降的皇位，颇有几分犹豫，左右的人纷纷劝他："……天下属意，多在大王，倘若不能当机立断，日后，必然后悔莫及。"

同时，臣子们都还记得，当初辽太祖死后，述律太后为了稳固政权，一口气扑杀了许多将领（请参考前面《述律后不让须眉》篇）。这会儿，辽太宗去世，谁又知道述律太后会不会旧戏重演，再杀一些将领殉葬。所以将领们异口同声拥立兀欲，想用这个孙子与祖母抗一抗。

于是兀欲正式在恒州登帝位，是为辽世宗，同时正式发丧，为太宗举哀，并且派人把太宗灵柩运往上京。

厉害的述律太后现在才知道老二死了，老大的儿子兀欲自作主张当了皇帝，气得大发雷霆："弃国南奔（指老大人皇王）的儿子怎能为我国主，而且不和我商量？"立刻命令李胡出战。

李胡心狠手辣，先把世宗的臣僚家属扣留当人质，然后，放出狠话："如果此战不克，我先把人质杀光。"

辽国上上下下，眼看一场祖母与孙子的大战即将开始，都在摇头叹息："再这样下去，那就是父子兄弟一块同归于尽了。"

在辽朝，有个很有学问的人，名字叫耶律屋质，精通天文地理，上上下下都尊敬他。耶律屋质决定当一个和事佬，调和双方。

他先去找火冒三丈的述律太后，很坦诚地对太后进言："李胡是太后的儿子，世宗是太祖的孙子，无论哪一个继承皇位，宗庙社稷都不会变，何苦要双方开战，损伤国家的元气？"

"假使，我有意和解，谁为使者？"述律太后的口气有些软化了。

"如果太后不疑臣，臣愿前往。"

因而，太后派耶律屋质为使者，前往与世宗谈判。

世宗先是不肯，他倨傲地说："没有什么好谈的，朕统率的大

辽人生活图，内蒙古自治区哲里木盟库伦旗辽墓壁画。

军，是何等精锐的部队，那些个乌合之众，凭哪一点与我对抗？”

屋质停顿了一会儿，沉重地说：“即使他们打不过你，骨肉相残，毕竟不是一件好事。再说作战的结果，到底如何，胜负尚未可知。就算你打赢了，你的家小都扣在李胡手中，为了妻儿这一点，也应当和解。”

屋质这一番话，讲得合情入理。他这么一分析，本来摩拳擦掌准备大干一场的将领，一个个都低下了头，默默地沉思不语。

最后，世宗抬起头来，定定地望着屋质：“当如何和解？”

屋质回答：“应当与太后相见，开诚布公。”

在屋质的来回斡（wò）旋之下，祖孙决定谈判。一见之下又互相攻击，毫不相让。多亏屋质两边说好话，才消除了一些火药气息。

述律太后说：“今日战争虽免，而神器（皇帝大位）究竟属谁？”

李胡在旁赶紧嚷嚷："今有我在，兀欲何德立为天子？"

屋质摇摇头说："礼法上有传给长子，不传给弟弟一说，何况你暴戾残忍，人多怨恨，人情不可夺也。"

述律太后气得捶胸："你听听，不是我不帮你，你自己不成材。想当年我与你父亲最宠你，这正是应了俗话'偏怜之子不保业'，你是自作自受啊!"

"偏怜之子不保业"的意思是说，父母最宠爱的小孩，往往不能保全祖业。

辽兴宗与宋仁宗互赠字画

经过一场政治斗争，辽世宗登上了帝位。以后经过穆宗、景帝、圣帝，传到辽兴宗。

此时的辽朝，经过长时期汉化，逐渐与中原倾向和睦，虽然自从富弼之盟以后，宋朝仍然每年要给辽银二十万两、绢三十万匹。

辽兴宗其人，据说还带有一些汉人血统，除了晚年与西夏发生战争外，倒是安安稳稳当了二十多年的太平天子。他多才多艺，擅长绘画，平日雅好游山玩水，尤其钟情于钓鱼。

为了表示自己是风流雅士，他曾经亲手画了一只鹅，浮游在碧波荡漾中，送给宋仁宗。宋仁宗接到画，自然不能示弱，立刻命人磨砚台、铺宣纸，洋洋洒洒写了几个字，而且是不容易写得好的飞白体回赠。彼此之间用书画往来，倒是极为脱俗的文化交流。

由于辽朝逐渐有文化，汉人也不再以夷狄视之，办外交的富弼就曾经说过："自从契丹取得燕蓟（jì）以北之地，他们得中国土地，仿中国官属，任用中国贤才，饱读中国诗书，实行中国法令。可以说，中国有的，他们都有，契丹所有的劲兵骁将，反而是中国所没有的。"因此，主张采取理智的态度，运用外交手段，维持与强敌良好的和平关系。

宋朝积弱不振，自知武力不敌，因此希望"以德怀远"——用道德来怀柔感化远方的人。

为了互相表示自己有文化，两国之间交聘的使节，也是千挑百选，而且经常以文人学者出使，以期不辱没国体。

辽兴宗去世了，辽道宗即位。新皇登基，辽朝经过再三考虑，决定派遣亲贵萧谟（mó）鲁及翰林学士韩运来通知宋朝。

当此二人率领的代表团一到，满朝文武啧啧称赞：“好得很”、“进退应对有礼貌”、“有涵养”。那么，宋朝方面该派谁前往道贺?

想来想去，最后推派了文章道德首屈一指的欧阳修出马。辽朝听说欧阳修要来，也觉得极有面子，十分高兴。

当欧阳修出使，来到契丹，契丹派出四位贵臣相迎，所到之处，大受欢迎，而且，满朝大臣热热烈烈设宴款待。欧阳修自己也没有料到，竟然会在北朝受到如此重视，心中万分的感动。

辽朝官员特别对欧阳修道：“如此款待你，并非本朝规矩，而是因你的文名满天下，我们特别看重你。”（请参考前面《庭院深深深几许》篇）

宋仁宗赵祯，选自《乾隆年制历代帝王像真迹》。

辽兴宗生前，曾经自己画了一幅自绘像奉献给宋朝皇帝，并且要求宋主也回送一幅像，作为兄弟友好的表示，宋朝嘉祐三年（道宗清宁四年，1058年），宋仁宗遵守承诺，也派人带了肖像，送给契丹。

辽道宗看到

宋仁宗的御容，特别把这一幅肖像恭恭敬敬供奉在庆州的庙堂之中，早晚膜拜。后来，当宋仁宗去世，讣（fù）闻送到契丹，辽道宗竟然还狠狠地痛哭一场。

在当时，辽朝不但皇帝附庸风雅，皇后亦是知书达礼，辽道宗的皇后——宣懿（yì）皇后就是历史上有名的才女。

宣懿皇后姓萧，事实上辽朝每一个皇后都姓萧，一共有十三个萧皇后。像一开始的述律后是个厉害的萧太后，与杨家将作战的萧太后，更是历史上最为人们所熟知的女豪杰。

宣懿皇后是个不折不扣、花容月貌的美人儿。从小背诵诗书，涉猎经书、子书。长大以后，姿容端丽，不但人美，更有一份神圣不可侵犯的气质，因此人们称之为观音，因为看到她，就使人想起大慈大悲的观音菩萨。

长大以后的宣懿皇后，更加显现出不凡的才华。她会作诗，喜爱书法，能自己写歌词，喜欢弹筝，更弹得一手好琵琶，可以说是才貌双全。

辽道宗一见到宣懿后，马上就爱上了她。当时道宗年仅二十一岁，还没当皇帝，只是以兵马大元帅与闻朝政，小夫妻相当恩爱。

辽清宁二年（1056年）八月，辽道宗前往秋山打猎，宣懿后率妃嫔随行。到了伏虎林，道宗停下来，对她说："你何不赋一首诗助兴？"

宣懿后倒真是不含糊，随即应声朗诵道："威风万里压南邦，东去能翻鸭绿江；灵怪大千俱破胆，哪教猛虎不投降。"

道宗大喜，拿着皇后所作的诗，不断地在群臣面前炫耀，不停地说："皇后可谓女中才子。"

第二天，打猎继续进行，道宗意兴飞扬，不可一世。正在此时，一只猛虎窜上前来，道宗曰："朕必射得此虎，方不负皇后昨日之诗。"说着，一支箭飞快射出，不偏不倚直入猛虎心脏，老虎应声而倒，众人兴奋地拍手叫好，群呼：“万岁，万岁，万万岁！”

清宁四年（1058年），宣懿后生下皇子浚（jùn），是为昭怀太子。太子很小便会讲话，聪明伶俐，而且好学知书，道宗打心眼里疼爱他。在六岁那年，封为梁王。辽道宗拥着娇妻爱子，幸福无边。

耶律乙辛吃太阳

辽兴宗去世以后，辽道宗即位，他娶了才貌双全的美人儿宣懿皇后，并且生下一个幼而能言、好学知书的昭怀太子。可谓妻贤子孝，集人生幸福于一身。

然而，很可惜的，历史上记载辽道宗与宣懿皇后的婚姻，并不像外国童话故事中形容的“王子公主结婚后，一辈子过着快乐美满的生活”。

这是怎么一回事呢？原来人是会变的，道宗刚刚即皇位之初，确实是求直言，访治道，劝农兴学，救灾恤患，很有一番作为。

但是，当一个好皇帝太辛苦了。渐渐地，道宗没有兴趣打起精神做事，尤其到了晚年，更有倦勤之感。

譬如在寿昌初年，辽道宗每回想到该用何人为何官，如何才能选择适合的官员，就满肚子的厌烦。有一天，他竟然灵机一动，将大臣们召集来扔骰子，看谁的红点最多。

一扔之下，耶律俨的红点第一，辽道宗很高兴，举起耶律俨的手说：“这是上相之征也。”于是，任命耶律俨为参知政事，做了宰相。国家用人大事，糊涂至此，也真是够瞧的。

辽道宗不喜政事，醉心于狩猎，每次打猎，总是一马当先。他骑着一匹快马叫做“飞电”，这匹飞电可真快如闪电，瞬息百里，一会儿工夫就不见了。

道宗时常骑着飞电，快马加鞭跑入深林邃谷之中。他的随从们追得气喘如牛，还是跟不上。好不容易也到了森林，却又不知道宗在何处，着急得满头大汗，深恐道宗身边没有警卫人员，会因此而发生不测。辽道宗本人却非常喜欢这种捉迷藏游戏，每隔不了多久，就游兴大发。

在上一篇之中，我们说过，道宗与宣懿皇后新婚之时，皇后曾以“哪教猛虎不投降”来赞美道宗的身手。不过，在宣懿后心目之中，狩猎乃偶然为之之事，像辽道宗这般不理政事，又时时冒不必要的危险，实在太不应该了。

宣懿后由于自小饱读诗书，她决心要效法唐太宗时，长孙皇后与徐贤妃对皇帝上谏。她对道宗说：“你一个人骑着快马，深入森林，万一遇到什么猛兽，那真是不堪设想，我深深为国家感到忧虑。”

辽人出行图（局部），内蒙古自治区哲里木盟库伦旗1号辽墓北壁壁画。

辽道宗表面上唯唯诺诺，表示嘉许之意。事实上，他对宣懿后一而再、再而三的劝谏，可是厌烦透顶，这就是忠言逆耳也。自然而然的，道宗对宣懿后的感情日益淡薄。

还有一点，宣懿后小字观音，是端庄典雅之人，她曾经看不惯皇太叔耶律重元之妻，搔首弄姿、妖里妖气的模样，当面指责重元的妻子："你既为贵妇，何必如此！"

由此可见，宣懿后是个比较严肃的女子，也许这也使得夫妻之间愈隔愈远。宣懿后心中颇为苦闷，遂寄情于音乐诗词。

这种情形，看在别有用心的人眼中，就成为可以利用的时机，其中之一是辽朝的大奸臣耶律乙辛。

耶律乙辛，父亲名叫耶律迭（dié）剌，因为家里太穷了，时常断粮，部落中的人称他为"穷迭剌"。

据说，耶律乙辛的母亲怀他的时候，晚上做了一个梦，梦里面她与一只羚羊搏斗，硬生生把羊的两只角拔掉。到底是游牧民族的女子，才会做如此勇猛的梦。

梦醒了以后，她觉得十分怪异，请人去解梦。占术者告诉乙辛的母亲："这个梦大吉大利，你想想看，羊去掉上面两只角，那是什么字？"

"王啊。"

"对，这表示你生下的这个小孩，将来要当王。"

耶律乙辛的母亲听了好乐。等到乙辛诞生那天，她正在路上行走，匆匆产子，正愁没有水为婴儿擦身子，忽然地上喷出一股清泉。大家都说，这个孩子福大命大。

耶律乙辛从小聪明慧黠（xiá），很有辩才，却心术不正。有一回，父亲迭剌命他带羊去吃草，乙辛偷懒，在牧场上睡着了。迭剌跑出来找他，找了半天，才发现乙辛正在呼呼大睡。

迭剌很生气，一巴掌打过去，把乙辛从梦中惊醒，看到迭剌的愤怒模样，知道少不了要挨揍，他立刻编了一套戏词：

“是什么人，惊扰了我的好梦？我正梦到有人拿了月亮、太阳要给我吃，我已经把月亮吃完了，太阳吃到一半竟然被打断了，可恶！”

迭刺看呆了，十分害怕。他想，乙辛打从娘胎开始，就显出种种不凡，万一乙辛真是通灵，打扰了他吃太阳，那真是罪过罪过。

乙辛长大了，这个从小说谎的小朋友，长得倒是一表人才，十分英俊，人见人爱。辽兴宗非常喜爱他，兴宗皇后也命令他为补笔砚吏。

道宗即位以后，更加重用乙辛，任命他为北院枢密使，更赐为匡时翊（yì）圣谒（yè）忠平乱功臣。由于道宗昏庸，乙辛方便弄权，每天往他家大门送礼物的络绎不绝。凡是巴结乙辛的，都能有权有势，不屑与之为伍的都被斥窜。

到了太康元年（1075 年），道宗宠爱的昭怀太子耶律浚已经十九岁了，并且也已结婚生子。由于太子浚十分英明，耶律乙辛十分忧愁，他遂决定利用宣懿皇后与辽道宗的感情疏远，设下毒计。

宣懿皇后与《十香词》

辽道宗与宣懿皇后结婚以后，双方因为互相了解而日趋不合，因此从小善于扯谎的奸臣耶律乙辛准备伺机而动。

宣懿皇后雅好诗词，她所写的绝妙好词（如《回心院词》、《绝命词》）迄今犹为人们传诵。此外，宣懿后弹得一手好琵琶，她十分欣赏伶官赵惟一的曲调，时常宣他进宫，共同研究音韵。

耶律乙辛知道这件事，决心加以利用。他买通了宣懿皇后的贴身侍卫，以及两个女乐工，出来指认皇后与赵惟一要好。

这一状告到道宗那儿，道宗大为震怒，把宣懿皇后叫来问案。

宣懿皇后哭得泪涟涟道："这怎么可能？我身为皇后，已是妇人登峰造极之境，现在不但有了儿子，还有了孙子。儿孙之前，我哪会做出这种不名誉的事？"

道宗不相信皇后，从衣袋中掏出《十香词》，丢在地上道："这不是你写的吗？"

其实，《十香词》并不能代表什么，何况有后人查证，《十香词》太过鄙俗，不像出自宣懿后之手。

道宗再次命令耶律乙辛："你给我仔仔细细的调查！"

不多时，耶律乙辛很得意地把证据找到，当面呈给道宗。

道宗一看，原来是首词——"宫中只数赵家妆，败雨残云误汉王；惟有知情一片月，曾窥飞燕入昭阳。"

道宗看完了，狐疑地问："这首词是皇后骂赵飞燕的，有什么不对？”（赵飞燕如何误汉王，请参考本书前面讲过的故事。）

耶律乙辛遂进一步向前对道宗曰：“‘宫中只数赵家妆’中有个‘赵’字，‘惟有知情一片月’中又有‘惟一’两个字，这前后加起来，不正表示皇后心中只有赵惟一一人？”

老实说，这样的文字狱不通之至，却把本来怒火冲天的道宗气得发抖，他立刻下令：“即日诛赵惟一，并赐后自尽。”

命令一颁布，昭怀太子浚（jùn）及几位公主们，一块下跪，披头散发，哀求愿意代母一死。

道宗丝毫不为所动，他生气地说：“朕君临天下，臣妾亿兆，竟然不能防止一妇人对我不忠心，我还当什么天子？”

于是，可怜的宣懿皇后就以一匹白练上吊而死。死了以后，辽道宗的怒气犹未消，他命令把皇后尸体剥去衣服，赤身裸体包裹在一张草席之中，送回宣懿后的娘家。

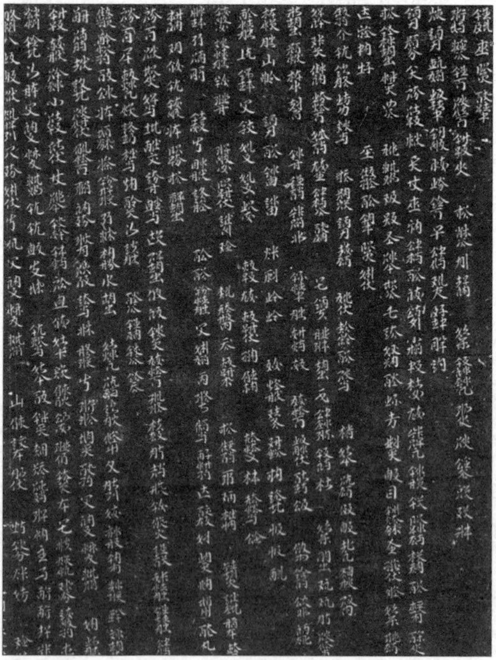

宣懿皇后死得这般悲惨，识与不识都同声哀悼，昭怀太子哭肿了眼睛，发疯般地满地乱滚，并高声发誓：“杀我母亲的是耶律乙辛，他日不诛此贼，不为人子！”

平心而论，若是以当时宋朝人的眼光看这件事，宋朝的妇女是大门不出，二门不迈。宣懿皇后堂堂一朝之后，

宣懿皇后契丹文哀册，内蒙古巴林右旗白塔子辽永福陵。

竟把一个大男人伶官唤入后宫，研究曲谱，单单这一点就死有余辜了。

不过，我们要知道，宣懿后虽然有才情，会作诗，毕竟仍是契丹人。契丹草原文化与中原儒教文化大不相同，所以以契丹人的标准，伶官赵惟一随便出入宫闱，并不是一件奇怪之事。

言归正传，昭怀太子在母后被害以后，内心十分激愤，脸上也总笼罩着一层阴影。他心忖，自己身为总领国政，兼知南北院枢密院事，整个国家，除了皇帝，数他最大。他居然不能救活自己的母亲，让母亲受冤而死，而且背不名誉的秽声，愈想愈窝囊，整日忧虑，该如何才能报仇。

耶律乙辛做了坏事，也担心昭怀太子一朝登上帝位，他这条小命不保。

于是，乙辛想出一条美人计。他入奏辽道宗："皇帝与皇后有如天地并位，中宫岂可久旷？"然后介绍萧坦恩这位美人儿给皇帝。

太康二年（1076年），萧美人选入掖庭立为皇后，耶律乙辛打的如意算盘是：希望新的萧后赶快为道宗生一个儿子，就可以把昭怀太子废了。

这位新萧后人长得漂亮，才能却平庸，辽道宗看久了就看厌了，她也没有生下皇嗣。

耶律乙辛的计划泡了汤，心里七上八下。碰巧此时有个名叫萧忽古的护卫，具有侠义心肠，他看不惯耶律乙辛狡佞残忍，诬害皇后，悄悄躲到桥下，准备暗杀乙辛。

可是，偏不凑巧，一场暴风雨把桥毁坏了，萧护卫的计谋败露，被捕下狱。

这场桥下惊险，使乙辛益发不安，他手下狼狈为奸的心腹也提醒乙辛："今臣民之心，均属于太子，公非阀阅之家，太子一旦即大位，我辈尚有容身之地乎？"

乙辛愈想愈发毛，决定采取进一步的行动。

昭怀太子的冤屈

奸臣耶律乙辛诬陷宣懿皇后和宫廷伶官赵惟一要好，糊涂昏庸的皇帝——辽道宗未加明察，怒火中烧，赐宣懿皇后以白练自尽。

宣懿皇后忍辱含泪，写了一首流传千古的《绝命词》之后，关起宫门，上吊而死。

宣懿皇后死后，昭怀太子夜夜不得安眠，朝思暮想如何除去耶律乙辛这个大奸臣，为含冤而死的母后报仇雪耻。偏偏耶律乙辛在辽道宗面前，永远是那么恭顺，那么善体人意，以至于朝中好人一空。凡是巴结者，皆获荐擢（zhuó），忠直者，无一不被斥窜。

乙辛当然知道太子对他恨之入骨，也非常清楚，万一道宗归天，昭怀即位，必然要剥他的皮，吃他的肉。狡诈的乙辛想出一条毒计。

他派了萧讹都斡假装前去自首道："臣前次曾经参加杀害皇上，谋立太子的阴谋，惟恐一旦事发受到株连，因此，特别前来请求赐罪。"

在中国古代，皇帝乃神圣不可侵犯，具有绝对的排他性，不能容许任何人染指。所以，道宗一听之下，龙颜大怒，立刻传旨，"严刑鞠治"。

这一下，正中乙辛下怀，他把萧讹（é）都斡（wò）口中"供出"的同谋，一个一个五花大绑。在犯人脖子上系一根绳子，绳子上面，绑上重物，猛地一抽，脖子给勒得不能出气，脸色发白。

乙辛传令“松绑”，然后再重施故伎，人人不堪其酷刑，惟求速死。乙辛遂得意洋洋上报道宗：“别无异辞，确实有此计划。”

既然犯人都招了，立刻处死，死后且不准掩埋，以至于远远就可闻到一股尸臭，悲惨极了。

下面该轮到主谋——昭怀太子了。刑官先狠狠打了太子数十大棒，把太子打得昏天黑地，口角流血，用种种刑求逼迫太子招供。

昭怀太子此时真是心灰意冷，仿佛看到母亲宣懿皇后在天国召唤，他缓缓地说：“我既然已经被立为储君，尚复何求？为什么还要造反？望你们为我辩之。”

这句话说得一点儿也不错，古来，虽然也有太子谋反之事，不过那都是当太子不稳，为求自保，不得不起兵造反。

昭怀太子并没有这种情形。虽然，乙辛曾经在宣懿皇后被害以后，介绍萧坦恩给道宗当皇后，但是这位新后并没有为道宗生下皇嗣，当然不构成对昭怀太子的威胁。辽道宗如果脑筋稍稍清楚一些，就会了解这是乙辛之诈。

可叹的是，道宗对乙辛一直深信不疑，对他信任的程度，竟然超过自己的亲生儿子。因此，当乙辛把太子的口供更改为“准备废父皇，而由自己登位属实”呈报给道宗，道宗想也不想，立即下诏，废太子为庶人（平民），关在上京圜（yuán）堵之中。

乙辛为了怕夜长梦多，不久之后，派人把昭怀太子害死狱中，其年只有二十岁。然后向道宗报告，说太子是生了重病，回天乏术。

太子一死，乙辛及其同党见后患已除，乐得痛饮数天。道宗听说之后，很不高兴，对于上一回杀害宣懿皇后，他是出于妒忌，冲动之下逼杀皇后。但是，对于昭怀太子，自己的亲生骨肉，即或废为庶人，也没有要他死的道理。所以，命令官吏把太子葬在龙门山。

辽侍吏图，河北宣化县下八里辽张世卿墓壁画。

道宗对自己的莽撞，颇有悔意，诏命太子妃入宫，想要安慰安慰她。心狠手辣的耶律乙辛，担心太子妃会说出太子是如何被陷害而死，一不做，二不休，把太子妃也一并杀了灭口。

这一会儿，乙辛已杀害了宣懿皇后、太子、太子妃三个人。他还不放心，因为太子留下一个小儿子耶律延禧，如果不杀，毕竟仍然是个遗祸。

道宗太康五年（1079 年）正月，辽道宗出外打猎，耶律乙辛上前一步奏曰："皇孙年纪尚幼，请求留在宫中。"他又在打坏主意了。

这时，忠臣同知点检萧兀纳上谏："陛下若是听从乙辛之意，留下皇孙，皇孙尚幼，左右无人，愿留臣保护，以防不测。"

道宗此时心中有些儿明白了，遂带着小皇孙一块去打猎，开始对乙辛起了怀疑。

过了不久，道宗再度前往黑山打猎，猛一回头，发现大伙儿都跟在乙辛后面，御驾身旁，反而没有几人，心中厌恶不已。回来之后，降乙辛为混同郡王，不久，又改派为兴中府事，从京官贬为地方官。乙辛是个不安分的人，竟将宫中的宝物售给外国。道宗下诏，以铁骨朵（大概是脚镣之类的刑具）囚禁在来州，乙辛仍然想造反。最后，道宗下令缢杀之。

乙辛死了，但是道宗心爱的宣懿皇后、太子、太子妃也全赔上了一命，晚年的道宗在伤心与悔悟中度过。他为了弥补罪孽，对皇孙耶律延禧倍加宠爱。但是他过度溺爱皇孙，反而助成后来皇孙当上皇帝（天祚帝）以后的颟顸（mān hān）骄纵。

天祚帝寻觅名鹰

辽道宗误信奸臣耶律乙辛的话，把宣懿皇后、昭怀太子、太子妃先后杀害。后来，道宗发现自己上了当，十分后悔。

也许是基于一种悔恨交加的心理，辽道宗晚年，对太孙延禧倍加疼爱。

太孙延禧是辽朝耶律阿保机建国之后第九代皇帝，也是最后一位皇帝。他是道宗的长孙，汉名为延禧，小字阿果，昭怀太子的长子，史称为天祚帝。

天祚帝的幼年，实在过得相当悲惨，遭遇到骨肉巨变，名为皇孙，却是一个没人疼爱、孤苦零丁的小可怜。

在天祚帝出生那一年，太康元年（1075 年），他的祖母——宣懿后被奸臣耶律乙辛陷害，诬指她与宫中伶官要好，他的祖父——道宗一怒之下赐死宣懿后。

过了两年，天祚帝尚在襁褓之中，他的父亲昭怀太子，也因乙辛之故被废、被囚，最后甚且被乙辛暗杀了。而且，毁尸灭迹，连尸首都找不到，宫中一片愁云惨雾。

更可悲的是，天祚帝的母亲，昭怀太子妃，有一次被公公道宗召见，准备追问太子死亡的经过，这当然是奸臣们所不愿意的，一不做，二不休，乙辛又把太子妃杀了灭口。

在这一连串的人间悲剧中，天祚帝与妹妹延寿公主乏人照料，借住在一个忠臣萧怀忠家中。后来，道宗终于迷梦清醒，才派人把天祚帝带回宫中。据史家研究，天祚帝兄妹二人的童年，实在是一页赚人眼泪的“孤儿流浪记”。可惜史料缺乏，我们不能得知其间详细的经过情形。

天祚帝入宫以后，道宗对这位小皇孙宠爱万分。年纪大的人，本来容易疼爱孙子，再加上孙子的父亲、母亲、祖母，都是因为做祖父的糊里糊涂而丢掉了性命。为求心理的补偿，道宗对天祚帝是要什么，有什么。

天祚帝在六岁那年，被封为梁王，后封为燕国王。等到稍稍懂事，即任以尚书令，授大元帅。

想当初，道宗误信耶律乙辛的谗言，赐死宣懿皇后之后，乙辛立刻介绍一位大美人给道宗，是为新的萧后（辽朝所有皇后都姓萧）。如今，道宗为着表示忏悔的诚意，当他决定把天祚帝当皇嗣的同时，降新后为惠妃。这一连串亲爱的表示，都是为了悔过。

在悔恨与惋惜的心情之中，道宗含饴（yí）弄孙，度了晚年。寿昌七年（1101 年），驾崩于行宫之中，享年七十。遗诏天祚帝嗣位，这一年，天祚帝二十七岁。

就像武侠小说之中的“杀父之仇，不共戴天”，天祚帝即位以

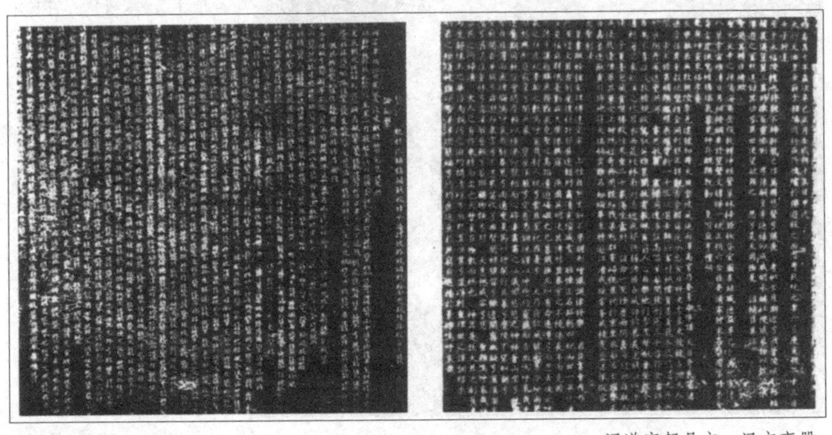

辽道宗契丹文、汉文哀册。

后第一件事就是报仇。虽然此时耶律乙辛早已去世，他恨透了乙辛，不甘就此罢休，下令开棺戮（lù）尸。乙辛的家属，分别赐给被害人当奴隶。乙辛的党徒及其子孙，都被派往边疆充军。

冤有头，债有主，天祚帝总算痛痛快快为祖母、父母报了大仇。

可叹的是，他亲眼看见祖父道宗，因为不信忠言，落到懊丧痛苦，家破人亡的惨事，却不能记取教训，照样地，步上道宗昏庸的后尘。

在天祚帝小时候，最喜欢与祖父道宗一块儿去打猎。自己当上皇帝以后，更是终年打猎，不理会政事。道宗时，曾有才女宣懿后写词，规劝道宗不要沉迷于骑射游猎，无独有偶，天祚帝的文妃也有才智，擅长歌诗。她眼见天祚帝畋（tián）游无度，不恤政事，贬斥忠臣，内心十分忧伤，曾作《忧国诗》讽谏，天祚帝看也懒得看一眼。

因为喜爱打猎，天祚帝对海东青简直着了迷。

什么叫做海东青？海东青是一种名鹰，俊逸绝伦，一飞千里，鹰、鹯（zhān）、雕、鹗之类，根本比不上。海东青的体型小巧玲珑，威力无穷，尤其善于捕天鹅、鹅鹜（wù）。特别是一种白爪的海东青，漂亮极了，辽朝人视之若宝。

鎏金海东青饰片，内蒙古自治区赤峰市辽墓出土。

除了海东青

相当名贵，还有一种“玉爪骏”也相当不错，这两种鸟都产在吉林省、乌苏里江、松花江一带，那儿当时为女真部族的居住地。

女真这个部族，在中国古代名为肃顺，汉朝称为挹（yì）娄，南北朝称为勿吉，隋唐时称为靺鞨（mò hé），五代时期才开始名为女真。

辽朝历代的君王贵族都爱打猎，都酷嗜（shì）海东青。当国势强大以后，千方百计寻求海东青。每年都派遣使者，要求索取海东青。天祚帝尤其贪婪，百般索求，女真实在不耐其烦。

海东青既然为鹰中之最，哪里是容易被逮着的？可是辽朝却每年都要征集海东青，驱使女真官民，限期寻获。假如哪个部落不肯听命，立刻吊起来打，甚且活活打死，女真实在是敢怒不敢言。

辽朝派去的搜鹰特使，称之为“银牌天使”。这些“天使”到了女真，看见美女就抢，即使美女有了丈夫或出自贵族之家都不管，女真人恨之入骨。

再加上，女真产有北珠，又名东珠，乃人间稀少罕见之大珍珠。在宋朝宫廷之中，北珠也是最受欢迎的宝贝，据说大如酸枣，晶莹明亮。北珠产在辽东海中，在北方九月、十月，冰已厚有数尺，辽人命令女真人凿冰采珠，采到了北珠，人也奄奄一息了。

由于天祚帝的横暴，更因为他蛮不讲理寻求海东青，引发了辽与女真之间的大战。

阿骨打不戴盔甲出征

辽朝天祚帝童年经历人间惨事，即位以后却不知记取教训，荒淫无道。他热中于打猎，屡屡向女真族要求一种名叫“海东青”的名鹰，把女真族闹得四季不得安宁。

辽天祚帝大概是体力旺盛，除了打猎，还要钓鱼。

天庆二年（1112年），天祚帝来到春州（吉林省长春市），在混同江钓鱼。他一个人钓鱼，没有意思，还找了许多邻人相陪。女真酋长，凡在千里之内者，都得前来朝贺。

某一天，天祚帝钓得了头鱼，认为是大吉大利，立刻下令“开头鱼宴”。头鱼宴中热闹非凡，酒过三巡之后，天祚帝忽然兴起，他规定，每一位随从官属及女真酋长依次起立歌舞，作为余兴节目。

由于赴宴者多半都缺乏歌舞细胞，有的唱歌唱得荒腔走板，有的舞跳得惨不忍睹。天祚帝笑得前仰后合，乐不可支，过足了皇帝的瘾。

最后，轮到女真族的完颜阿骨打，他直挺挺地坐在位置上，眼睛注视着前方，一副神圣不可侵犯的模样，冷冰冰地回答：“我不会舞。”

天祚帝一连请了三次，阿骨打依然端立直视，昂然不遵。天祚帝气坏了，没见过这般别扭的人，好好的一场头鱼宴，天祚帝乘兴而来，败兴而归。

混同江归来以后，天祚帝余怒未消，想起完颜阿骨打那种“说不肯，就不肯”的倔强模样，心里头就像烧旺了一盆火。他对萧奉先说：“阿骨打这般跋扈，我算是认识他了，可以派他去边疆，找个机会，杀掉算啦！”

萧奉先不同意，他低头默想了半天，抬头道：“这个不妥当吧，他是一个粗人，不知礼仪，在所难免，也没有犯什么重大过失。若是为了不跳舞的理由杀掉他，恐怕伤了四夷归化之心。”

“并且，就算阿骨打有什么野心，蕞（zuì）尔小国，又能有什么作为？”萧奉先的一番分析，暂时平息了天祚帝一股怒气。但是，同样是满肚子不愉快的阿骨打，他可没有这么容易忘却头鱼宴之耻。

完颜阿骨打是何许人呢？

这位后来成为金太祖的完颜阿骨打，是完颜部酋长劾（hé）里钵第二个儿子，母亲是拿懒氏。据说拿懒氏在怀孕时就发现这个胎儿很重。生下来以后，果然是一个特大的超级婴儿。在阿骨打上头，还有一个哥哥名叫乌雅束。

女真骑马武士砖雕。

阿骨打幼年时代，与儿童们游戏，就显得特别沉稳庄重。十岁左右，他开始迷上弓矢，擅长骑射，曾经三发三中天空中的群鸟。一箭射出去，可以拉开三百二十步之遥。众人拍手叫好，阿骨打脸上却没有半点喜悦的表情，完全一派少年老成的模样。

当阿骨打二十三岁之时，不但弓马冠绝常人，而且有一个特点，无论迎战任何敌人，从来不戴盔甲，族人都指指点点，夸为英雄。

从此以后，不戴盔甲，肉身上阵，成为阿骨打独一无二的标帜。不但他本人以此自豪，族人也每每拿这件事向他族炫耀。

当阿骨打在讨伐萧海里之战中，渤海留守特别送他一件相当名贵、用上好皮革制成的盔甲。阿骨打接过盔甲，左谢右谢，然后把盔甲小心收藏好，依然搁置不用。

阿骨打的叔叔盈哥好生奇怪，他把这个年轻矫健二十三岁的侄子找来问话："你到底为什么不肯穿上盔甲，保护自己？总该有一个理由吧。"

"我坚持一贯原则，不用盔甲，何况，穿上渤海的甲胄作战，就是赢了，也是因为他人的甲胄而成功，算不得英雄。我要用自己的力量与敌人拼，不需要他人相助……"

盈哥看到阿骨打豪气干云、神采飞扬的模样，拍一拍他一束束练得很紧的肌肉，赞美道："好，有种，当年你父亲在世之时，曾经对我说过，将来阿骨打这个孩子，足以了却契丹，看来确是如此！"

阿骨打不只是用兵如神，战阵攻取，无敌当世，他对于笼络人心，也有一套办法。

阿骨打的叔叔盈哥死后，继位者不是阿骨打，而是阿骨打的大哥乌雅束。

在乌雅束当政时期，阿骨打担任都勃极烈，就是大贝勒。有一年，女真族闹灾荒，五谷不登。事实上，女真地狭产薄，人民生活本来就很困苦，因此，许多民众被迫当了盗贼。

有人主张乱世用重典，用严刑峻法对付盗贼。阿骨打反对，他沉稳地分析道："这些暴民并非心存不轨，有意为乱，实在是生活太苦，被逼得打家劫舍。"

因此，阿骨打建议，采取宽简政策，以釜底抽薪的办法，豁免一切租税，准许人民三年不纳粮，反正此时民不聊生，硬榨也榨不出多少钱财。如此一来，远近归心，盗贼自息。

另一方面，辽天祚帝荒淫无道，国内叛乱时起。天祚帝解决问题采取的办法是：恢复投崖炮掷、钉割脔（luán）杀的酷刑，甚且把犯人的心肝取出来，用以祭拜祖先。

辽与金两相对照之下，阿骨打更燃起了复仇雪耻之信心，一场大战马上就要开始了。

女真兴师问罪

女真族的完颜阿骨打，孔武有力，擅长骑射，辽朝天祚帝时常向女真族索取名鹰海东青，引起女真族上下不满。再加上天祚帝在混同江钓鱼，举行头鱼宴之时，命令阿骨打跳舞助兴，阿骨打昂然不屈，不肯接受这种侮辱，双方都不痛快。

天祚帝的意思是要把阿骨打去之而后快，可是辽朝的萧奉先反对，他认为阿骨打只不过没跳舞，怎能置之于死地？天祚帝暂且放过阿骨打一马。

但是，阿骨打知道了这件事，决定先下手为强，向天祚帝挑战。

阿骨打决定先扩张势力再说，他不声不响地就并吞了邻近部落赵三。赵三不甘心被灭，去找辽朝官衙评理。辽朝官衙数次传令阿骨打与赵三对质，阿骨打根本不理。

有一次，辽官衙又传阿骨打，阿骨打挑了几个健壮的骑兵，直闯衙司，当面把赵三骂了一顿，扬长而去，从此不理会辽朝官员。

过了没有多久，阿骨打的哥哥乌雅束去世，阿骨打继任其职。

辽朝知道了，相当不悦，派遣使者来指责阿骨打："你竟敢不先前来报丧，自己就继承大位？"

阿骨打不甘示弱，立刻怒气冲天顶了过去："我有大丧，辽不遣使前来吊丧，反而以我丧为罪，天下有这个道理吗？"

假如此时辽朝国势兴盛，阿骨打哪敢讲这种不要命的话？偏偏辽朝一天比一天衰弱，也只能睁一只眼，闭一只眼。

阿骨打看看辽朝闷声不响，没有动静，益发看不起这只纸老虎了。于是，阿骨打派使者赴辽朝，要求天祚帝交还辽朝庇护的女真叛将阿疏。

天祚帝当然不肯交还，阿骨打遂积极建城堡、练军队、修武器，准备一块儿算个总账。辽朝自然也发现了异常，派出使者向阿骨打问罪。

阿骨打永远是趾高气扬，有理不让，他大声地回答："我，小国也，事奉大国可不敢怠慢，不敢废礼，而大国非但无恩无德，反而包庇我国罪犯，这算什么道理？如何能够叫人心服！"

顿了一顿，阿骨打又坚毅地对使者表示："今天辽朝如果还给我逃犯阿疏，那么，我继续朝贡。否则的话，我可不能自己把双手绑起来，听凭大国的处置。"

这种狠话一开口，当然非宣战不可了。辽朝天祚帝闻讯后大怒，正在调兵遣将，阿骨打却打人先下手，在辽天庆四年（1114年）九月里，调集甲兵两千五百人，申告天地，誓师励众。

他威风八面，用充满了感伤与愤怒的语调说："我女真世世代代事奉辽朝，恪（kè）遵职责，按期人贡。平定乌春、窝谋罕之乱，破萧海里之众，有功不赏，反而侵侮有加，又包庇犯人阿疏。我屡次请求，辽朝不肯交还，今日问罪辽朝，天地共同佑之！"

女真人想起过去辽朝加诸其身种种侮辱，每年索取海东青、北珠之傲慢无理，怒由心中起，跟着不戴甲胄的阿骨打说干就干了起来。

一群人马像发疯似的冲向辽国边境，见人就杀，逢人就砍。阿骨打自己最为英勇，张弓搭箭，立刻把辽人主将耶律谢十射落马下。辽人前去援救，阿骨打先一箭射穿救者，第二箭又把耶律谢十送上西天，口中还直嚷嚷："今天，我们不把辽兵杀光不回去！"

部众个个勇气大增，奋力冲杀，辽兵兵败如山倒，回头就逃。

女真放马猛追，这一战攻下了宁州。女真大获全胜，快乐极了。

此时，女真国相撒改听到消息，赶快派儿子到前线去。道贺之外，劝阿骨打称帝，号召天下。

阿骨打一口就拒绝了，他说："一战而胜，马上迫不及待当皇帝，这未免太浅薄了。"他的野心大得很，他要占领许多地方，有了灭辽的计划，然后再风风光光坐上天子的宝座。眼前，不能为了一点小胜利乐昏了头。

当阿骨打攻打宁州之时，荒唐的辽天祚帝正在野外射鹿。听说这件事，也没有放在心上，只派一个小小海州刺史前往援救。结果救兵未至，城已攻陷，辽朝防御使大药师奴被擒。

大药师奴被五花大绑来到阿骨打营帐之中，心忖这回是难逃一死。

不料，阿骨打上上下下打量了大药师奴一番，然后轻轻松松一挥手道："放了他吧！"

大药师奴简直不相信自己的耳朵，女真将领也狐疑地望着阿骨打。

直到阿骨打一句："还不滚？"大药师奴千恩万谢，拔腿就逃。

阿骨打之所以不杀大药师奴，固然表示女真之威德，更重要的是他把大药师奴放了，等于为女真发个活广告，让他到处宣传女真用兵有多么威猛，阿骨打又是多么宽厚。在大药师奴大嘴巴一遍又一遍，加油添醋的广告之下，辽朝人渐渐认识女真已非吴下阿蒙了。

金太祖设国宴

辽朝屡次欺负骚扰女真，女真忍无可忍，在完颜阿骨打的率领之下，一战攻下了宁州。阿骨打为了表示女真的威德，故意放走了宁州防御使大药师奴。

大药师奴亲眼目睹了宁州城陷的惨烈，又感激阿骨打不杀之德，因此，鼓起如簧之舌，见人就说，逢人就夸女真是如何如何英勇。

事实上，女真初起之时，的的确确让人佩服。用兵如神，战胜攻取，无敌当世，不到十年之间，闯出相当的局面。女真族性格强悍，风气朴实，祖父说一句话，子孙终身奉之，不敢有所违抗；子弟子侄之间感情深厚，从来不会因为传位引起争端。

同时，女真环境恶劣，土地狭小，物产浇薄，人民即使努力耕田，还是收成不佳，清贫如故，倒还不如去打一场仗，可以获得不少的战利品。因此一个个能征善战，吃苦耐劳。虽然部队武器落伍，战斗力量却不容忽视。

辽朝天祚帝听说女真攻下宁州，特命萧嗣先为东北路都统，开始进行反攻。

阿骨打接到消息，立刻召集部众，向混同江开拔。想当初，天祚帝在混同江钓鱼，举行头鱼宴，命令阿骨打起立歌舞，阿骨打不甘受辱，拒绝起舞。往事历历，新仇旧恨，一刹那间，同时涌上阿骨打的心头。他握紧拳头，一遍又一遍地发誓："我非把辽朝打败不可！"

某日夜晚，阿骨打昏昏睡去，忽然在矇眬之间，有人把他的头从枕头上扶了起来。他摇摇脑袋，躺了回去，又觉得有人把他的头，缓缓自床上抬起。如此这般，一连三回都是如此。

阿骨打睡意全消，他揉揉惺忪的双眼，一跃而起，自言自语道："这一定是神明警戒我，告诉我这是进攻的大好良机。"

他风也似的跑到营帐外面，大声击鼓，号召部众。然后每人分配一支火把，浩浩荡荡往混同江冲过去。

此时正逢十一月，寒风凛冽，混同江上早已结了一层厚厚的冰，女真兵队踏着冰雪登岸。忽然之间，远远吹来一阵一阵的强风，尘埃蔽天，风刮得人的眼睛都睁不开了，而且益发显得冰凉刺骨，冻得很不好受。

辽朝的士兵，现在已经没有当年辽太祖或杨家将时萧太后的神勇，完全挡不住女真的攻势，节节败退。阿骨打一路猛追，乘胜奋击。

辽兵大败，将士多死，剩下的残兵败将只有到处劫掠。辽朝方面主帅是萧嗣先，萧嗣先的哥哥乃辽朝枢密使萧奉先（起先天祚帝准备杀阿骨打，以除后患，就是萧奉先反对的）。

萧嗣先吃了大败仗，理该受罚，做哥哥的萧奉先不忍心，赶快上了一个奏章给天祚帝，大意是说，这批东征的败军，作风蛮悍，假如朝廷不赦免他们兵败之罪，恐怕会酿成更大的祸事。

辽天祚帝正在焦头烂额，不愿意多找麻烦，立刻爽快地答应了萧奉先的请求。

萧奉先固然很得意救了弟弟一命，却害了国家，因为既然萧嗣先所率领的东征军一概无罪，辽军更加丧失斗志。既然赏罚不公平，有功不赏，有罪不罚，辽军彼此就在打趣："现在好了，向前打，有死无功；退呢，倒有生无罪。我们干什么白白去送死，莫非活得不耐烦了？"

从此以后，辽朝全无斗志，兵无战心。一遇上女真兵，转身就逃，溜得飞快。

在这种情况之下，阿骨打所向无敌，一路猛打，最后打入辽将萧敌里营中，大有斩获。辽朝士兵常常有一句话挂在口边："女真兵，不过万，一过万，打不散。"这句话的意思是说，可不能让女真兵超过一万人，要是超过了一万人，那可就危险了。

如今，女真兵果真超过了一万人，成为颠扑不破的无敌铁军。女真兵无论到了哪儿，哪儿的辽兵没有不望风溃散的，辽的宾、祥、咸三州前后都投降了女真。

在这个时候，阿骨打既然已屡次打胜辽军，所占领的地方也日渐扩大。他的弟弟吴乞买屡次建议他称帝，阿骨打不肯，阿骨打下面的将领蒲家奴、粘罕也不断进言，阿骨打还是犹豫不决。此时，辽东铁州渤海大族少年进士扬朴亦来降，劝阿骨打正式称帝。

野心勃勃的完颜阿骨打终于称帝了。他认为"女真"两个字不够庄重，并且说："辽，是宾铁的意思，辽王当年取国号为辽，取宾铁质坚，殊不知铁会锈损，只有金不变不坏，因此，我命国号为金。"于是建立了金国，阿骨打即皇帝位，是为金太祖。

金太祖充满了雄心壮志，他常在积雪之中，铺上虎皮，背风而坐，威风凛凛。当他邀请酋长们共食时，只在炕上用矮台子或木盘相接，每人分一碗粗饭，用木碟装上猪、羊、马、雁等肉，各自用佩刀切肉取食。他曾对宋朝使者说："我家自上祖相传，只有如此风俗，不会奢华装饰。"这就算是金朝的国宴。

他看一看帐篷又指着说："我们只有这种房子，冬暖夏凉，又不必修宫殿，劳费百姓，你们不要见笑。"帐篷外面，许多金兵抢到辽朝美女，掳到辽朝乐工，正在玩狎悦乐。金太祖却丝毫不为所动，一心一意想谋取天下。

方腊之乱

前面，我们陆陆续续介绍了辽与金的概况，现在再转回到宋朝内部。在《万岁山落成》篇中，曾经说到，蔡京为了迎合风雅的宋徽宗，任用朱勔（miǎn），专门为皇帝在东南一带采办花石，并且特别设立了一个机构——苏杭造作局，总管其事。

所谓的花石，可说是无所不包，大到要用一千名以上船夫才能搬动的太湖石，小到玲珑可爱、衣袖之中可以藏几百个的小采石，以及各种奇花异树。

为了筹办花石，朝廷特地在苏杭成立了奉应局，搜集各种花石。其实，不仅花石，举凡新鲜古怪的玩意，都是苏杭奉应局强征打劫的对象，而且态度蛮横、粗鲁，动不动派你一个大逆不敬的罪名。

太湖石，颐和园拍摄。

许许多多老百姓因为花石纲被整得家破人亡。宋徽宗还沾沾自喜，认为自己是个艺术家皇帝，专挑人家不要的花石赏玩；却未曾想到，百姓家中若有一石一木被视为珍贵，经常破屋拆墙以取之，简直可怜极了。

在“花石纲”劳民伤财的暴虐下，终于爆发了历史上著名的方腊之乱。

方腊是睦州青溪人（在浙江省境内），世世代代居住在此，过着平静而幸福的生活。

方家很有钱，在山谷幽深之处，拥有一大片漆树、杉材，生产上好的木材，富商巨贾多与之往来，在地方上也称得上是有头有脸的人物。

当奸臣蔡京被贬杭州之时，朱勔的父亲朱冲曾经一口气募捐到数千条上好大木条，为蔡京盖了一座僧寺阁。因此，当蔡京交结宦官童贯，狼狈为奸以后，少不得提拔朱冲朱勔父子。

朱勔又不卖木材，哪里来这许多价值不菲的好木材？当然，方腊家中就遭了殃，不但参天古木一根一根被拔起、拖走，不留一文钱，而且苏杭造作局那批官员狐假虎威的嘴脸，真会让人气得牙齿打战，全身发抖。

有一天，方腊一个人孤零零坐在光秃秃的漆园中，实在难以平抑心中不断燃烧的怒火。想起方才那些官吏的嘴脸，恨得牙痒痒，恨不得踢他们一脚。虽然勉勉强强的忍耐下来，可是，忍了这一回，还有下一回、再下一回……永远没完没了，方腊抱着头，痛苦万分。

“算了，干脆和他们拼了！”反正漆园被贴上黄表之后，早已归皇帝所有，万一保管不周，出了些微差池，也保不住这条命。豁出去一干，也许还能自闯天下。

方腊的想法，正合乎江浙一带屡次为花石纲所扰的百姓的想法。因此他登高一呼，立刻有许多不堪为公家勒索的以及流亡怨嗟的民众响应。

宋徽宗宣和二年（1120 年），方腊以申讨朱勔为名，拥众起兵，自称承天应命，号为圣公，建元永乐，置将帅，委百官。在开始起兵之初，连弓矢甲胄都没有，只能用不同颜色的头巾为区别，一共有六种颜色，人数也不多。但是没有过几天，远近响应，一会儿，竟然聚集数万人之多。

由于方腊本身欠缺实力；他脑筋一转，动到利用迷信上面。

原来浙江民风闭塞，从唐朝开始，信奉摩尼教，又受道教的影响很深，百姓十分迷信。方腊就以鬼神咒语煽惑，裹胁良民为兵。由于宋朝承平日久，官军早已忘记战争是怎么一回事，一听到军队开拔而来，惊天动地的金鼓之声，打也不打，立刻举起双手投降。方腊一口气破了青溪、睦州，又北掠新城、桐庐、富阳等县，最后攻下了杭州。城陷之时，大火足足猛烧了六天六夜。

宣和二年（1120 年）十二月，方腊攻陷休宁县之时，活捉了知县事麴（qū）嗣复。劝麴嗣复投降，麴不肯，破口大骂："贼人，无耻。"

说来也奇怪，方腊手下竟乖乖的听麴嗣复教训，也不怒，也不恼。

麴嗣复直骂得脸红脖子粗，额上青筋暴起，看看对方毫无动静，气得说："你为何不赶快杀我？"

对方竟回答道："我自己也是休宁人，麴公对县里极有贡献，且有善政，公前任的官员，没有一个比得上您的，我怎么忍心杀害您呢？"

于是，这个貌似凶恶的士兵，把麴嗣复松了绑，放他走了。可见得，一位好的父母官，人民心中是多么感恩的。

方腊的兵攻入杭州之时，太守赵霆听到消息，拔腿就溜，方腊部队顺利入据城内。由于大家受够了贪官污吏的气，抓住官员之后，往往先割断他们的手脚，然后用尖刀挑出肺肠、心肝五脏，熬成膏油，或者把人五花大绑捆在树上，用乱箭射死，以泄心头之恨。

方腊闹得天下大乱，京里却浑然不知。原来此时蔡京退休，王黼（fǔ）这个小白脸担任宰相。王黼刚刚上任时，为了收买人心，曾经励精图治一段时间，四方誉之为贤相。过了没多久，开始进行卖官的勾当。各地的官吏，为了前途着想，纷纷献上各种珍异之物。

王黼与其妻妾，天天在家忙着拆礼物，眉开眼笑，不亦乐乎。因此他虽然知道方腊闹翻了天，总不愿意报告宋徽宗，免得丢了官。所以嘛，宋徽宗这个风流皇帝依旧在延福宫之中，挽着貌美如花的妃嫔，饮酒作乐，逍遥快活。

韩世忠活捉方腊

宋徽宗爱好艺术，朱勔等人为了迎合皇上心意，在东南一带采办花石，劳民伤财。漆园主人方腊忍无可忍，利用迷信，酿成大乱。然而宰相王黼，为着本身官位着想，竟然不愿意转奏皇上。自命风流的宋徽宗，依然在延福宫中，挽着美貌的妃嫔，饮酒作乐，不亦快哉！

这时，东南一带，在方腊的大兵之下，归附者一天比一天多。史书记载是："凶焰日炽，东南大震。"宣和二年（1120 年）十二月，淮南发运使陈遘（gòu），看到星星之火已经燎原，上了一个紧急奏章给皇帝，上疏中言："贼众强，官军弱，乞求调派京畿（jī）兵队以及鼎、澧（lǐ）一带枪手兼程赶来，以免战祸滋长蔓延。"

糊涂的宋徽宗这下子才着了慌，派遣宦官童贯为江淮荆浙宣抚使，谭稹为两浙置制使，率领十五万大军，浩浩荡荡前去讨伐方腊。

宋徽宗大概心里有数，花石纲是闹得过分了。因此，童贯出发之前，宋徽宗特别对他说："万一遇到急事，你就用御笔代行之。"

当童贯到达东南，亲眼目睹民众对花石纲的反应，也明白这是造成方腊拥众造反的主因。立刻命令幕僚董耘写了一篇皇上的手诏，责备自己昏庸。在中国古代，天子高高在上，人民又敬又畏又爱，现在看到徽宗自责，民众不免心软。

同时，童贯又用御笔下了一道命令：停止苏杭造作局及一切花石纲，罢黜（chù）朱勔父子弟侄一切在位者。东南人民大悦，民众心里趋向宋朝，沦陷的城邑相继光复。

此时，方腊身边还剩下十多万人，躲藏在青溪岩洞之中。山谷幽险，适合藏身，官兵对之兴叹，莫可奈何。

最后打开僵局者，不是别人，正是大家所熟悉，与岳飞齐名的抗金名将韩世忠。韩世忠是少年英杰，风骨伟岸，目光如电，能骑野马。宣和三年（1121 年）时，正在王渊麾（huī）下当偏将，听说官兵对方腊一筹莫展，便自己要求深入敌方。

韩世忠有勇有谋，他用潜行法偷偷进入山谷。采取威胁利诱、双管齐下的办法，逼着一位当地的老婆婆带路，进入方腊栅寨核心，摸清地形。

韩世忠拿着武器，一马当先，历经了许多危险，杀了数十人，把方腊自洞中活捉而出，他的长官王渊叹息道："真万人敌也。"

韩世忠在京剧当中造型，选自清内府彩绘本《庆赏昇平》之《玉玲珑》。

方腊被生擒以后，其部溃散，山洞中陆续逃出许多被抓走的妇女。她们一面跑，一面哭，最后一块在树林间上吊。前前后后一百里的树上，都挂满自缢的妇女，凄惨到了极点。宋朝妇女，受了道学的影响，饿死事小，失节事大，受到如此羞辱，当然别无他法，只有一死了之。可见国家有难，老百姓最先遭殃。

方腊造反，虽然半年多就平定了，但是数月之间，连破六州五十二县，连累不少百姓，国家元气大伤。

在方腊的军队初破钱塘之时，大宴宾客，赫然发现其中有几十个客人，每人都在腰间挂着黄澄澄的金腰带，闪烁发光，走到哪儿，亮到哪儿。

方腊一打听之下，这些系金带者，都不是什么了不起的大人物，只不过是朱勔府上的家奴。连家奴走出去，都是这般的耀眼，朱勔搜刮了多少财物，也就可想而知了。

所以当地流行一首歌谣："金腰带，银腰带，赵家世界朱家坏。"（按宋朝皇帝姓赵，朱勔姓朱。）

御史中丞陈过庭曾经上书宋徽宗："致寇者蔡京，养寇者王黼，把这二人贬窜，则贼自平。"至于朱勔，陈过庭更毫不留情地指责："朱勔父子，本刑余小人，结交权近，窃取名器，罪恶盈积，宜斩首，以谢天下。"

陈过庭骂得痛快，这话传到一般人民耳中，当然大快人心，但是传到蔡京、王黼、朱勔耳中，却不是滋味。结果，倒楣的当然是忠言直谏的陈过庭，他不但立刻被摘下乌纱帽，而且被贬蕲（qí）州。

至于那位荒唐皇帝宋徽宗，他可没有半丝后悔之意。

想当初，方腊造反能够平定，原因之一就是徽宗告诉童贯："如有急，即以御笔行之。"童贯找了董耘写了一篇辞文并茂的文章，代替皇帝自责昏庸，情势方得以好转。

按理，方腊闹得天翻地覆之后，徽宗首先应该问罪宰相，责备他为什么不早日把方腊造反报上来，以至于到后来，搞得不可收拾。

没想到，王黼反而咬了童贯一口，他对徽宗说："方腊之起，乃由于茶盐法也，童贯误信奸言，反而把过错推给陛下。”徽宗大怒，尤其见到董耘写的手诏，大大不以为然，他可不认为自己有什么不对。于是恢复造作局，重新采集花石，朱勔及梁师成等小人再度起用。

童贯曾亲眼看到花石纲为祸之烈，当他知道造作局再起，忍不住对徽宗叹一口气道：“东南人家饭锅子尚未稳住，怎么又恢复了造作局？”

徽宗听了，眉头又皱了起来。昏君误国也。宋徽宗也是读过历史的人，可惜不能记取历史的教训。